徜徉的流光

张吉美　著

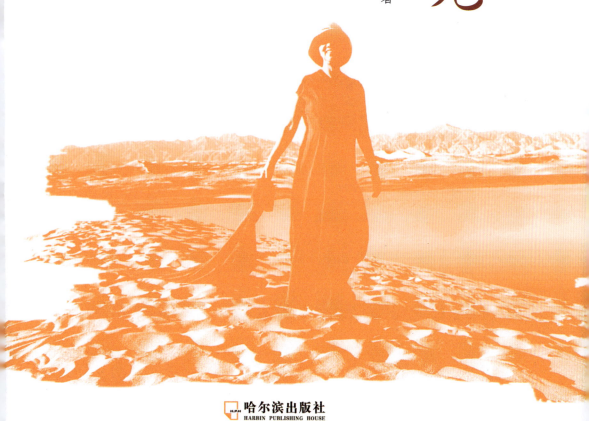

哈尔滨出版社

HARBIN PUBLISHING HOUSE

图书在版编目（CIP）数据

徜徉的流光 / 张吉美著 . —哈尔滨：哈尔滨出版
社，2021.9
ISBN 978-7-5484-6280-4

Ⅰ．①徜… Ⅱ．①张… Ⅲ．①散文集 – 中国 – 当代
Ⅳ．① I267

中国版本图书馆 CIP 数据核字（2021）第 182740 号

书　　名：**徜徉的流光**
　　　　　CHANGYANG DE LIUGUANG

作　　者：张吉美　著
责任编辑：李金秋
责任审校：李　战
装帧设计：书点文化

出版发行：哈尔滨出版社（Harbin Publishing House）
社　　址：哈尔滨市香坊区泰山路 82–9 号　　邮编：150090
经　　销：全国新华书店
印　　刷：成都蓉军广告印务有限责任公司
网　　址：www.hrbcbs.com
E - m a i l：hrbcbs@yeah.net
编辑版权热线：（0451）87900271　　87900272
销售热线：（0451）87900202　　87900203

开　　本：787mm×1092mm　1/16　印张：15　字数：240 千字
版　　次：2021 年 9 月第 1 版
印　　次：2021 年 9 月第 1 次印刷
书　　号：ISBN 978-7-5484-6280-4
定　　价：88.00 元

时代女性的魅力徜徉——开朗、善良、坚强

打开张吉美同学送给我的第二本书《徜徉的流光》（第一本书是她的《搁置》），我很快就徜徉在阅读的欣喜之中……

如果要发现平凡生活中的美，必须具有哲学思考和宗教情怀，二者的交叉和融合才能让探寻者徜徉于文学之海，才能挖掘到并加工出文学宝库中奇异璀璨的宝石。

"人生在世犹如一张白纸，你努力把现实与梦想往纸上着色，它自然就丰富多彩起来。"（《徜徉的流光·首页语》）

"双手除了劳动以外，最令人心动的动作就是托住双腮，凝视空洞的前方。然后有了发现，用双手以象形、文字、制作图案等方式，从无意识到有意识，一点一点记载人类历史。让现在已经翻篇了若干亿年的人类，能在历史的斑驳中断断续续窥探到我们从哪里来、我是谁、我要到哪儿去。"（《徜徉的流光·散步人生·三》）

作者平淡无奇的几句话，却蕴藏着睿智的眼光和独到的视角。在平凡而丰富的日常生活中，作者随手一抓就是一大把珍珠，她将这些杂乱无奇的粗糙珍珠修整打磨后，经纤纤玉手精心串织，一串美轮美奂、晶莹剔透、圆润饱满的珍珠项链就呈现在我们眼前了。

佛性就在身边，禅语都很平常。但佛性要生根却很不容易，禅语要悟透则难上加难。

谈到语言的表达功力，中国有句成语叫"力透纸背"，说的是文学语言背后的力量。那么，文学语言背后的力量到底是什么呢？中国古代文艺理论认为是"气"，这"气"

的力量远远超过语言文字本身。南朝·刘勰《文心雕龙·风骨》："情之含风，犹形之包气。"唐·韩愈《答李翊书》："气，水也；言，浮物也。水大而物之浮者大小毕浮。气之与言犹是也，气盛则言之短长与声之高下者皆宜。"意思是说，写文章最重要的是"气"，而语言文字则只是"气"这汪洋恣肆的大水上漂浮着的一点"浮物"而已。这个"气"，我认为就是作者的品格和真情。作者的品格和真情到位了，语言文字无论怎么搁置都行。

我从《徜徉》中悟到中国当代女性的典型品格和真情。那么，作者的品格和真情到底是什么呢？这些品格和真情又是如何体现在作者的文学作品中的呢？

一、开朗

翻开此书，和煦温馨的阳光就扑面而来。没有浓妆艳抹，没有忸怩作态，没有无病呻吟，没有矫揉造作。阳光女性，大度开朗，活活泼泼，直抒胸臆。《徜徉的流光》一书中，很多地方犹如"白描"，直接用"赋"的手法表现作者要表达的思想。正如朱熹《诗集传》中所说："敷陈其事而直言之也。"只有境界很高的人才能做到这样，从大处着眼，从小处入手，不躲闪，不隐藏，不拖泥带水，不斤斤计较。这是作者开朗品格的真情流露。任何事情，任何困难，都坦然面对，想得开，放得下，经得起打击，耐得住寂寞，守得住初心，展得开梦想。

正如作者所言：

"人生的意义不在于树立多高的目标，有利他的精神，有发自内心爱的奉献，世界便会迎来灿烂的明天！"（《徜徉的流光·散步人生·一》）

"清晨推窗，窗外明媚风光直击内心，在夫君的温暖拥抱中起床，更衣。一出门，叽叽喳喳的小鸟在石阶上、枝头欢叫着，似乎在等待我与它们一起飞翔。小鸟你们好，我遵守约定，和你们一道迎接新一天的朝阳。"（《徜徉的流光·美好的一天从听书晨跑开启》）

阅读《徜徉的流光》，我们感受的是健康心态，接受的是愉悦心情。

二、善良

前苏联作家高尔基说"文学就是人学"，这句话至今还不时有文艺理论界专家提起。北宋文学家苏轼也说过："文如其人。"（《答张文潜书》）

我觉得，善良，是女性最好、最重要、最具有支撑整体形象的高贵品格。

"一杯酒祭祖先，家风家训在血脉中传承。一杯酒敬父母，感恩父母养育子女辛勤劳动，感谢上苍让父母健康长寿。一杯酒致谢夫妻同心永在，共创幸福生活，

无论是遇疾病或灾难都执子之手，不离不弃。一壶热酒将兄弟姐妹的惦念、牵挂记心头。"（《徜徉的流光·迎新年》）

《五板桥的故事》系列让我深深动情。因为怀旧是一种包容着善良品格的情绪。将心比心，自然更容易赢得朋友，收获到更多的真情回报。修炼自己，善待身边每一个人，是作者生活工作中贯穿始终的人生行为准则。善待亲人和朋友不难做到，善待对手和促狭之人，就很难做到，但作者做到了。作者将工作中、生活中的善良情愫落笔生花，表述出来，在《徜徉的流光》中给我们带来一份高雅清新的分享。

善良，就是我们平常所说的"菩萨心肠"，即使是在荆棘密布之中，在惊涛骇浪之下，亦不改悲天悯人的本源。善良之人，遇到各种事情，首先想到的是自己的责任，都能主动替对方思考和着急。善良，其实并不吃亏，善良里一定隐藏着人生成功的奥秘。"贵人"和"运气"一定会眷顾善良之人。善良之人，总是好运连连。你越善良，工作就越顺畅，生活就越幸福。

三、坚强

坚强，其内在是一种情商，其外在是一种修行。坚强是中国妇女最优秀的品格和素质。从女儿到母亲，从儿媳到祖母，中国女性生生不息，温柔如水，坚强如山，几千年来，支撑起整个中国社会从古到今的家国绵延。本书作者张吉美，只不过是其中之一而已。

漫漫人生途中，坚强的人往往会远离内心的喧嚣，自加压力，不想虚度年华。漫漫人生途中，人们总是在不停地追求：或追求事业成功，当大官、挣大钱、成学者；或追求恋爱纯真、婚姻幸福、郎才女貌；或追求儿女学习上进、体贴孝顺。这些小确幸和大惊喜，正是芸芸众生孜孜以求的大目标和不同阶段的小目标。任何人的人生都是这样或清清醒醒、或浑浑噩噩地走过来的。

吉美也是这样一步一步走过来的。只不过，她走得坚强而执着，走得更实在，更清醒。1982年，她考入江津师专中文系，曾担任过文体委员，进入湖光文论社，在演讲比赛中获奖，初涉文学艺术的殿堂。她毕业时，我是中文系系主任助理，记得她和同学艾中华一起到我的"蜗居"告别，我太"官僚主义"，居然还不知道他们已是恋人。吉美当年分配到永川团县委，三年后，任团县委副书记。然后，先后任永川县总工会副主席、永川市政协办公室副主任、主任、永川市纪委副书记、监察局长、永川区水利局党组书记、副局长。期间，获永川三八红旗手、四川省先进女职工工作者、重庆市先进党务工作者等多项表彰。雪泥鸿爪，片片行云。雁过留名，人过留声。作者人生风雨之途的记录和反思，都化为文学倾诉的点点滴滴。在《徜徉的流光》一书中，我们随时随地都可以感受到中国女性的淡定和坚强。

"人生的机遇就像坐高铁，搭乘上了就可以顺利到达目的地。慢一步，哪怕一分钟，未赶上只能选择下一班。它会带给我们几个结果，一是影响接下来的所有日程安排，二是可能错过心中的目的地，三是前方的风景已在光影中变得模糊，四是错过了便永远错过。所以准确把握时间点很重要，它需要我们选择好目标，提前收拾好行李，提前到达车站。"（《机遇随话》）

张吉美是我的学生，我曾教过她班上的古代汉语课，这门课对当中小学语文老师的同学可能还有点用，但对从事其他职业的同学恐怕没有什么帮助。学生请老师写序，我不能推卸这份尊敬和信赖，只有勉力而为。我的水平、眼界、见识、反应力、洞察力、特别是才华，都在随着年龄的增长而逐渐衰退。但是我很高兴地看到"后浪"汹涌而来，我希望我的各届、各类、各处的学生在各方面都能超过我这个"教书匠"。如果真能够做到这样，我的教师生涯就没有白过，我的教师形象也就还差强人意；反之，如果我的学生都不如我，我的教师生涯则一文不值，我的教师形象就会轰然倒塌。幸好，我的很多学生都超过我了，包括张吉美和他的夫君艾中华。

文如看山不喜平，文学"源于生活"，也要"高于生活"。文学作品应该是跌宕起伏、摇曳多姿、万紫千红、悲喜交集的人生反映和折射。这方面，吉美的《徜徉的流光》已经做得很好了，但是，作为老师，我还应该对她有更多的期待。我觉得，她还有更多的文学潜力和创作张力还没有充分开掘和展示。她未来的文学创作中，应该有更多的矛盾冲突、更多的隐秘盛开、更多的现实批判、更多的暴风骤雨。我坚信，她的文学之花一定会开得更加繁盛，更具魅力。我同广大的读者一起，共同期待着吉美给我们带来新的分享和新的惊喜。

张吉美，名字中有个"美"字，圈内的朋友都知道，这个"美"字并不是空穴来风，她人美、心美、文美。

人美，是漂亮，这，我们看得到；

心美，是人缘好，这，我们感受得到；

文美，是作品好，这，你只有打开《徜徉的流光》才能欣赏到。

那么，让我们打开此书，和作者一起"翱翔乎忽荒之上，徜徉乎虹霓之间"（《淮南子·人间训》）吧……

戴伟

2020 年 10 月 1 日，夏历庚子年八月十五

于重庆红岩村南麓

目录

美如经年　爱是家人

年华之迹　所感随话

爱的守望

爱的轮回

五板桥的故事

荡漾的流光

放牧篇

宅家篇

后　记

梦 想

人生在世犹如一张白纸，
你努力把现实与梦想往纸上着色，
它自然就丰富多彩起来。

开始时先勾画线条，构思布局，
用简单的淡墨把自己的世界变成一幅蓝图，
然后多次用不同的颜色晕染，
明快的线条与隐忍的灰色会同时呈现，
接纳便会巧妙地将其融合成美景，
因此世界不只有阳光还有风雨。

只要梦想还在，
努力便会收获。
只要心中有爱，
一切皆美好！

散步人生

穿过那片森林

我穿越一片黑色的森林
激情翻越山峰
冲破巨浪电闪雷鸣
火光冲天
那片被烧焦的森林
露出父亲古铜色的脊背
锁骨上站着一只画眉

我穿越一片红色的森林
红杉树在海滩上生根
紧紧扎住在惊涛拍岸的土地
巨大的浪和着海鸥的叫鸣
那片鲜红的森林
露出母亲疲惫又欣喜的温情

我穿过那片绿色的森林
空气滋滋的炸裂声
溢出嫩嫩的粉

不能让灰暗亵渎年轻的绿
浓密翠色放出奇异的光芒

我穿越那片金黄色的森林
上帝之手插进森林的缝隙
取出一把把闪闪的利剑
刺穿寂寞的天外来石
赌石者带着希冀孤注一掷
剖开它
需要勇气
或许黑暗　或许璀璨

我穿越五光十色的那片森林
无意中窥探到根游于土地的踪迹
一路上留下的痕
裂出的大口疼痛难忍
谁躲在一个角落独自舔舐
巨石堵塞着隧道　魑魅魍魉
封锁住一个跳舞的精灵
鲜花掌声在十字路口响起
悲喜中记忆的怀抱
过往的碎片穿越
无声无息

我借了一双鹰的翅膀
穿过那片黑色的森林
那片白色的森林
那片五光十色的森林
我大笑着奔向父母与他们再度相聚

节时忆母恩

　　今天是母亲节。早晨起床打开手机，满屏的祝福迎面扑来，看得我心里暖暖的。不管是一句直言的祝愿，还是一幅母爱满满的图片，抑或是一首感恩母亲的歌曲，都让我自豪和骄傲。

　　今天还有好多朋友在晒陪伴母亲过节的情景，并留言：你养育我长大，我陪你变老。也有晒儿女为自己送花、做早餐、买礼物、发红包的朋友圈，令人好生羡慕！感觉手机也醉屏了。

　　今天早上刚醒，先生就给远在广州的婆婆打电话："妈妈，祝您母亲节快乐！"可电话那头，妈妈说："我怎么能快乐呢？你们一个个都不回来陪我。"

　　妈妈的话让先生有点内疚。妈妈风雨几十年的拼搏奋斗，为儿女创下殷实的家业，现在年纪大了还只身在外努力地做事。妈妈总有累的时候，尽管妈妈在外，也牵挂着儿女，也希望儿女们能在身边，陪伴她享受天伦之乐。儿女们虽然孝顺老人，但随时随地的陪伴才是最真情的祝福。

　　天地悠悠，岁月蹉跎，有多少儿女可以做到，对待母亲像母亲对待自己那样，无怨无悔地付出？上周五晚，我在与一群年轻人交谈时，对他们说："母亲节快到了，希望你们回家后打一个电话，说一句妈妈您辛苦了，祝母亲节日快乐！"

　　一个小伙子过来对我说："我记住了，一定回去打这个电话！"他还告诉我，去年我去他们单位讲课《生活不止眼前的苟且，还有诗和远方》，其中讲述了大量的名人奋斗成长的励志故事，他们的成功有自己的努力，更有家庭的影响，有父爱、母爱的支持，当时体会不深，现在真切地领悟了关于诗和远方的含义。

　　他说他的妈妈尽全力培养他长大，是希望他作为大山里贫穷的孩子能够走出大山，走向远方，过上好日子。如今他也成了家，有了自己的孩子，他会像父母那样选择让孩子心灵生长翅膀，高高飞翔，飞向远方！

是啊，一个又一个的母亲用无私的爱陪伴我们成长，成长过程中妈妈奉献了青春，隐藏了自己精彩的人生，不断地给我们鼓掌，精心呵护，只待我们起航！

我们的孩子飞向远方，去打造自己的伊甸园去了。留守在家的妈妈们，自己要健康快乐地生活。家，永远为孩子打开大门，但一定要记得回来。虽然电波很长，但声音可以很近，一句温暖的问候，便是妈妈们最大的慰藉和满足！

孩子们，妈妈天天在牵挂着你们，你们别等着只有母亲节这一天狂轰滥炸似的表现对妈妈的孝顺。日子很长，亲情至重，妈妈是你一生值得感恩的对象！

父母在，人生尚知来处。父母去，人生只有归途。

祝愿所有的父母健康长寿，平安幸福。

好奇（母亲）

又是一年母亲节，一早起床，习惯性地圈阅微信。刷屏的都是图文并茂的母亲节问候，各类赞美歌颂母亲的文章直击内心。母亲是大山，母亲是温柔细水，母亲是爱的化身。母亲承载着苦难，却是儿女幸福的港湾。

我的母亲已经离开我们二十六年了，曾无数次想问母亲："你早早地撇下我们是为什么呀？"

爸爸含着泪说："你妈妈风里来雨里去，养育四个孩子，一定是太累了，让她好好休息吧。"

不！妈妈，您还有好多事没有告诉我们。对那些事我很好奇，我好想听您亲口揭示谜底。好奇存于心，想您，怀念您，也跟随了我二十六年。

我很好奇，我是怎么来到这个世界的？爸爸说，当时他在单位上班，妈妈产前发作，忍着疼痛，走到邻居家，请隔壁的卓妈烧了锅热水，自己爬到床上等我溜出来，然后用开水消过毒的剪刀咔嚓一声将我与她分开。稍微休息，几分钟后，妈妈挣扎着起床，在卓妈的帮助下，把哇哇大哭的我洗净放在摇篮里，然后自己提着一盆带血的衣物去田边清洗。

妈妈，您生下我，片刻也没休息。洗完衣物，又忙着照看一个五岁、一个两岁的姐姐们。是不是就此落下病根，所以提早地离开我们？

我想是的，即使是铁人也会生病的。妈妈，您很痛吧！

我很好奇，我的生命是不是很顽强？在 20 世纪 60 年代初期，中国遭遇前所未有的三年困难时期，粮食基本无存。因制度不一样，与西方资本主义国家推崇的价值观不同，美帝国主义及其跟随者，对中国实施打压，在物质经济上进行封锁。物质匮乏、缺医少食是当时中国的现状。饿得没办法的人们，吃观音土、树皮来充饥。我怎么就活下来，现在还长得肥肥胖胖的呢？

爸爸说，妈妈生下我也没有吃的，仅有的几粒米，熬成稀粥，她吃上面的清水，我吃下面的稠羹。看着我狼吞虎咽地咂嘴，妈妈怜爱地抱着我笑了。

妈妈，您怎么就那么傻呢？您若饿死了，叫嗷嗷待哺的我们怎么活呀！

我很好奇，每年我们几姊妹过生，你手中的红鸡蛋是怎么变魔术弄出来的？

妈妈，记得有一年，您背着一个大背篓，我背着个小背篓，我们母女俩在矸石山上拣煤。您的脚被矸石划伤，我跑过来帮您止血。您却望着我看了好一会儿，说："哎呀，妈妈都忘了，今天是你八岁生日。走，我们回去给你煮好吃的。"妈妈一瘸一拐地牵着我的手回家了。在厨房，妈妈从米坛子里摸了很久，才摸得一枚鸡蛋，赶紧生火煮起来。妈妈将鸡蛋给我时，它已经是一颗红彤彤的鸡蛋了，非常好看，它就像稀世珍宝，握在我的手心里，温暖、幸福。妈妈催促我快吃，姐姐弟弟回来看见了会眼馋的。

妈妈，我是不是太自私了？您受伤的脚流了那么多血，正需要补一补呀。我却在您的催促下飞快地将鸡蛋吃完，很享受生日获得的吃鸡蛋特权。您能原谅女儿年少，不懂回报您的爱吗？

我很好奇，当年你守煤台时，24 小时都守在四面透风的废旧铁皮搭建的房子里。一个下雪天的早晨，我从家里给您送饭，您冻得发乌的手没有接饭盒，而是将颈上的毛巾取下来，围在我的颈上。顿时，我觉得身子不那么冷了。围着带有您体温的毛巾，跨过几道结冰的铁路，高高兴兴地上学校去了。可您不冷吗？妈妈！

我很好奇，当我们长大，知道疼妈妈的时候，给您买了好吃的、好用的东西，您为什么存放坏了也舍不得吃和用呢？

很多次，我们几姊妹回家看您和爸，您总是

在柜子里摸半天，取出一包东西，打开一看都是发霉的食物。您心痛得不行，不停地像小学生一样认错，"这些都是你们几个喜欢吃的，对不起，没存放好。对不起，放坏了！"

妈妈，您在心痛坏了的食物时，您可知道我们在心疼您。您一生勤俭节约，吃苦耐劳。为了孩子什么都舍得，却对自己的生活那么苛刻，舍不得吃，舍不得穿，您让我们做子女的如何报答你的恩情？

您过早离世，是我几姊妹们心中永远的痛。

您是一面镜子，您的心中有佛、有爱、有慈悲、有善良。我们有幸成为您的孩子，会传承您的血脉，像您一样做人。

您是我们心中永远不落的太阳，照耀着我们，温暖着我们。

妈妈，我们永远怀念您！

清明感想

清明扫墓寄思念，一滴清泪洒台阶，
母亲长眠松林里，千般呼唤难回还。
悔恨当初懂事浅，孝顺父母寄明天，
娇嗔依赖慈母爱，怎知时间已不在？
父母别时牵挂儿，撒手吾女往何处？
纠心不安愁百转，坚强忍痛笑护犊，
生活中的一丝缕，细致周到柴米盐。
企望苍生善待我，轻松幸福度经年。

父母点滴皆是恩，难以回报心更疼，
血脉传家风家训，无私付出与儿孙，
善待生命中亲人，请苍天大地作证！

今日清明，与两位姐姐回故乡，长跪母亲墓前告诉她：
妈妈，女儿想念您了。
妈妈，您对我的爱与付出，我会一辈子记住，
我也会像您一样，珍惜当下的每一位亲人，倾尽所有爱他们，

爱他们……

感恩妈妈，感恩爸爸！

清明思念

不管是否有清明，这个节日永远在我心里。
对于过早离开父母的我们，无时无刻不在思念他们。
我从哪里来？
我是怎样长大成人的？
一日三餐饭的背后是父亲拼了青春拾食而哺。
母亲舍了性别的付出，父母湿透了的衣衫，被风雨冲刷掉咸味，
我们的味蕾都是满满的回甜。
这么多年过去了，每时每刻，我无不思念他们。
倾尽所有的力量，让我们平安健康生长的父母，
面对父母的养育之恩，我无以为报。
心中似无数的枝条抽打着，
渐渐为人父母，又渐渐变老，
心尖上的疼痛越发清晰。
我所有的过错都是不珍惜，
不知你们在年轻时，过度地透支身体，对儿女的照顾和责任，
已精疲力尽。
没来得及孝顺你们，你们就走了，
我还幸福地活着。
清明节，给您二老上一炷香，
祈愿你们在天堂安好。
我从哪里来？我将到哪儿去？
下辈子，
下辈子，
我还希望做您的儿女。

梦见母亲

昨晚上梦见母亲了，
之所以托梦给我，
是我日日所思，有未践行的事萦绕心中，
终日放不下。

在内心深处，
我怎么能忘了做风筝的母亲呢？
一只漂亮的风筝，
挣脱手的力度，
歪歪扭扭向上飞。

那个做风筝又到山坡上放风筝的人，
很努力、很努力地奔跑，
手中的线因轱辘而放，
风筝借着风力越飞越高，线越放越长。

风筝还在向上，向上，
线不够长了，
放风筝的人，
看见漂亮的风筝，翱翔在蓝天，与白云齐飞，
她骄傲地，满足地笑，
多温柔啊！

她轻轻一撒手，
变成一个光点的风筝飞走了。
做风筝的母亲，
孤独地留在原地。

失去牵引的风筝，
飘呀飘，
风雨吹打，满目疮痍，
阳光普照，温暖溢身。
可风筝最希望的是，
沿着线的来路，
寻找做风筝的母亲。

来到山冈，
青草在枯叶中茂密生长，
在没有墓志铭的坟头，
点上一对蜡烛，
我是您的女儿。

母亲

姐　姐

姐，你的美犹如一汪清澈的湖水，
轻轻地似碧波荡漾，那么恬静柔软。
姐，你的美犹如一颗夜色中的星星，
忽闪忽闪，总能让看见你的人欣喜。

姐，你的美犹如金兰，低调、沉香且迷人，
姐，你的美，是从父母给你的骨子里跳出来的，优雅贤淑。
在家里，听不见你大声音说话，更没有过对家人迁怒，
在家里，我们都喜欢你像慈祥的妈妈一样呵护弟妹，
用一颗温柔善良的心，爱着我们。

在你的家里，
弟妹们总能肆无忌惮地提要求，
你不会拒绝，
倾其所有，满足我们对精神和物质的索取。

我们喜欢挤在你们不大的家里，
看你和姐夫在厨房里忙碌的身影，
贪婪地吃着你们用心弄出来的美食，
还打翻记忆，讲一些童年有趣的故事。
喜欢看你和姐夫牵手对望唱歌的样子，
歌声动听而深情，

我们常常被你家的和谐氛围感染。
姐，你的优雅娴静的教养，
让朋友们感觉很舒服。

你与姐夫相亲相爱，
如一段琴瑟和鸣的悠扬神曲，
你们的爱好在一个频率上振动，
再普通的日子也总是被你们过得很精致。
一位朋友羡慕你们幸福，
她说：你姐姐、姐夫就是一对神仙眷侣，
你知不知道虽然你很普通，
但在大家心中你很完美。

祝愿你永远快乐、健康、幸福！
爱你！

——献给花甲之年的姐姐

母亲最美

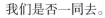

九月中旬，大表哥打电话来说大姨现在身体不太好，他准备去看望母亲。问我们是否一同去。

"要去，早就跟大姨电话约定，要去看她老人家了，这次就与你一同前往吧！"

于是表哥替我们买了火车票，约在国庆假期成行。

昨晚火车到达宜昌已经过八点，在宜昌城里工作的表姐及表姐夫接我们进市区，吃罢晚饭又叫了一辆出租车赶往葛洲坝边上的大姨家。出租车在大表哥的指挥下七弯八拐，穿过许多小巷才到达居于江边半山坡上的大姨家。

大姨家的灯很亮，大门也敞着。大表哥扯起嗓子喊："妈妈，妈妈我们到了！"在屋门边，看见坐在轮椅上的表弟兴华，他用含混不清的口齿："我们在等你们。"

听见说话声，瘦小的大姨端着一个塑料盆从屋里走出来，她连忙放下水盆，擦擦手上的水，上来就拉我和姐的手。姐姐和姐夫赶紧上前，眼眶湿了，紧紧地拥抱着大姨。之后，我也将大姨揽在胸前，久久没有松手。

大姨今年已经84岁了，原本在老家四川遂宁生活，为了出车祸的小儿子，她来宜昌生活七年多了。

大姨很坚强，在她60多岁的时候，大姨父脑出血瘫痪在床。是大姨的精心照顾才让大姨父干净而有尊严的多活了六年多。

刚刚送走大姨夫，还没有缓过神来的大姨就听闻在宜昌的小儿子兴华突遇车祸，已经77岁高龄的长辈，不顾一切地赶往宜昌，日夜守护在随时可能被死神带走的儿子身边。

整整3个月，昏迷了近百天的兴华才醒来。不能动弹，不能说话，只有长长的泪水似线流淌。儿子想活，妈也丢不下自己的骨肉。今生的母子缘，岂能等来世再续？妈妈成天以泪洗面，儿子即使成了植物人也是一条命，她要让儿子活下去。

当所有人都决意放弃的时候，当妻子毅然绝情而去，子女因为工作生计而无暇顾及自己的父母之时，是母亲用她最柔弱又最坚强的肩，担起了护子之责。

大姨用很轻又不容置疑的语气告诉她的儿女："你们各自忙自己的事情，兴华由我来照顾。"

于是，大姨处理好老家的事。在不舍中，将她的妈妈，我那已经一百多岁的外婆送至绵阳小姨处，只身来到小儿子身边。像喂养婴儿似的，一把屎、一把尿地照顾兴华。

一年，两年，三年……大姨不敢生病，不敢离开。这样，一个从死神手里抢出来的儿子，睁眼了，能说话了。

整整7年，母子相依为命，吃最简单的饮食，却用最好的护理。儿子活过来了，并渐渐能自理起居。我不敢想象，大姨受了多少苦，才换来了今天儿子的命。

今天早晨，我们在家院子里拍照时，我问表弟："妈妈好不好？"

"好，妈妈最好！"他开心地笑着，并用能动的右手拉着妈妈的手，在他姐姐的鼓励下费劲地唱起《世上只有妈妈好》。我边录视频边流泪，歌唱得很拙，但是他真心感激妈妈没有丢下他，"妈妈"是世界上最动人的名字，它包含了温柔、爱、坚强、付出，妈妈的大恩难报。

世界上少了抱怨，就会减少痛苦；

世界上多了报恩，就会增加幸福。

大姨年事已高，却还在种菜喂鸡，一日三餐照顾子女。大姨至今没有享受清福，可她的心中是幸福的，她说所有子孙都蛮孝顺的；只要所有人好，她的心就安，就满足了。

中秋感怀

（一）

农历八月十五中秋节是我国民间重视的节日。

每月十五日，月亮从弯弯的月牙变成了圆圆的球形。遇上天气晴朗的时候，月亮在深邃天空中悬挂着，呈淡黄色，似通透又皎洁，散发出十分迷人的亮光，引得无数文人骚客借月光把酒言欢，吟诗作对诵读，挥毫泼墨作画。

圆圆的月亮，月月有。为何独选八月十五作为节日呢？

我想，是不是辛勤劳作一春一夏的人们，

更想在圆圆美美的月光下，来欢庆秋天丰收的喜悦？

我想，是不是背井离乡的人，想在秋风秋雨渐渐凉的时候，寄语天空月亮，传递自己对年事已高的父母有无添衣暖食的牵挂？

我想，是不是在家的老人，看房前屋后树叶渐黄飘落，想让月亮传情，说说父母多么担心远方的儿女生活的辛苦？

我想，是不是四季走过大半，人们想用此时怀念春的盎然、夏的热情、秋的安静，迎接冬的冷峻，梳洗走过当年这一段时光中所有或喜或悲的日子？

这是一件重要的事，在这个特定的日子里亲人们归来团聚，让生命在亲情中交融，把心中的思念牵挂，把内心的幸福与苦闷统统释放出来，以亲人间流淌着的同样血液，互相抚慰心灵，希翼未来更好的生活。

（二）

过中秋节，一个隆重又很感性的表现方式就是吃月饼。

现在的月饼五花八门，甜的、咸的，豆沙的、蛋黄的、鲜花的、火腿的。凡是想象中可吃且美味的食物都能把它糅合在一起，做成月饼。

但老一辈人最喜欢吃的还是那两种：一个是糍粑，另一个是麻饼。几十年前，每每快到中秋节时，家家户户都会存积点糯米，将糯米淘洗后泡上两三天，然后直接放进甑子里蒸，待熟。倒入一大缸钵里，用两节芦苇秆使劲地揉。揉糍粑是件吃力活，往往一家人要像跑接力赛一样，每个人都要参与揉捏才能吃上又黏又香的糯米糍粑。待糯米颗粒完全被揉烂，已分不出彼此时，父母会将早已弄好的白糖和黄豆面端来，一家人围着缸钵，用手扯一小团糍粑再蘸点糖黄豆面，津津有味地吃起来，那味道醇香，安逸。这种味道，无论贫穷富贵，唯情而已。

关于麻饼的记忆，最深刻的印象是中秋节走亲访友时，会在商店里花两块钱，买一筒麻饼，一筒十个。麻饼是麦粉加上猪油白糖等用机器搅拌后做成的一个个圆饼，进烤箱前撒上芝麻再进行烤制成。出烤箱，油浸浸的，飘着猪油和芝麻香。用打了红记的纸包上，再用麻绳拴着，提上它走亲戚是很有面子的。

现在的月饼，虽然用料复杂，外形包装精致，价格不菲，但总感觉少了点什么。最好笑的是，一盒月饼可能在甲、乙、丙、丁的手中飞来飞去，又回到原主手中。它既少了糍粑的味道，又缺了麻饼的情意，更多的是被赋予了商业的价值和虚浮的人情，这也许是八月十五，中秋后之凉吧！

（三）

人们盼望八月十五过中秋。不知是高兴家人的团圆，还是为了看圆圆的月亮。

今年中秋节南方多地下雨，高冷的月亮躲进厚厚的云层，人们无月可看，便发出许多失望之声。

我以为平地无月，山高便有风，风吹云散，月亮可见。于是驱车200公里，至贵州天鹅堡1400米高处望月。谁知，山高雾大，能见度30米，更无月至。索性逗趣家中月亮妹妹。那一声声不停叫唤奶奶的天籁之音，让人幸福感远远超过看月的心情。我带着感恩的心遥祝还在远方辛苦奔波的夫君平安顺利，与亲家陪着月亮妹妹在月黑风高的山里，在中秋节这天度过最最真情的时光。

中秋乐景

中秋来临，我努力想取悦你们，我亲爱的家人。

每当传统节日来临的时候，我总是贪恋与亲人相聚。

可这样的想法，如今却成了奢求。

今年的中秋节，我要感谢广州医院的体检报告，让我在澳大利亚工作的儿子回家了。

同时也要感谢我的亲家正好在八月十五生下了他们挚爱的女儿，我便以要给儿媳妇过一次生日的理由，把媳妇、孙子都招了回来。

一家其乐融融，儿孙绕膝。在传统节日里其意义显得非常重要。自从儿子踏上社会，然后又娶妻生子，这近十年里，我们一家人团团圆圆在一起还是第一次。看到越来越懂事的儿子，乖巧能干的儿媳，聪明伶俐的孙子孙女健康平安地生活，我们两位老人真是好不欢喜！

我觉得老天对我们太厚爱了，我时常都在感恩、感动中生活着。不管别人怎么说，我都会一如既往地享受生活中快乐的每一天、每一刻，不委屈、不挑剔自己过的日子。一切都那样简单，简单甚好。亲人是打断骨头还连着筋的那种人，亲情里有血浓于水的感情。中国人讲究的是人情世故。在礼仪礼节中，亲情是唯上的。每年八月十五吃月饼过中秋节，寓意着思念亲人，盼望家人团圆。

我很喜欢亲人们在一起团结友善幸福地生活，我也很爱我的姐弟们，每逢佳节，大家必有聚会，喝酒品食，拉家常。亲人之间的感情也要相互爱护，在彼此尊重的互动中加深。

我经常想，一些人为自己及家人的生计奔波在路上，舍弃亲情的温暖，爱心会不会也在路上？还有明月千里寄相思之苦吗？还有"举头望明月，低头思故乡"那份感情眷恋吗？

想至此，终不愿。

于家人，我时时愿尽己所能取悦他们。我知道，在取悦他们时，我也取悦了自己。我会很开心地给他们送点小礼物，把自己平时舍不得吃的都搬出来弄给大家吃。我会很努力地克服自己懒惰的心理，出奇有耐心地带孙子玩，尽管结果是腰酸背痛，但还是打心眼里愉快！

今年中秋节，有些奢侈地聚集了家中的人气。乐哉！

小喜小聚

上周星期天，先生与他的一群老乡小聚，把我也拉去凑热闹。席间一个小老乡对我说："嫂子，定个时间到我们小喜村来耍，吃特色火锅，我们的食材绝对比××品牌的火锅更令人向往，保证让你来了不后悔。"我微笑着答应道："好，好！"

吃美食，于我来说是残忍考验。本身我就是一个喝水也会长肉的体质，现在的我虽多次减肥，仍然成效不大，究其原因是我管不住自己的嘴，一边嚷嚷着减肥、少吃，一边又经不起朋友们的引诱，说什么只吃一顿没关系，既然有了美食就先想口福，吃吧，吃了再减。

每每这时我会半推半就地举起筷子来。加之席间的和谐氛围，自己总是胃口大开。然后下桌来就后悔，发誓下次绝对不再放任自流了。可下次又来了，瞧瞧，我就是这么个吃货。

好在先生没怎么嫌弃，还说能吃能睡是我的福气。我的个乖乖，他不会把我吹胖了，不要我了吧？照此胖下去，我还是有危机感的。

反正到小喜村赴宴是他的小老乡请的，我还是得给别人面子呀！

实际上，先生的小老乡多年前就在永川做房产生意，四年前他们在永川高速路下道口进城方向拍到块地，花了十个亿修建了一个集商业居住于一体的华茂中心广场。小喜村是他另外的朋友按照中式风格装修的餐饮城。

经他邀请，我们踏进华茂中心，刚进门便被小喜村红红火火的景象迷住了。食客们在热烈的氛围中欣赏着驻唱者的歌声，和着悠扬的旋律酣畅淋漓地大吃，此情此景是令人愉悦的。

小老乡把小喜村的村长叫过来让我们认识，个子不高，头顶有点秃，眼睛不大但贼亮，看上去还算是一个精明的小伙子，似乎有些腼腆，他微笑着与大家打招呼。

我问村长："你们村里有些什么好？拿出来让大家品尝。"村长说："此地货鲜量足，味道一流，点选即来，保证您满意。"

在华茂中心职员阿英的推荐下，时鲜肥牛、巴沙鱼片、虾滑圆子、毛肚、鹅肠等等上了满满一桌。

锅里飘着香气，沸腾的红汤跳着欢快的舞蹈。我与阿敏紧挨着坐，我俩平时都是话痨，此刻也无声了，低着头只顾着吃，华茂赖总给她夹了一大块牛肉，想着太大了要分给她老公一点。她老公却说："你吃吧吃吧！我也不会嫌你胖的！"

哈哈哈，哈哈！

我和阿敏都是被老公宠着的幸福之人！

当小老乡问我感觉怎么样，我说下次还来！

本人声明绝对不是打广告，只为这里优雅的环境，和这里为顾客着想，十分周到的细节，也为他们精心烤制的特色水糖发糕，我一定还会来的。

笋溪河边的爱情保卫战

无数次听九九给我们讲她的恋爱史，每次内容都差不多，但每次从她绘声绘色的描述中都可以窥见她为爱情耍的小聪明，她的睿智与执念与众不同，次次听着都新鲜又舒服。

九九家在距长江二十来里的何埂镇，她爸在城里一国有企业工作，母亲在家务农，她在家排行老二，上有哥哥下有弟妹。显然，她在家不是独得恩宠的人物。但她们家在当地算是"一工一农，一辈子不穷"的主，从某种意义上说还带有点优越感。

九九个儿不高，并不是貌如西施美人，但她出生在这样的家庭中，自然比一般人家的姑娘要自信、爱美些。到了十八九岁谈婚论嫁的年龄，她更是拿出公主的架子，因为自己不喜欢，若干次对媒人说不。

她性格开朗，喜欢笑，家中大大小小的活儿都卖力地做，从不与姊妹们计较，高兴了没心没肺说笑话，不高兴了只顾自己一吐为快，怨气发了，一会儿跟没事似的。对待左邻右舍的人也有分寸，待人接物有礼有节。总之与她在一起好相处，也愉悦。

在离她家七、八里地，笋溪河边的喻家，原是一大户人家，后因种种原因家道中落。喻家也有好几个孩子，因家庭贫困，老大喻兵初中毕业就去参军。经过三年军营熏陶和磨炼，本来身架子粗壮的喻兵更加英俊挺拔。

在 20 世纪 80 年代，中国农村姑娘们对军人有着莫名的崇拜，当兵回家的喻兵也成了姑娘们抢手的对象。也是机缘巧合，对九九来说，拒绝把自己随便嫁出去的同时，在农村已经近 20 岁的她还没有订婚，农村里会有闲话的，她心里也着急了。

她与同学喻萍平时相处很好。这天，她去喻萍家玩，偶见得英俊儒雅的喻萍哥哥，心里咯噔一下，全身像触电一样，一股暖流迅速冲击大脑，脸也涨得通红。

生长在这山山水水之间，内心无比骄傲的她，19 年，第一次为一个异性心跳得那么厉害。丘比特之箭穿过笋溪河，穿过玉米地，带着暖风渐渐地穿过她的心脏。

回到家后，她开始失眠，脑子里都是喻兵的身影在晃动。她相信自己开始恋爱了。

以她家在当地的身份，和她的性格，她不会主动去表白的。但心中那份冉冉升起的爱，怎么也没有办法束缚住。

她内心充满激情，坚定自己的眼光，由此锁定了爱的目标。于是她就以找同学玩儿为名，变偶尔为经常。本来也勤快的她，到了喻家，总是不停地帮喻妈妈做这做那。

喻兵转业回来以后，为人憨厚诚恳，利用在部队学的知识，做了生意。有这么个优秀男儿，前来说媒的一波接一波。

每次九九听喻萍说哥哥又要去相亲，九九都会早早地把自己打扮得漂漂亮亮的去找喻萍玩。等到喻兵垂头丧气地回家，九九便愉快地回去了。

九九次次去喻家，喻兵次次相亲不成功。

直到有一天，喻妈妈对来家里的九九说："姑娘你勤快，性格又好，不如你和我们喻兵好了吧？"九九心里窃喜，在他家成天晃动，终于取得了阶段性的胜利，获得了喻妈妈的认可。但九九的内心是矜持的，她没有迫不及待地答应，只是脸红红的笑着回家了。

至此许多天，她都不去喻家。她是在等，等喻兵去找她。

九九后来给我们说，喻家是母亲当家，喻兵又是十足的孝子，她要想嫁给喻兵，首先要让老人家同意，留下好印象，步步为营。

果然，在一个晴朗的日子里，喻兵被妹妹带着登门来看九九了。

九九自然是心花怒放。从此他俩牵手相恋，在笋溪河边留下漫步的足迹，真诚而热烈的爱情告白和长久的相思。

30年过去了，九九对喻兵的爱情热度从没减退过。她经常在微信里感恩喻兵给她的爱，说"自己的幸福都是喻大给的""爱你一辈子"等等。

那一腔情话肉麻惨了！呵呵！

尊重与珍惜

悲伤的唢呐声很刺耳地从凄凄冷冷的冬雨中穿透山脊，再折返进松林里，传到黄姑爷的院坝。

在霏霏细雨中，山上的风一吹，刚从车里出来的我们更感到空气的冷，出口气也会变成冒烟一样的白雾。我们站在泥结石的机耕道上，扯起嗓子喊："黄姑爷，黄姑爷，我们来了，你在哪里？"

"来了，来了。你们到下面的房舍去。"山风送来了黄姑爷很小的回话声。

我们从他上面的小楼房前顺着一条小路下梯坎，走过一块菜地和斜斜的竹林坡来到他喂满鸡鸭的老房子里，黄姑爷也刚好从对面打锣吹唢呐的地方到家。他告诉我们，那家的老人仙逝，享年93岁。他作为村邻去帮忙，做些力所能及的事情。

难怪，我们刚刚在大雾弥漫的箕山里就感觉到不一样的气氛，呜咽的唢呐声如诉如泣，更有一番悲凉。93岁的高龄也算是瓜熟蒂落，愿老人家的灵魂安息！

热闹的鼓锣一阵接一阵地敲起，老人家的儿孙们用最隆重的习俗送他在人世间的最后一程，入土为安。从此以后老人家便会安静地在松林坡里默默地注视他的儿孙们继续在这片土地上繁衍生息，幸福安康地生活！

黄姑爷对我们说，他昨天就接到小娘电话，已经将鸡鸭各拴了两只，帮我们整理好了，他一会儿还要过那家去。维维赶紧进灶房烧水，我则在坝里帮黄姑爷搭手捉鸡鸭。我一手鸡一手鸭的提着，黄姑爷从厨房里拿出一把亮晃晃的菜刀。他拎起一只鸭，捏住鸭的头，将颈部的毛扯下来露出一节喉咙，然后拿起菜刀。一种说不出的难过向我袭来，我的心在颤抖，赶紧转过头去，并将手里提着的鸭子护在胸前，我不想让它看见这一幕。它的同伴死了，接下来会轮到它，它会恐惧难过的吧！阿弥陀佛！

同是地球上的生命，其结局却迥然不同。人的生命，被热烈地欢迎着来到世间，生命之尊贵，不容亵渎和侵犯。当他们离开时，所有人都带着忧伤和不舍，含泪告别。而动物的生命，特别是小鸡、小鸭、小鱼、小虾，生命之轻，它们生来是供人类吃食的，常常成了盘中美餐。对于它们的死人类不会有任何形式的悼别，甚至连它们的同类，看见有人剥夺同伴的生命后，也不会感到悲哀，还叽叽喳喳游荡在充满腥味的瓷盆边，等待着同伴被解剖后的肠胃里抖撒出来还未消化掉的粮食，蜂拥而上，争相食之。

谁主宰这个世界，他就拥有生杀予夺的权力，轻视践踏与己不同类的生命。

我想起了侏罗纪，那时统治地球的恐龙，是不是像现在人类处置动物一样处置我们呢？人类现在生活的地球，今后会由谁取而代之？

珍爱生命，珍爱自己。

我 心

佛经说，人有八苦：生、老、病、死、怨憎会、爱别离、五阴炽盛、求不得。

前四种苦是因，为自然归属，不可改变。后四苦则是依托于前四苦的果，是生命之感知。因此，人之最苦，我以为是心之动念。欲去恶，求善而不得；欲去悲，求乐而不成。在有生的日子里，对身边一切事物的挂碍，既求不得，亦放不下。在现实与虚妄中来回奔波挣扎，谓之苦也。

唐诗曰：公道人间唯白发，贵人头上不曾饶。

俗话谓：我本将心向明月，奈何明月照沟渠？

我的执念太深，我的挂碍太多。导致精神与肉体上两座大山压得自己喘不过气。在意识里狂躁的内心无法安宁。求解脱。

佛告诉我：看空，舍得。

释迦牟尼在成为佛教祖师前，曾是一个小王子，王位继承人。他可以舍弃王位苦修，虽不是帝王，却是这世界所有帝王治理国家的精神领袖，是黎民百姓追求完美的那束光。

本心告诉我，无执无碍，无识无心，即无生。

一段时间，我的心像一口池塘中间的水井，池塘的水被垃圾污染，井里的水清澈干净。同处一处，浊者自浊，清者自清。欲取水饮，须搭一石桥通往井边，小心谨慎，才不会掉进池塘，方不会同流合污。

一段时间，我的心如初夏阳光里的花朵，灿烂明丽。在风中起舞，在雨中含羞，在月下沉思，极致闲适快意。一段时间，我的心如一独舞者，音乐陪伴着孤单，靠躯体四肢或快或慢的划痕演绎一个故事。

生命存在，应当守护生之尊严。首当理解处于互即互换中。如一株开满鲜花的树，也须有非树之外的水、阳光、泥土、肥料，才可成就它的艳丽与娇羞。其次施以仁爱、包容、慈悲，既是修养更是尊重。

有人问我，你心地那么善良柔软，在你孤独时，为什么不养只猫或小狗陪你？

曾几何时，我家的猫下了一窝崽，白白嫩嫩的小波斯猫。儿子应我的要求一边哭一边抱着小猫送人的样子让我难受。我家的一只狐狸犬陪我散步四年多，因意外脾脏破裂，那哀伤的低鸣声至今充斥我的神经。我不是不爱它们，是受不了一个生命从我身边离去。

万物在心，冷暖疼痛自知。即使有执碍，此心光明。

我知求不得之苦，于是向古人王阳明学习，向当今有识之士学习，求修行。

一杯清茶

一杯清茶
温度刚刚好的清茶
喝下
苦是已经体验过的
体验过跋涉的味道然后
是甘醇，没有轻狂张扬的甜

端坐一杯清茶前
仿佛前世今生都在修炼
慢慢品
唇齿留香，甘入丹田

一杯装满简素的清茶
瘦了浮云，丰腴了嘴唇
荡涤了内心世界
胜过推杯换盏的无数盛宴

捧一杯清茶
心静地度过美好时光
我愿

我在桥上看风景

我在桥上看风景。

一排竹舢板撞入眼里，清澈见底的河水慢悠悠地自东向西流过来。舢板没有借助任何外力，也从东向西，如徐徐的风飘来。舢板上站着一位头戴安全帽，穿着橘黄救生衣马甲的工人，他手持长长的竹竿，竹竿一头有漏沙网匙，正在捞河里的漂浮物。他握住竹竿中间，往舢板两边的水中一边一下，有节奏地擦动着，水被擦划成一条弧线，仿佛他的身体长了一双隐形的翅膀，似有轻功一样悠然飘来。

工人的工作就是每天不厌其烦地在河里打捞渣子，保持河面干净。帽檐遮住了他的脸，我看不清楚他的面部表情。但从他不紧不慢，又很有节奏的动作来看，我猜测他内心是在唱歌吧？两岸绿蔓垂壁，枝条上的小鸟在水中摇曳跳跃，岸上拥挤在水边的房屋门市里传出敲击声，热闹嘈杂。他却专心致地舞动着竹竿，像风中剑侠，独行一个世界。画面感很强、很美。这是他在日复一日、年复一年的劳动中，自创的一支舞蹈。

这是一段穿越永川城市中心的小河——跳蹬河。以前两岸被低矮的房子占据着，乱搭乱建的吊脚楼比比皆是。临河还有一个农贸市场，市场里污水直接流入河里，造成河水污染，永川有名的古八景三公河变成了臭水沟。洪水泛滥淹过民房，老百姓苦不堪言。为彻底整治城市脏乱差，保护百姓不受灾害之苦，政府花巨资对城内河系进行整治，还民青山绿水，蓝天白云。

我在桥上看风景，这一幕景色让我着迷。
一叶扁舟捞春秋，
两岸藤蔓护城池。
三岔河水清幽幽，
四季如画美昌州。

夏日美好

2019 年春节热闹的鞭炮声仿佛还在耳边回荡，今日便到了立夏的节气。

用日月如梭、光阴似箭来形容此刻心中的感受再恰当不过了。

春天，它短暂得让我们措手不及。

天地间的绿色刚起，我们还没有看够桃花的粉、梨花的白，还在一片金黄色的油菜花中沉醉遐想，春天便走过了山头。

没有好好梳理一下春风拂面的心情，刚褪下熊一样的装束，准备用逶迤的长裙、风衣、纱巾呼唤春天，没来得及汲取春露、轻放脚步、长袖善舞一把，就被夏天逮了个正着。

立夏意味着春天结束，夏天到来。

胖乎乎的我最怕过夏天。夏天热，就会不停冒汗，不管是走路还是吃饭，常常是汗流浃背，十分狼狈。

夏季至，那些窈窕淑女，风情万种地穿着显身露肩的时装。飘逸如仙、紧身翘臀如狐，一身典雅精致、高贵冷艳，生生让我羡慕嫉妒恨！夏天我最喜欢的衣着就只能是麻布素服，既宽松又吸汗，只是形象上离淑女之道远点罢了。但在我宽松的麻衣里还是住着一个有小资情调淑女的灵魂的，不然我怎么对得起自己的人生呢？

我不喜欢过夏天，但自然界发展的规律，春夏秋冬四季更替，是不会因我的喜好而驻足的，该来的一定会来，我得有心理准备，用虔诚的心迎接它。

其实仔细想想，夏天也是值得我们赞美的季节。

夏天日光热烈，恰如我们对生命的喜爱，如奔放而豪迈的一首歌。

夏天的夜，天空澄明，繁星闪烁。无数青春碰撞，相依着数星星的浪漫，犹如丝竹笛箫下委婉的诗。

夏天承接了春天的种子，用如火的热情让它生根发芽开花，并为秋送去累累硕果。没有夏，生命缺失一个季节，它还会健康吗？

感恩，自然给我们的一切都是最好、最恰当的。

感恩，我生命中留下的一切印记。美好的、善良的时光！

新农村

今天随朋友去了何埂镇吴家坝前峰村吴恒亮家做客。家乡新农村的变化让我十分惊讶，回到家里久久不能忘怀。如今农村人过上如此令人眼羡的日子，由衷赞叹我国发展经济，强化改革开放的改革成果。

吴恒亮的家在距何埂场镇北面两三里路的地方，一幢二层楼外加两个小院的家掩映在绿树丛中。门前的水田已插上秧苗，似一块翠绿的地毯，很是养眼。已经水泥硬化了的田埂如一条玉带飘过田间，不远处还有一条踏水桥，河从屋舍旁边静静地流过。为让河两岸的村民过上方便舒适又康泰的幸福生活，政府出资将河岸打造成了休闲公园。沿河三公里水泥路边修有路栏，还种了花草。恒亮说，他每天早晨同妻子在上面跑步，呼吸新鲜空气，要是在以前这是想也没法想的事。

走进他家，眼前的一切，更是颠覆了我的印象。从前农村人家给人印象是很远就闻到牲畜粪便的味道，房前屋后堆满农具、柴垛，各种杂物横七竖八乱摆放。

在恒亮家，功能房进行了很好分区。他的两个小院干净整洁，绝对看不见一丝凌乱。从墙脚爬上房顶再垂掉下来的三角梅正艳艳地开着，葡萄架下一串串即将成熟的果子令人垂涎欲滴。石壁墙被花草覆盖，院子里茉莉花、栀子花、格桑花斗奇争艳，还有热烈奔放的红玫瑰、粉玫瑰，以及长成一把巨伞的金桂树、黄桷兰吐露着醉人的芳香。主人还特别有心地用石缸子养了睡莲，一群可爱的金鱼在莲花下自由自在地游弋。各类盆景在沿边砌的矮围墙上摆满一排。见此，我产生一种错觉，仿佛置身于

欧洲小镇，花团锦簇，瓜果飘香。环境如此静美，心中竟有些莫名的感动。

我好奇地进屋参观。呀！厨房用上了干净环保的天然气，自来水入户使用方便，还安装了净水器、热水器，冰箱、组合橱柜一应俱全。每间卧室都修成有卫生间淋浴的套房，还有一间大大的洗衣房。每个房间都铺上地板砖，我怀疑自己是在三星级酒店里转悠。不，比酒店还要干净。恒亮的表姐说他有洁癖，除了上班，成天就在家打理花园，收拾房间，难怪这院子里待着很舒服。

恒亮、章兰夫妇知道我们要去他家拜访，弄了一桌绝对的土货给我们吃。烧泥鳅、滑肉豆瓣汤、凉拌鸡、红烧鸭、韭菜河虾、干烧小龙虾，还有绝对少不了的河水豆花，就着一坛自酿桂花酒，个个吃得十分欢喜。我们跟着他们过上了不是神仙胜似神仙的小日子。

感谢何琼、晓苹邀请，感谢恒亮、章兰热情款待，是你们让我看见农村日新月异的变化。现在农村家家都富起来，那种面朝黄土背朝天，日出而作，日落而息，成天只为三顿饱的日子一去不复返了。他们运用新技术、新信息开始追求更高层面的健康完美的生活状态。

在这片山清水秀的环境里，人们平安幸福地生活着，感谢遇上了这个好时代，祝愿家乡人民世世代代祥和安康！

这不是在做梦，我们的家乡就是这般美丽。

登东渡槽

始建于 20 世纪 60 年代
从这个山头到那个山头
全长 250 米，身高 90 米
大大小小 35 个拱门
拱举起一条灌溉水渠

现在的你已是一道风景
一段承载人定胜天改造自然的记忆

再肥沃的土地也有干渴的时候
你如一位有血性的男子
将身躯里的血液缓缓流出
十五个村组上千亩粮田得到渴饮
起伏的山峦见证
绿色的大地可以证明
活着的老人可以证明

从这个山头到那个山头，
你是一段生命，
一段用汗和双手铸成的奇迹，
在你的身体里充满了力量
充满了豪迈，充满了哺乳的希冀
滚烫的血液奔向原野，昼夜不息
一次次

你是一个印记，一个时代的印记
你是一处风景，独立于青山绿水的风景，
一段与历史对话的风景
穿越 60 载的丰碑

安静地耸立

我愿你是一棵菩提树夏送凉爽冬寄温暖
用一颗菩提心的牵引
祝福登东人民安居乐业
让脱贫致富的美梦成真

——2020 年 7 月 14 日走进大美宝峰采风

怡　西

在怡西品读会 8 周年庆"四季色彩服饰秀·时尚之夜"完美落幕时，将现场盛况发了朋友圈，很快我的微信朋友圈被它的惊艳演绎刷屏了。赞美、羡慕、感叹这群既食人间烟火，又飘逸如仙子精致温婉的女人们，怎么能把日子过得如此美好而从容，她们走在 T 台上，脸上自信的微笑，脚下轻盈而优雅，全身散发出来的是内敛知性的特质。

这群女子在怡西品读会里，8 年不间断地接受知识的熏陶，追寻精彩人生的启迪，更是在生活实践中经历美饰、美食、美旅，还有古琴、摄影、造型和心性茶修，才成就了今天精彩的绽放。

女人是水，可以柔克刚，女人如花，让大自然丰富多彩。女人是这个世界上掀起生命浪漫的尤物，但她一定得是内外兼修，用烁烁光华照亮世界。

这里，品读会的姐妹们由衷地感谢一个人。她，就是品读会的发起人陈怡西女士。

昨天怡西又用她多年对美的积累，精心准备了一场公益演讲，让更多女性走进生活中的美，感受色彩、轻抚简约、找到自我。

中午短暂的休息，我与上海教育人潘亚丽女士约定，从不同的视角介绍怡西。

陈怡西，永川著名电视节目策划编撰主

持人。能当主持人的大多都是美人胚子，这个要感谢她的父母给了她一副好容颜。

但要主持一档好的节目，光有漂亮的外表是不够的，还需要呈现给观众积极向上，赏心悦目的内容，这就要求主持人必须有丰富的知识、宽阔的视野以及驾驭工作的能力。她主持的《读书》栏目，让众多观众跟随她领略了诗歌词赋的美，读名著析经典，跨越时空，追寻伟大的灵魂。授人以渔，解人以困。

作为公众人物，她有极强的社会责任心，果敢自信。她在采访中了解到许多女性喜欢读书，渴望遇见最好的自己，她由此萌发了组织一群志同道合的姐妹们聚会读书沙龙的想法，让姐妹们在读书中吸取精神食粮，自由而快乐打发时光。2011年春，怡西品读会诞生了。

照怡西的说法，读书沙龙成立这几年，她为了让大家读好书、有收获，费尽心机，选择书籍，领读导读，定时分享。邀请重庆著名诗人李元胜对话生命真谛，将《请在星光尽头等我》一书由读书沙龙成员自编、自导、自演成一部传递爱心的感人话剧，并在江鸿大酒店成功公演，吸引了成渝两地的众多观众驱车前来欣赏。

对每一件事都要求完美的她，事无巨细亲自做，音乐、文字、服装、形体展示，尽乎苛刻的要求。她说每场活动组织下来都很累，很累。但活动成功举办，她发自内心的喜悦，因为让女性在遇见最好的自己的路上又近了一步。她的付出有价值，值得。她调侃自己的生命被无形中拉得很长，别人活一辈子，她有三辈子。首先她有一辈子做自己喜欢的主持人工作；其次做了提升女性品格素养的公益活动；再次，向社会开通了生活实践家公众号，她把生活、美食、美服、美景用大量图文并茂的形式成功展现。

是啊！我们每个人要想自己的生命活得更长，一定要多读书，多看不同的世界，多一种责任心去经历，体会人生，演绎不同角色，让自身的精神和故事去感染人、打动人。

与怡西接触久了，你会感到她的真诚与直率，军人家庭出身的她不会去迎合世俗的东西。她内心的骄傲，源自她自身的努力。她为了工作，努力读书。为了姐妹

们对美的期许，她努力探寻前进的路，拜师学画，自学摄影，把大量中外时尚美学吸纳再传播。有人说她精于美食，一点就脑洞大开，对许多事物都能达到较高的审美高度，这些简直就是上帝给她的专属技能。

上帝给了她心灵手巧，她给了姐姐妹妹们真情的奉献，让品读会的姐妹们实现了完美的蜕变，这就是精致于心、卓越于性的她——怡西。

丝雨小乐

昨天与几个姐妹约好今日去圣水湖看花。不承想被夜间一场春雨搅黄了。

今天早上大家在群里叽叽喳喳讨论，是去还是不去！有人说下雨天山上的泥水沾在身上不好洗；有的人坚持要去，说现在村镇建设很好了，到处是水泥石板路，干干净净的不会弄脏鞋和衣。

主张不去的人，总是想方设法找理由，认为天气不好，影响赏花心情。本来大家是想趁着春光，美美地与花来一场邂逅，妖妖娆娆在花下展姿，下着雨怎么想也不是赏花的时候呀！

可偏偏有人就喜欢看带着一身露珠儿的桃花，认为别有一番情趣。想想那含羞似泪的花儿，在雨中有点寂寥，静静地如一位风姿曼妙的少女，被人冷落，总有一点惹人怜爱，她们盼望去领略风雨里花的清雅与艳丽。

在大家你一句我一句争论不休时，一位因有事不能前往的姐姐打着哈哈出场了。她兴奋地劝姐妹们等着她，另找时间，最好是一个阳光明媚的天气去赏花。

一场花事的讨论就此搁置，但大家心中期待的相聚——一次娇艳的触摸，并不就此罢休。

既然不能去圣水湖，那就到我家来吧！在我的邀约下，她们来到仅有桃花两三枝的我家。在坝子里聊天，在亭下、在湖边，驻足观春风里的枝芽，聆听细雨的诗语，大家的心情也是美美的，三三两两，或坐或站，摆出各种姿势拍照，如此美好的时光，只要我们在一起，只要我们心中有景，有善待自己和他人的爱，便会轻漫整个春天。

春天里不管树上、草地上，不管是公园里还是野外，大大小小各种颜色的花在雨露滋润下都正在或即将隆重登场，人们将惊喜地迎来祖国大地上姹紫嫣红，欣欣向荣之景象。

这次不算，我们期待与下一场花事相遇。

水墨之中，一缕轻快

有一种爱好是一件很快乐的事。

在单位开了两个长长的会，回到家里已经近7点，草草弄点吃的，便上楼整理明天要上课的笔墨纸砚。楼下响起了开门声，知道先生也回来了，我毫不理会地做着自己的事。先生笑嘻嘻地说："我给你请了个老师，马上就到家里来，你赶紧下来接待接待。"说完他转身下楼去了。

不一会儿，他在下面叫我。

咦！真的是老师来了！我把他迎到画室，不好意思地请他对我的胡乱涂鸦指教一下。他看了我的练习画，对我给予了鼓励，在老师面前有点不好意思，我本来就不是个勤奋的人！

来人姓徐，名伟，他在重庆书画界小有名气，徐伟老师，承接父亲的笔墨，从小喜欢写字画画。擅长中国山水画，笔下的山水刚中有柔，动中有静，树木、山石灵动活泼。

他告诉我们，中国的水墨画彰显了丰富的哲学，抒于情，至于理！刚柔并济，墨色浓淡相互呼应，层次渐变，点笔成趣！他的画在重庆、永川多次获奖。徐伟老师，多年来他拜师学画，修身养性，整个人在文房四宝的熏陶下显得沉稳儒雅。

徐伟老师说，他下了班最喜欢的事就是进画室提笔画画。心无旁骛，专注笔下世界，时间总在不知不觉中溜走，快乐与满足始终在画室萦绕，令人舒服！他见我练习的云雾山水似像非像，便提笔示范，用虎皮擦、荷叶擦、披麻擦，画山石、树木、房子，线条流畅，留白拾遗。一幅画被他行云流水般呈现出来。

对于书画没有多少研究的先生说，他感觉太神奇了，跃然纸上的云雾山水画面很有意境，他啧啧称赞，甚是喜欢。

谢谢老师的指点，谢谢老师的示范。我一定努力练习，不为别的，只为对中国山水的喜爱，为自己静好的岁月守得一袭花香。于陋室方寸间让生命留痕，不失为一种幸福和美好！

云卷云舒，我自独守本心

有人说现在追捧小资情调是一种粉饰太平的做派，可每每得闲翻阅手机里的照片，还是情不自禁被她们的精致打扮、端庄典雅的气质所吸引，心里缓缓地流淌出舒服的感觉。

昨日在单位开完会，单位一个年轻的中干陪着我边走边聊天。他很好奇地问我，上班都是做枯燥而无趣的工作，怎么就不经意间写出了"去留无意，漫随天外云舒云卷；宠辱不惊，闲看庭外花开花落"的两本具有散淡小资情调的书呢？

我明白他的意思，一般从事行政工作的人怎会有那么多风花雪月，内心怎会充满诗情画意？成天听报告，赶工程进度，写各种汇报材料，填各类统计报表，忙都忙不过来。

我笑了一笑告诉他，每个人都有表象与内在两个自我。有些东西是骨子里与生俱来的，有的是后天培养出来的。工作仅是我生存的需要，是追求骨子里的东西必不可少的工具。

有时候，或许工作的光环会掩盖内在的自我，但谁又能知道自己内心的虚寂与不安呢？

我相信，只要有机会，那个真实的自我一定会出现。

一般来说，男人对权力有着极大的崇拜和忘我的追求欲，他们希望自己能征服世界。女人则重于情感，渴望浪漫，崇尚高贵和优雅，喜欢随心所欲的淡然生活。上帝创造了男人和女人，两个不同属性与爱好的人，在此消彼长、阴阳互补中圆满了世界，和谐了世界。当然女性追求美的标准是有差异的，对美的认知也不尽相同。但我们对美都有共同评判，即微笑与爱，简素与善良。

在我周围不乏众多女子用她们的微笑平和了家庭与邻里的恩怨，用善良与爱挽救了堕落的灵魂，用简单朴实的生活态度，坦然地面对悲喜，重视道义，给浮躁的社会一剂清醒的良药，让人为之敬佩，止乎于仁礼。

在此我还想表达的是，人人内心都不可有太多的怨和恨。怨恨多了，自己内心不快乐，他人也唯恐避之不及。作为追求美好的女人，要做一个干净纯粹的天使，无论先天条件怎样，都要放下怨恨，放下无谓的私欲杂念，一心向善向上。要在广阔的知识海洋里学习静思，通过读书净化心灵。唯有不懈求知与强化自修，才可显其品位，其情趣，其格调高贵，突显其温婉优雅。

愿我们每个女性都遵从内心，活出品格，活出精彩人生！送你一枝玫瑰，给你最幸福的感觉。

愿我的朋友们做永远知性、浪漫、优雅的女人。

无　题

你和我都明白

现在

台上翩跹的舞蹈

终将谢幕

哪怕曾经轰动了四季

将来

它也将连同思想与身体

埋进坟墓

太平洋的飓风

吹不到

珠穆朗玛的山巅

遇上一群钢筋丛林或

一座矮矮的山

它乖乖地折返

而珠峰上的雪花

飞向大海时

在风沙走石里

早已变成一滴清泪

十字架上耻辱、忏悔
凡·高的向日葵里
走出了爱情的声音
撩开缦纱有魔咒
及素颜的馅饼

层林尽染的心灵
把春夏秋冬的日子
重拾柴火燃起

机遇随话

最近看到一则新闻报道，说的是一女子乘高铁，在高铁即将启动时，她蛮横地拦在车门口，等还未上车的丈夫。她的行为导致高铁列车不能准点发车，乘高铁不像坐公交，也不像私家车那么灵活，它高效准时的特点非常明显，牵一发而动全身，如果这趟列车不能准时，将打乱整条路线的所有车次，对所有乘客旅程的影响非常大。最后这个女子被执法人员强行带下车并予以曝光处罚。

人生的机遇就像坐高铁，搭乘上了就可以顺利到达目的地。

慢一步，哪怕是一分钟，未赶上只能选择下一班。它会带给我们几个结果，一是影响接下来的所有日程安排，二是可能错过心中的目的地，三是前方的风景已在光影中变得模糊，四是错过了便永远错过。所以准确把握时间点很重要，它需要我们选择好目标，提前收拾好行李，提前到达车站。

机遇永远青睐有准备之人。

四时之时，春播正忙。这一季的种子，一定得播下，错过了它不会开花结果。

至于它生长得好坏，得靠播种人用心管护。浇水施肥，杀虫锄草，一样不可懈怠。

所以人生要想获得成功与幸福，必须先付出。努力了，美好便唾手可得，不劳而获的东西，迟早会还回去的。

雨　思

由于长时间连晴少雨，水库已低于正常蓄水位很多，饮水源告急。

昨日重庆、永川气象部门发布黄色强降雨预警，对于水务人来说，又喜又惧！

喜于天助臣民，免于缺水困扰。惧于久失甘露，地质灾害来袭。

在一喜一惧当中，水务人奔赴每个可能出现状况的地点。防洪总值守，寸步不敢离。水库大坝上，防洪预灾物资储备到位。巡库者，雨衣、筒靴、手电筒样样东西不离身。

大家已经整装待发，准备着迎接暴风雨来临。已是深夜，水库值班的总调度主任有些急了：光吹风，有何用，要下暴雨就痛快的下嘛……希望不要把雨吹走了。

快到凌晨一点，南边传来消息，上游、两路水库集雨区雨量有点大。北边仍然未见雨来。凌晨三点，城区下雨了。凌晨五点，北部迎来小雨。

每一个小时，一次报告。雨水的脚步，扭扭捏捏，一会下一会停。好多水务人高度关注着预警整夜未眠，好多水务人的家人在共同祈愿让暴雨来得更大些的同时希望家人平安！

今天一大早，我的家人说，昨夜一场大雨，永川的水库都装满了水吧？我拿起电话打向水库中心主任询问，他很失望地告诉我，灾害未发生，雨水仅仅打湿了干渴大地的皮毛，各水库基本未见涨水。

好吧，九点准时开会，继续研究饮水源保护问题，继续抗旱，继续做好各种预案，迎接老天爷的考验……在此也呼吁：我们的水资源匮乏，请大家节约用水！节约用水！节约用水！

重要事情说三遍，别到了用水时节方恨少，哭鼻子也哭不出来。

夏日小思

相约炎炎夏日，一群志同道合的人在一起，不为别的，只为心中那一抹淡淡的阳光。

今天注定是一个不平凡的日子。

早早六点起床，开始一天的生活节奏。

弄早餐，很失望，一锅海参粥被我弄砸了，临时用牛奶鸡蛋加江津米花糖补救。

匆忙中赶往单位，听取有关负责人介绍工作中的问题并商定具体事项，然后赶往区法院，参加一起民诉我单位的官司。在紧赶中还是迟到了几分钟。进入法庭室，对方代理人、律师已到，法官也正襟危坐在审判桌前，庭上气氛有些压抑，见我们进来，法官很严肃地告诉我们迟到，是对法庭的不尊重，绝无下次。其实挺无奈的，一位黄姓公民，因冒险进入一级饮水源禁区垂钓，被管理人员劝离后，认为管理人员伤害了一个公民玩耍和劳动(垂钓)的权利而诉诸法律，要求判管理者违法，并给予补偿！

在旁听席上，随着法官的庭审调查，一步步深入，我想公民权利究竟是什么？是游离于法律规则之外的自我意识？还是必须有规范之约束？行政管理的基本原则和立场是依法行政，还是绝对服从人的要求？如果没有规范，让人的自由行为无节制膨胀，那需要管理者干什么，治理国家的机器，存在也就没有任何意义了。庭审结束，法官一锤定音，我们只能等待日后的宣判。

接着便赶往一个小型的笔绘现场。静静的房间里，画友们挥毫泼墨，让我从法庭的庄严中走出来，放松了心情，感觉生命的另一种美好。先期到达的画友已经按照自己的构思勾画出了一幅幅充满个性的作品，沉浸于山水的春夏秋冬间，臆想于花鸟绽放蹁跹。迟到的我，也铺纸落笔，胡乱点墨。

这时的我才是真正的快乐，老师指导、画友点赞，驰骋于天地间的想象，跃然纸上的一山一石、一花一物都是心灵愿景在世间的飞奔。落笔成画，表达出来的事物成就了自己心目中那一花一世界的幸福。

写至此本可以结束，但有一事我不得不多涂抹几句。

今天本来是想陪中学同学去贵州赤水天鹅堡森林公园游玩，可因诸多事情困扰，终未成行，总感对他们有抱歉之意！

别来无恙，老同学！

今天我的画友谢小哥，四十年未见的同学也相约在永川相聚。我因事最后到笔会现场，据说，谢小哥为见当年的她激动不已、坐卧不安的表情和心不在焉的涂鸦都成了笔友们的笑资。

是啊，时间可以冲淡很多，但冲不掉我们对青春的怀念，冲不掉对自己走过岁月的记忆。无论感恩、情愁、还是喜怒哀乐！

晚上参加了一个家庭式的聚会。一个有着几十万粉丝的网红，尽管她已经在北京有了自己的事业，尽管她只要打开网络就会有无数粉丝为她摇旗助威、跟帖附和，她心中还是忘不了恩情，她还是会关闭外界的一切信息，回家来看看永川的爸爸妈妈，陪伴永川的爸爸妈妈24小时、48小时！然后拥抱，离开！

我知道她们的故事，每一次我都作为见证人，为她们的相遇而感动，为她们在一起的仁、义、礼、孝之缘而感叹。

世界本来就是美好而充满光明的!

过去的一切已成为历史,正在发生的故事,愿向善、向上、向着阳光和梦想走向未来!

本心之愿

每个人,每一天,都希望生命是多彩的。

很长一段时间,我们都没精力走出去看山、看水、看天、看地。一辈子心中的爱用在守护家庭、赡养老人、相夫教子上了。几十年了,蓦然回首,摸摸自己,脸不再细嫩柔滑,照照镜子,身体也不再婀娜多姿,就这样蹉跎了岁月。

可我们每一个人心里都装着梦想和希望。

在生命的坐标图尘埃落定的时候,在亲情的陪伴与鼓励下,放弃一切困于生活的琐碎,想想自己的幸福人生。

穿上自己喜欢的服饰,优雅地寻觅一段美丽的时光!

希望自己在以后的日子里就这样慢慢地老去!

感恩你我

纵观现实,我们这些年过半百的人,越来越注重生活安逸性,在青壮年时期,曾为之奋斗的目标,创造美好明天的理想,都与我们渐行渐远。对于未来的发展规划,未来过怎样的生活,大家似乎没有更多的思考。我们已经被岁月的年轮碾压了向往,带走了激情。

内心深处已经历了无数次风雨,大家伙儿更在乎的是"今天"过得如何。

一群同龄人聚在一起谈论最多的是把握当下,开心快乐,做一个简单、安静的人。沏一壶茶,在慢慢流淌的时间里,摇晃着身体,听内心的声音,也听大千世界无奇不有的故事,议论一下当今社会的众生相,再不就是约三两个好友把酒畅饮,叙叙旧日友情。我们生逢祖国改革发展创新变迁的时代,日子变得越来越好,安逸度日变成现实。趁着现在的好时光,用好的心情分享生活的乐趣,相约一起去看风景,找一处僻静之地谈古论今。

于我而言，自己感觉最喜欢做的事情就是把一处处美景用文字表达出来，把一次次与友人相聚的点滴记录下来，然后与他们共同回忆。抑或将自己独处的世界坦露在外。于是便有了一段跌宕起伏、精彩纷呈的人生轨迹。近日把它整理成上下两册，即为《步履方寸间》和《放牧山水》。洋洋洒洒有四十二个印张。一位同学说我活在"文字间"，我告诉友人，这是我将自己的生命与灵魂用一种特殊的方式予以《搁置》。

两天来，在去成都审稿的过程中，感谢谢华及建川同学认真细致地帮我校稿；感谢中学和大学的同学们，在幸福梅林的陪伴；感谢同学在讨论什么是贵族精神中给予我最高贵的精神支持。我想对你们说，因为有你们，我非常非常幸运、幸福！

山无棱，谊无边

这又是一次关乎年龄的聚会。

也是关乎我们未来生活的聚会。

霞在上周就邀大家相聚，由头是她正式办理了退休手续。终于解放了，终于可以自由自在过自己想过的生活了。她早就对我说过，如果退休，她会把看病、做手术、接生等所有的事置于脑后，尽情地与大家疯耍，把这几十年浸泡的消毒液味道，统统清理干净，补上这些年与同学的相聚。

霞曾在四十年前是我们读书时的学霸之一，我们还在懵懂之中，她就以优异的成绩考上中专，从此迈上了人生中的另一阶梯。这之后的她从事救死扶伤工作，一晃又是几十年，在平凡的医务战线上，她已成为当地有名的妇科医生。无论经历还是医术都非常丰富和精湛。对于我们这一群从小到大都十分熟悉的伙伴来说，虽然时间无情地流逝，带走了我们的青葱岁月、静好的中年时光，但我们内心深处还是没有感觉到自己到了退休的年龄。

20世纪60年代出生的我们，其实已经走过了长长的路程。这一路走来，磕磕碰碰的或主动、或被动地接受现实人生，选择自己的伴侣，在国家特殊阶段、特殊政策下，养育了一个孩子。并以勤俭、努力为主要生活方式过了几十年，的确需要停下来休息一下了。

尽管我们的孩子都有孩子了，我们还是希望可以在一起玩耍。

我们老了吗？为什么大家聚在一起还欢声笑语不断！

我们老了吗？为什么大家聚在一起还逗趣卖萌，整个人都阳光灿烂！

不，是时间老了，我们只是长大了。以后的日子我们又要开始新生活的起点，重新规划未来。社会可能遗忘我们，子女也可能远离我们的生活。大家相约今后的今后，今生今世我们都要好好珍惜彼此。我们是托儿所的玩伴，从小学到高中毕业的同学，是走向社会后的朋友，是未来可以唠嗑的对象。

友谊长存，情义永在！祝福大家身体健康、万事如意！

天梯之处，情所感

相聚是一种缘。更何况我们这一群是从孩提时代开始，就生活在一个叫许家沟的煤矿里的娃娃朋友，几十年了，其间各自为了生活、爱情、工作离开了生长的故土，最后都因故乡的烟火情思聚在一起。

于是我们有了一条不成文的规定，每个人都会在自己生日的时候邀请大家耍。

9月16日，谢林、卓英、陈英、永学因生日时间相近，他们商量着请大家去江津四面山中山古镇旅游。天空下着蒙蒙细雨。我带上两位闺密驱车前往江津四面山。

车至中山古镇，他们打来电话已经去四面山中寻找"爱情天梯"。我们只好打着导航，尾随其后，在蜿蜒起伏的群山之中，一条小河伴随着我们前行，喧闹的城市渐渐被抛下。

这里是地处黔、渝、川三省市交界处的四面山，有得天独厚的地理环境，山坡陡峭，被茫茫森林覆盖，山雾缭绕，丝丝缕缕的雨点拍打着大地，氤氲而飘拂的雾气弥漫开来，似乎人间从来没有打扰过它，没有流年，没有沧桑，只有春夏秋冬更替，让这亿万年丹霞地貌上长青的景象呈现耀眼的光芒！

来到中山镇长乐村，先到的同学已经在一农家小院等我们吃午饭了。为了登爱情天梯，他们做了充分准备，据说不但买了杵路棒、草鞋，还惟妙惟肖地表演了一段精彩的故事情节。

哈哈，太有意思啦！

其实，我们这群可爱的伙伴们都已年过半百，经历了半世风雨，但聚在一起还是喜欢无拘无束地乐翻天。我们不会像年轻人那样手牵手"朝圣"般的攀爬爱情天梯，但会在刘国江、徐朝清两位老人相遇、相识、相知、相守、相爱的爱情里寻找人性的善良。每个人都会坚守一份信仰，两位老人冲破一切世俗，执着追求爱，甘愿与世隔绝，过清贫日子的勇气，是许多人都做不到的。

在攀爬的过程中，路实在太陡，且不规则，高低不平，几千梯步，走着走着我们就大汗淋漓，脸上分不清是雨水还是汗水了。其间，大家担心刚刚做了肺部切除手术的谢林同学的身体是否能行，没想到他还逞能地帮他妻子背包、拿衣服，佩服！

路上，谢林风趣十足，在1314梯步处，拉着妻子配合我拍照，大家要求他在"打波儿"处与小万来个真人秀，他却挽着妻子亲吻岩石，虽然方向整反了，但是他给我们带来的快乐，回荡在整条爱情天梯上。后来我问他心里的感受，他说爱情在过去或许很重要，但现在对他来说与妻子的亲情，是他不可放弃的。妻子陪他度过一生中坎坷的几段路，亲情让他从恐惧的阴影中走出来。他俩在3344级梯步上停留，毫无羞涩地与妻相拥，看似幽默搞笑的表情，实则是真情的流露。滚滚红尘中遇见了你，是缘。一辈子相爱相守，不离不弃。

在由爱情变为亲情的过程中，需要包容、理解，更要有"舍得"之情怀。

一路风景，一路你我

蓉城三天欢乐幸福的相聚很快就过了，留给大家的是余生的留恋与美丽的记忆。

当青春从我们这代人身边悄悄溜走，在人人感叹如歌的年华似水流走时，我们想遵从本心，不在乎年龄，不在乎金钱，不在乎距离，不在乎别人的挑剔。我们想在一起叙旧，想在一起开心喝酒，想在一起重复玩儿时的游戏，想活得潇洒自在些。

于是，我们就时不时地来一次聚会，爬山、赏花、游湖、逛古镇。在温和的阳光下，要一杯清茶，在青草地上追逐疯耍，爱美的女生们摆出各种妖娆的姿势，拿出手机你替我照相、我为你留影，到了兴奋之处还清清嗓子大声地唱些高山流水的旋律。这个时候我们这群人才感觉自己是真心喜欢的样子，这样的日子我们觉得像一首奔放的诗，热烈、暖心，真好！这次应成都同学的邀请，重庆同学浩浩荡荡欣然前往。

成渝两地相距不过三百公里，可两地的文化及风土人情却大有差异。一个以小资情调展示都市文化，一个以豪放耿直彰显码头文化。以前成渝两地的人碰在一起经常互掐，一个性情暴烈，一个为人假打。于今，两地同学聚在一起却出奇的融洽。就像奔腾的江水汇入湖泊，波澜不惊中有柔软舒适，平原与高山互相依靠，既能驰骋又可倦息。

其实成渝两地同学的友情非巴蜀文化差异能阻隔。于青少年时代我们都共同生活在一个封闭的矿山里，那里造就了我们共同的人文理念，有对贫穷的共同感受，有对仗义的共同理解，有对仁爱的共同分享，有对廉礼的共同认同。所以从小到大，我们的骨子里就有包容与尊严，有团结与友爱，有很淳朴、简单的幸福密码。所以我们会因一些小事而感动，会互相鼓励、关心。在一起相聚时我们的心是纯洁而快乐的，是充满阳光和美好的。在当今物欲横流中，任何东西在心的面前都会黯然失色，幸福可以穿越时空。

当高速的列车越过崇山峻岭，把我们送到成都后，我们便被成都同学们的精心安排幸福地包围着，分批次接站，沿途风景的介绍，入驻印象花园农庄。更让我感动的是郭汝弟同学，他说我一直喜欢吃的心心念念的荣昌凉粉、卤鹅脚板，是他从荣昌带来的。同学们在成都吃到家乡的味道，更是别有一番滋味。

原本活泼开朗的容儿，二十天前做了个手术，现在也坚持接待我们，仁杰还发动了其爱人一块招呼大家，大群主周平及素有林黛玉著称的阿静，更是忙得不亦乐乎，何健教授连夜从外地赶回来陪我们……

一路欢笑，一路风景。去秀丽东方，看成都人别出心裁的特产集市；去空巷花田，痴痴地仰望天空，看满世界飞来飞去的飞机；去黄龙溪古镇戏水，买一个花环顶在头上，争相在溪水小桥上拍照，很喜欢很尽兴。这些都是成都同学逐一安排的，他们颠覆了我对成都人关于人情世故的处世认知，真心感谢他们的热诚款待。

由此我思，我们在一起相聚的另一种意义即构成幸福的关键因素，并非是物质或美丽的风景，是永远在心里的彼此。

我们能把过去的回忆和现在的美好思绪凝结在一起，不忘我们的根在哪里。无论在何处，我们的心在一起，快乐和幸福就会飞扬！

相知相守

在 2018 年最后一个月的第一天，一对新人在亲人暖暖的祝福声中进入婚姻神圣的殿堂，仁爱的上帝为两个素不相识的家庭搭建了一座美丽而神奇的桥梁。从此他们不再陌生，而是相亲相爱的一家人，从此刻起，他们会在爱的路上风雨同舟，阳光同享。

祝福新人百年好合，永结同心！

今天，他们站在舞台的中心，当着所有亲朋好友宣誓，今生将视对方为唯一，共同携手创建幸福的家园，让人十分感动。

望着台上的他们，我不禁想起我单位的阿刘来。昨天阿刘同我们一起下乡，一路上我们说说笑笑中，好奇他生长在渝东南武陵山的一个农家，怎么就娶了永川的媳妇？

他告诉我们，也许是冥冥之中的缘分。20世纪60年代出生的人都清楚，城乡二元化十分突出，经济比现在落后很多，物质匮乏，家家户户日子过得紧巴巴的。

为了改变家庭贫困现状，他选择了参军。入伍后，他勤奋老实，谦虚肯学，深得首长喜欢，后来转成志愿兵。

当时，凡转成志愿兵的战士，就意味着有了工作并获得了城市户口，人生命运迅速扭转，前途一片光明。年轻的阿刘，乘上了一艘起航未来的船，他自信，他努力地让自己优秀。

变得越来越优秀的他，自然成了当地飞出来的凤凰。一池春水中荡漾的小荷尖尖角。

阿刘说，他当兵尤其是转成志愿兵，当地说媒提亲的络绎不绝。他每年有二十天探亲假。凡是有人给他介绍对象，他都会去见面。其间有三个是他比较中意的。三十天时间一晃而过，他对每一个了解都不深，便要了三个姑娘地址回部队，想通过书信传情进一步加深了解。

我们笑他脚踏三只船，就不怕跌倒？他自嘲当时年轻，心思有点乱。

三个姑娘对他都很好，他说在部队给每个姑娘写信都表达出深深的思念之情，情书写多了，有经验了还帮其他战友写恋爱信。

日子一天天过去，游弋在三个人之间徘徊不定总是不对的。于是他想，谁第一个到部队看他，他就娶谁。

永川这位姑娘，在她妈妈和姐姐陪同下第一个到部队，他便认定这辈子就是她了。

对另两位，他告诉她们自己的决定后，伤心的姑娘们写信一通哭骂，说他是披着羊皮的狼！阿刘有些不好意思地给我们说，她们骂得对，谁叫他成天有事无事地写他的快乐就是想念她们的情书呢！

从跟妻子结婚到现在，他们子女也工作了，俩人一直都相亲相爱，他对妻子呵护有加，别无二心。他说当兵的，最懂得的就是责任。

是啊，一个人选择了自己所爱，就不要放手。人间最温暖的就是浓浓的亲情和对亲人爱的付出，愿天下有情人幸福美满！

四十年之前的奔跑

对于中学时代选择搞体育这件事，我从来没有后悔过。尽管后来考上的是中文系，与体育专业大相径庭。但我仍然怀念那段挥汗如雨，奋力奔跑在田径场上的时光。

40年了，运动队的队友们重新相聚感慨万千！想当年一群青葱少年，怀揣梦想，在极具简陋的条件下，在刚从成都体院毕业的教练罗老师的严格选拔及训练中，无论是天寒地冻还是酷暑难耐，每天早上6点，学校的操场上就有了我们的身影，跑、蹬、跳，每一组动作下来都会大汗淋漓，队友们从未怕过苦，而是乐在其中，我们学会了测血压、测心跳，更学会了忍受、付出，收获了成绩。

张平打破了地区投掷纪录，当时竞技场只有5米，而他投出去的手榴弹远远超线，测距的皮尺不够长，惊得测记录的工作人员张大了嘴。还有张正秀、刘新春、刘明明、王维桂、王永学，都获得过短跑、跨栏等项目的冠军、亚军，后来他们纷纷考上体育院校或体育专业。这是曾经永荣局五中校运动队的辉煌，仿佛就在昨天。

虽然我没有考上体校，但经过那几年专业的训练，我有了良好的体质，现在身体还是棒棒的。

在运动队的日子里，我们收获了友爱，收获了快乐，并与队友们共同感受了成功的喜悦。

今天在教练的带领下，我们重回训练场，场地上我们留下的足迹和留下的汗水还历历在目；教练洪亮而严肃的口令声还在耳边回荡。在校园里老师给我们播撒了希望，我们尽情地挥洒着青春。

仔细想来，真好！现在国家倡导的"我运动，我快乐，我健康"，在四十年前我们就开始践行啦！

定格最美，曾经本心

当冬日太阳从那些耸立的大厦顶上落进城市缝隙的时候，我们才从山顶上的茶室离开，几位同学说我真会找地方消磨时光。

我们坐在兴龙湖旁的一座小山上，既可以晒太阳，又能俯瞰城市风景。这里离喧嚣的城市很近，却能守得几分宁静。

大家围在一起，在湿润的太阳光下，泡儿杯透出亮亮色汤的红茶，开始漫无目的地聊天。哲学、诗词鉴赏、生命告白、煮茶技艺……

因同学难得相聚，我们用了很多时间摆出各种姿势拍照。

这些照片，于我们都很有意义，无关乎谁美谁不美。因为三十多年前我们个个芳华正茂，阳光靓丽，充满青春活力。如今在人生的下半场，我们最在意的是健康、友谊。大家有机会在一起用愉悦的心情谈天说地，留下的时时刻刻都是最为珍贵的回忆。

话语间大家痛惜刚刚因癌症离逝的同学安志，活着的我们没有理由不好好珍惜当下的日子。不管是艰辛还是诗意。不要太在意别人的挑剔，怎么个活法是自己的事。

每个人对自己最好的尊重便是遵从内心，努力把平淡无奇的生活过得有意义，自信而内敛，让生命飞舞，精神世界丰盈！

花香袅绕祝家坝

第一次知晓祝家坝是去年冬天去小平妹妹家吃旺子汤的路上，从永川出发上重庆西三环高速，二十分钟左右在何埂镇匝道口下道，再往朱沱方向行进三公里，便到了天平桥村。祝家坝与小平家所在的周滩子同属太平桥村的一个村民小组，要到周滩子必经祝家坝。

南方的农村进入冬天并没有风寒萧瑟的伤感，褐色的土地上仍然铺展着绿的主色调，从春到夏再开到冬的花儿也还相当多。当车开到祝家坝时，有友惊呼："呀，好美的景象！"我们顺着窗外望去，只见蜿蜒伸向远方的公路两边大大小小的池塘、休耕的水田毗连着，仿佛进入了梦的水乡。大片水域像镜片似的映着天空中的云朵，有灵气地在水中飘动，塘中群群鸭子悠闲地嬉戏，偶尔有鱼儿噗噗地跳出水面，似乎在招呼天空不时飞过的鸟儿。越冬的土地沉静着，田埂上四季常绿的果树随风摇曳。一片片茂密的竹子围绕着一处错落有致，高低不一，属典型的西南民居建筑群。大多数的房子都崭新，群楼房墙体统一被刷成淡黄色，房顶戴上红色和灰色的帽子，别致而有特色。有的房院扎着篱笆，三角梅、蔷薇花从篱笆墙上姿势优美地探出头来。

　　黄褐色的土地，熠熠闪光的池塘，摇曳的树，随风而动的竹，整洁亮丽的房舍，粉红色的花，还有家门口晒太阳的老人，一群笑眯眯话家常的村妇……构成了一幅祥和而甜美的图景。

　　我被这画面吸引，被这景象迷惑。连忙叫开车的喻总停车，迫不及待想亲自下地去走一下，看是不是在做梦。

　　还真不是做梦，它真实地呈现在我眼前。那鲜亮的有些暖意的民居建筑群前有一个很大的池塘，池塘边有约五百平方被水泥硬化的平坝子。坝子靠近公路边，有两块重叠在一起、两米多高的大石头，大石上刻着"祝家坝"三字。下面还刻有一些小字，写着"新农村欢迎你来，垂钓、捕捉、旅游，体验农家生活"等内容。去公共卫间的莉莉姐更是啧啧赞叹不已，她感叹上卫生间也好像进了星级宾馆，干净、舒适。

　　我惊叹永川竟然有如此美丽的村庄，它就像一座世外桃源，是我内心一直期望寻找的家乡模样。怎么就在我生活几十年的土地上而没被发现呢？

　　我问小平，怎么农村都变成了一座美丽而宁静的乡村公园。小平笑嘻嘻道："现在农村变化很大，祝家坝是新农村市级示范点，我们周滩子也很漂亮，公路通到每家每户，住的是楼房，煮饭用的是天然气，绕舍小河还修了供人行休闲散步的栈道，种了花草，农村空气又好，一点都不比城市差呢！"听她一说，这里人好像在骨子里都填满了浓浓的人间烟火和百姓粗茶淡饭的清欢，令人羡慕。

　　9月28日，跟随永川作家协会采风团再次走进祝家坝。如果说上次路过仅是外观感触，这次我对它有了更深入了解。

　　在仙龙镇党委凡副书记和周委员的带领

下，我们从一处花环拱门进入了祝家坝居民点。

漫步祝家坝，我想爱花是人的天性吧，只见家家户户的庭院都干净整洁，院墙上、院角落、院中央都栽植着各种花草，紫红的鸡冠花、蓝浸浸的牵牛花、鲜艳的三角梅、粉嫩的玫瑰和指甲花，到处弥漫着淡淡花香。这些花中要数繁茂的桂花香气最浓郁，它吸引着我们站在桂花树下久久不愿离去，同行采风的周老师随手拈几粒桂花告诉大家做桂花饼的秘籍。经她绘声绘色一说，仿佛软糯香甜的桂花饼就在我们口里，让人不由自主地暗吞口水。勤快的村民在房前屋后的自留地里栽种着橘子、柚子、石榴。地上、竹架子上牵满了丝瓜花、南瓜花。有花有实的花果园让周老师不住赞叹："好安逸哟，好想约三五个笔友在这里住下，呼吸清新的空气，吃土菜，边写小说边享受这里的宁静与美景！"其实我的心情何尝不是一样呢？这里的一草一木、一花一果都打动着我的心。

走到一幢小洋楼前停下来，凡书记招呼一位站在门口的老太太，向她说明来意，老太太热情地邀我们进屋坐。我和几位文友怀着好奇心进入客厅。客厅铺的是浅色地板砖，宽敞明亮，有一旋转楼梯从屋中央直上三楼，客厅左边是一间带空调、有电视的卧室，右边并排两间屋，里间是干干净净的厨房，外间摆了一张椭圆形的饭桌，为独立饭厅。

老人家说她跟小儿子住在一起，隔壁还有幢种满花的四合院，那是她大儿子的。我们问她对现在生活满意吗？她很高兴地表示，子女们孝父母，务正业，不愁吃不愁穿，日子过得很好呢。说话间脸上已笑成朵美丽的菊花。

在边走边聊中，我们了解到祝家坝不仅仅只是花草香、庭院美。它的魅力还体现在村民自治，共同遵守乡规民约，团结互助，积极实行土地改革，致力于乡村经济振兴上。

众所周知，在农村难免有鸡狗鹅鸭糟蹋别人粮食菜地，邻里间为小事发生口角言语的情况发生，为建设文明乡村，和谐乡村，祝家坝人经过讨论，制定出含法制、精神文明、环境保护、家风家教、移风易俗等十余条社规民约。按照这些约定，他们每季开展评比，好人好事上红榜，损人利己脏乱差的行为贴在曝光台。社里建了乡贤评理堂，让德高望重的乡贤调解纠纷，做到小事不出院，矛盾不上交，邻里更和谐。通过各种活动的开展，促进了乡风民俗改善，淳朴仁厚的精神得到发扬，人人都爱护名誉，争上红榜。近几年来，祝家坝乡民间纠纷少了，邻里更和谐了，多次被镇、区评为文明乡村、卫生乡村、三变改革(资源变资产，资金变股金，农民变股民)试点乡村。

祝家坝所在地区属浅丘地带，有耕地面积三百余亩，40户178人。2015年为改变"社贫、民穷、地撂荒"现象，他们抓住农村综合改革机遇，在镇村引导下，经全社员代表大会决定成立了农民土地股份合作社，共同经营发展致富。40户社员入股土地共三百零六亩。按农业生产、特色水产养殖、特色水果种植等划分，让劳动者各尽所能，年终人人分红。

人心齐泰山移，现在合作的社员，在良好的经济运行机制下，积极拓展经济思路，成功引进优质番茄、红橙、沃柑三个品种，成立广柑专业合作社。他们发展果下经济，喂养草鸡，实现鸡吃虫、鸡粪肥土的高效循环，为游客提供有机农产品；池塘养殖多品种鱼，供人垂钓。他们还致力发展乡村旅游，打造特色民宿。引进了宏达绢花厂，让厂落户于社里，吸收那些体弱病残的贫困户进厂做工，足不出社每月能有两到三千元的计件劳动收入，确保全体社员脱贫致富奔小康。

与那些低着头不停做绢花的妇女们唠嗑，从她们轻松含笑的语气里，我能感受到幸福、满意。

耕者有其田，居者有其屋，民有恒产，餐有膳食，子孝人善，闲庭宇静，不就是老百姓追求的最佳幸福状态么？在祝家坝我看到了心齐气顺、乡邻和睦的淳朴，看到了新农村里的人情绪饱满，有大大的幸福感、满足感。离开祝家坝好久，我都在想它。现在的农村确颠覆了我的三观，颠覆了我的心情，激荡着我的内心世界。农村在巨变，变得令人向往。

走在祝家坝，我想起了今年六月，婆婆从广州回到江津朱扬溪，感触最深的就是家乡变化。

她说三十八年前离开家乡时，农村因陋就简的机耕道都没几条，而且一下雨满是泥泞。出去干活走的是羊肠小道，劳动一天整个人就灰头土脸，衣、裤、鞋子满是泥。还有家家户户的院里锄头、箩筐、撮箕、柴草到处塞满了，红苕、南瓜堆在墙角，鸡、猪、鹅、鸭四处乱跑，哪儿都脏脏的、臭臭的。房屋被柴火熏得黑黢黢，苍蝇蚊子乱飞。

现在却不同了，小车能开进院子，伸向田间地头的石板路像蜘蛛网似的，穿着皮鞋也可下地，不会一溜一滑栽跟头，弄得满身都是泥浆了。

她跟我说，政府了不起、有担当，修路搭桥，把天然气、自来水通到每家每户；还招商引资带领老百姓创业，走致富路，为老百姓办好事、实事。现在村民富了，追求更美更好生活的愿望愈发强烈，家家户户都在变化，不仅种花养草，开始享受生活，村里还时兴跳坝坝舞，农村与城里人生活差不多。她说再做几年生意，就回农村居住，种菜喂鸡，愉快地享受风轻云淡的日子。

是的，婆婆曾经背着背篓到坡上采广柑、收鸡鸭到城里去卖，一生努力打拼，就是为了离开贫瘠的土地，离开脏乱差的农村。三十八年过去，在城市生活的愿望实现了，她还买了洋房、汽车。可如今她又眷恋故土，想回农村了。

她思想上的转变，皆因近年来各级政府大力发展经济，推进新农村建设，让家乡的路宽敞起来，让故乡山水庭院美起来，让花儿馥郁芬芳。回来吧，儿孙们一定在您的老家院落扎篱笆再插上蔷薇，让蝴蝶闻香而来，让蜜蜂送粉。再留两分地，在您思念的土地上让丝瓜花、南瓜花、豌豆胡豆花再重新开遍。不仅如此，我们还要吃您炖的猪蹄花、吃你亲手点的白嫩软滑的河水豆花。更喜欢您回到家乡开心生活，天天脸都笑成一朵大菊花。

行走在祝家坝，我不能忽略从各个院落围墙里流泻出来的桂花、三角梅的袅袅香味儿，我也不敢忽视那些旺盛开着的鸡冠花、玫瑰花，还有田间地头的丝瓜、南瓜、橘子，开满地的黄花、白花和已经走向海外市场的宏达绢花。我愿看到村民脸像盛开的花朵，我愿在这花香中沉醉，让酣畅淋漓的心顺着乡间宽敞的公路伸向远方，顺着村边小溪河欢快地流淌汇入滚滚长江。

祝家坝，现实的新农村，我梦中深情向往的乡土。

乡下人城里人

那年，城市的光亮把希望点燃
背上简单的行囊上了公共汽车
公路两旁的树迅速后移
熟悉的家乡，熟悉的乡邻渐远
浸透汗水和泥土味农具渐远
打鸣的花公鸡、摇尾的小黑渐远
瓜果鱼虫、稻花香渐远
渐远……

你的心中有豪情
一种仗剑天涯论人生的豪情

走进陌生的地方
炫酷的灯光，奔腾的车流
拥挤的人流，喧闹的世界
把你推到一个角落，仅容得下身子的
角落
没有泥土、庄稼庇护的角落
没有生活挂靠的角落
唯一没有渐远的家乡语言
只能与一罐啤酒交流
二两小面、三两烧酒把陌生的恐惧浇透
醉了夜，醒了头

习惯了在田野撒欢的腿
在城市怎么也迈不开
习惯了在村里树荫下侃大山
在城市怎么也张不了嘴
还有与张家姑娘夜晚数星星的美好
在城市怎么就变成奢侈的遥远

城里的光反射佩剑
钢筋水泥穿透时间
坚毅已让人生进入海阔天宽

不问寂寞，不问苦难
车水马龙的日子把喜怒哀乐问遍
十年，二十年，三十年在转经筒前默念
心仍属于家乡那片蓝天

多少次佩剑跨骑重走山冈
多少次梦见老屋里的爹娘
乡村的柏油路，乡村的花果园
乡村处处炫耀着丰裕的光亮
游子配得上这块生养的地方
心安之处是故乡

散步人生（一）

自新冠肺炎疫情爆发以来，民众艰难抗争，守规自律。昨日重庆地区由公共卫生事件一级响应降为三级响应。人们长长地舒了口气，赶在春天的尾巴上，终于可以放飞心情啦！

这几日霸屏的信息都让人感动。人们怀着感动的心迎接赴鄂抗疫英雄回家，各地用最高规格，穿越水门，警车护道，地方主要领导前往机场接机并以最佳褒奖词欢迎凯旋的战士。

每收看一次英雄凯旋的视频，就激动一次，禁不住热泪盈眶。

无情的灾难给我们上了一堂很好的爱国主义大课。天灾降临，弱小的生命无力抵御。国家出手，整合资源，调动人力，凝聚人心，让我们深深体会到医者仁心。没有天使的付出，哪有我们的平安！没有国，哪有家！

无论是湖北人还是重庆人，无论是侨居海外还是身处国内的人，大家都发自肺腑地感恩祖国，更加热爱祖国。

经历了这场世界末日般的灾难，我对人生真谛有了新的认识。

以前随着职业生涯渐渐淡出，想得更多的是不给组织提要求，不给单位添麻烦，低调、快乐无忧地过好后半生，专心小资、小调、小我。本次疫情期间，我所听到的每一个故事，看到的每一张图片都触及灵魂。比我年长得多的钟南山、李兰娟他们临危不惧勇敢逆行，一次次深入疫区，忘命工作，每天只睡四五个小时。一对与我同龄的夫妻医生，为救苍生身先士卒，厚厚的防护服没能阻挡住妻子悲恸的哭喊，一幕幕生死离别让我心碎。疫情笼罩下的战场，让我看见人性中的大义豪情，看见普通人舍我利他的人性光辉。

我是一介凡夫，没有他们那么伟大，可我也是有血有肉有情的人。人的一生有许多种活法，我们不该沉溺于小我的安乐，应做更有利于人民的人。

很长时间来，我都以"各自打扫门前雪，哪管他人瓦上霜"自告。这次疫情却告诉我，每个人的人生都与国家命运休戚相关。疫情中吹哨人走了，我们为此鸣不平；疫情中曾经默默无闻的党员、志愿者、保安、村居大妈、大叔站出来了，他们坚守门岗、楼院，做事十分认真。我看见了他们执着的为大家平安无恙，付出真情终不悔的精神。他们是一群最平凡最可爱的疫情下的保护神！

"这是心灵呼唤，这是爱的奉献，死神也望而却步，生命之花处处开遍。"

人生的意义不在于树立多高的目标，有利他的精神，有发自内心爱的奉献，世界便会迎来灿烂的明天！

散步人生（二）

昨夜小雨又东风，寂静庭院落满红。
小狗卧趴台阶上，楚楚可怜待人供。

从前，我非常喜欢小狗。在那段丈夫异地工作、儿子外出求学的日子里，丈夫多半是住在外地的租屋里，儿子寄居距学校很近的二姐家。而我们家，三个人，分散三地生活，我留守于家。一个人的日子清静，也有些寂寞。恰好同事家的母狗下了胞崽，他说要送几只出去，我便去他家抱回一条狐狸犬。

这只狐狸犬不是很纯种，是土洋结合的品种。来我家时它出生不足三十天，狗样子很乖，黄毛茸茸的小身子活泼健康，黑不溜秋的长脸上一双溜圆的大眼睛戒备地盯着我看，然后慢慢地围着我的脚转，还发出很轻的嘶嘶哀鸣。

听说狗是很重感情的，它是在想念它的妈妈和同胞兄妹们吗？抑或是到陌生地不习惯？还是饿了？

我开始担心起这个生命来。打电话问同事，该怎么养，它才不会死？

同事告诉我，狗命大，属贱命。它活一天相当于人活七天，三十多天的狗，很容易养活了。

尽管他说得很轻松，我还是如履薄冰地小心喂养，天天给它吃牛奶瘦肉饭。我

给它取了一个很土的名字：黑妹。念起来顺口，多喊几次黑妹，它居然知道是在叫它啦。我去商店里给它买磨牙棒，买狗衣服，买叮叮当当响的小玩球。它经常在我面前表演耍球技术，欢快而顽强的生命力在眼前扩张。

时间一天天过去，它成了我家不可或缺的一员。以前一个人的生活简单散漫，尤其是在吃的问题上，要么邀友下馆子，要么一包方便面打发。自从有了狗狗后，心中老是惦记着它。要给它弄吃的，要带它出去遛弯，要给它剪毛、洗澡。就像带小时的儿子一样，虽不省心但快乐。特别是回家打开家门，它早就站在门里，朝你使劲摇摆蓬松的大尾巴，冲上来亲热，让人觉得一切烦恼都消失了。

更可爱的是带它出去遛弯，它兴奋地用鼻子到处嗅嗅，见我走在前面很远，便使劲地奔跑过来。有时我放慢脚步接电话，如果它跑到前面去了，见我未到，便停下等我。散步回家，它一定要等我给它擦了脚掌才进屋。

狗是非常通人性的，而且忠于主人。每每我高兴时它也活蹦乱跳，我生气时，它就默默地趴在我身边一声不响，用探究的眼睛望着我。

先生在外工作八年，儿子从上高中到读大学七年，我们家人聚少离多，只有这只狗不离不弃跟随我度过一个又一个白天黑夜。这期间它还生了一窝崽，共三只，我给它们取名珍珠、小花、黑蛋。它们长到三十天大的时候，统统被送人了。

一次偶然事件，狗狗死了，我伤心了很久、很久。狗狗已经离开我有十几年了。现在想起来都还有些不舍。我很感激它陪我的那几年，它让我对家有坚守，对家有所属所惦，我固执地等待每一个家人回来。

自从黑妹离开我们后，因为眼睁睁地看着生命忧伤哀痛地从眼前消失，心里很难接受，我发誓再也不养狗了。

近几年，我们的生活越过越好，也许是随着年龄增长，先生越发怀念老家，怀念小时候跟他回家的流浪狗，那只陪他在野外拾狗粪、打猪草，陪他在院子里玩的小狗。他说20世纪七八十年代物质匮乏，狗会给他们守家，贼不敢偷放在门口的红薯、南瓜。狗忠于主人，无论贫穷富贵。

我们搬了新家后，他就一直叨叨着要养一只狗，不要宠物狗，要一只土狗，给他守家的，陪他去菜园种菜的土狗。

一位搞园艺的老师，拣到一条土狗就给我们送来了。先生就像当年的我一样，时时惦记着取名乌嘎的小狗，自从娶我后基本不做事的他，天天给狗喂饭，亲自给狗洗澡，我家院子里有一秋千板，经常就看见他俩坐在一起晃荡，很享受的样子。

看见他因惦狗越发恋家，我哑然失笑。

或许不会言语的狗，忠诚尾随他的脚步，讨他怜爱与欢喜，让他顾家恋家，忠诚于亲情。

散步人生（三）

亿万年前，世界处于混沌之中，不知我们是不是由猿及人？混沌中人类经历了怎样痛苦和欢欣的过程，才得以进化？由四肢爬行变成两脚站立，已解放了的前肢就是现在人的双手，为了再进化和生存，反而更加劳累。

双手除了劳动以外，最令人心动的动作就是托住双腮，空洞地凝视前方。然后有了发现，用双手以象形、文字、制作图案等方式，从无意识到有意识，一点一点记载人类历史。让现在已经翻篇了若干亿年的人类，能在历史的斑驳中断断续续窥探到我们从哪里来、我是谁、我要到哪儿去。

感谢混沌的自然孕育了生命，感谢混沌自然无言的生存法则。为生存，我们要挑战自然，进化自己。为更好地生存，进化中的我们用树枝、尖石、火种改变自然，进而创造了不属于混沌的自然。

进化中的人类渐渐有了属于自己的领地，私人领地、聚合领地、疆域领地、权力领地。

那些遥远的，盘古开天地的事，人类纷争改造世界的事，我就不赘述了。大家都是文明世界的文明人，自己用一双灵活的巧指翻看历史书籍便知。

今天我想表达的是这些日子，双手托腮思考的一个问题。

我的领地我做主。历史已经推进到 2020 年春，这个春季让人工痕迹十分突显的自然蒙上了一片混沌。反扑人类杀伤力极强的新型冠状病毒，让人类措手不及。把地球当成一个村的人类不得不退守蜗居。

这段时间，门内门外两个世界。门外邪魔横行，战士与邪魔几个回合，哭喊打杀，二者伤痕累累。

室内那些毫无功夫的生命，惧怕邪魔，不敢越雷池半步。把家居当成一个世界，在这个世界里完成生命所有意义。

厨房是一个重要场所，勤劳的双手得到完美体现。把从前粗糙的吃法变成现在的精雕细琢，不要说做面食的花样翻新，就连白开水也能做出来几种味道。为了生存，人可以把自己变成有功夫的神。一时间，高级厨师纷纷出笼。红案白案齐上，一日三餐，锅碗瓢盆交响曲终日不绝于耳。

客厅遭劫。往时备受现代人冷落的客厅成为家人拥挤之地。

过去，为生活奔波的家人，回家后吃饭，便进卧室休息。偶尔在客厅坐坐也是有亲朋来访，这很少成为亲人交流之地。

如今困居的家人都喜欢聚在客厅里谈天说地，挤在一起看电视。为抚慰孩子，大人小孩在客厅杂耍游戏；为释放压抑心情，客厅变成了歌厅舞厅，甚至旅游胜地。客厅遭劫，劫出浓浓温情，满屋亲人、人间至爱的温馨。

懒朝之卧室。这期间卧室不仅仅是睡觉的地方，它更成了人们洞察民情，了解外界重要上朝之地。每天早上醒来，人们便打开手机，像皇帝批阅奏章一样，逐条新闻浏览，看疫情发展情况，看天使们播撒光明，战士们浴血奋战，也看小丑们搏众的跳窜。偶尔在奏章上批注发言，然后就当前形势侧身与爱卿交流一翻。难过、伤心戚戚然然："灵台无计逃神矢，风雨如磐阁故园。"

厨房、客厅、卧室，散步家园，散步人生，门里门外两个世界。我的地域我做主，视其内，爱家人，亲情如苔；观其外，忧国运，盼苍生安。

美好的一天从听书晨跑开启

　　日复一日的生活看似平淡，实则惊涛波澜。时而寂寞，时而繁华，时而欢笑，时而忧伤。一个人的日子，犹如一群人的生活，直面人的生与死。以不同的方式告别昨天，迎接今日。当下，笑着拨动时针，给身边的亲人、朋友输送暖洋洋的光。告诉世间，告诉蓝天、碧草，告诉花朵及一切生灵，我是快乐又甜甜的的空气，我来过，愿有人记得热爱生命的我。

　　所有人的日子，都会用不同心境和姿态去过。好亦一天，呆也一天；苦亦一天，乐也一天，此便是贯穿时空的哲学。哲学即生活，人生需思辨，激情满怀胜于颓丧失意。

　　清晨推窗，窗外明媚风光直击内心，在夫君的温暖拥抱中起床，更衣。一出门，叽叽喳喳的小鸟在石阶、枝头欢叫，似乎在等待我与它们一起飞翔。小鸟你们好，我遵守约定，和你们一道迎接新一天的朝阳。

　　在小区林荫大道上，一个人跑步似乎有些单调寂寞，才不是呢！有小鸟陪伴，树叶上露珠滴落花瓣上，发出嗒嗒清响。还有叭叭有节奏的脚步声，以及馨香缠绵入骨的春风，欢乐如交响乐，令人沉醉不能思想。对了，还有与帅哥樊登的约会，他邀来了蒙曼老师给我讲《四时之诗》，那婉转的"淑气催黄鸟，晴光转绿萍"，"荷风送香气，竹露滴清响"的大自然之美。还跟随毕淑敏老师环游世界，看茫茫大海上漂移的冰岛，去芬兰领略北极光的湛蓝与翠绿，品尝瑞士最纯情的巧克力，以及加德满都火葬平静直面生死。

　　毕淑敏老师的娓娓道来，勾起了我心底对远方风土人情、美景美食的渴望。

跑累了，便步行。走一段，跑一段。一小时很快过去了。新的一天，吸收了好多的美好东西，心柔软了，便能闻到花香。同时心境也丰腴起来，坚强并快乐地张开，没有清淡的禅意，只有生命向上的姿势。

我运动，我健康、快乐，美好的一天开启。

开一扇窗，让阳光透进来

每个女人都想活得幸福，活出美丽，活出精彩。可现实生活中我们却被人妻，人母，人女的角色牵绊着；被家中柴米油盐酱醋茶浸染成一块陈旧的花布，不好看，但有用。在各种角色和繁杂的事情中，我们往往丢失了自己。酸甜苦辣的生活，亦喜亦忧，有时会像坐过山车，在巅峰低谷中来回折腾。

我的五板桥姐妹们说："不想过这样的日子，你给大家讲讲我们要怎样活着才更开心，更优雅，更懂得珍惜吧。"

于是就有了这次小型的分享聚会。

很高兴有这样的氛围，姐妹们坐下来静静地抚摸自己的灵魂。

那么就从认知自我开始。

我用了40分钟阐述"我"。对于"我"的认知我认为要分成肉体的"我"和精神的"我"。肉体的我会消亡，而精神的我是永存的。因此，每个人必须要明白，我不是我，也非个体。

从遗传基因学上说，"我"存载了众多先辈的印记，他们的精神，他们的善良、邪恶，他们骨子里的执念。"我"也会将自己的一切有意无意地传递给下一代。所以家庭成员的习性、爱好、脾气，有许多融合性、共同点。

我们的生活中，不仅有阳光，还有阳光照不见的阴暗面。面对黑暗的侵袭，以正念的灵魂融解。

一朵莲花受人赞美，可它也是在许多非莲花因子，诸如水、污泥、阳光等等的基础上呈现美丽的。分享会上，每每触及到内心，姐妹们都会饱含眼泪或用柔软的微笑相互鼓励。从认知自我，到理解人生无常、阴晴难定。座谈使我们懂得感恩遇见，珍惜与家人的缘，更学会要放下心中无数的不满，用爱渲染内心，成为家人的一盏明灯。

卿佳人，在分享会上，给姐妹们讲述了两个故事。《宽恕》：宽恕别人，从不同的纬度拯救自己。《塞翁失马，焉知非福》：福之祸所伏，祸之福所依。

愿我的姐妹们，在自我上不迷失，学会谛听，懂得互即互入，用平和丰润的爱滋养心灵，慢慢优雅地老去。

窗外一缕阳光进入，心田开满鲜花。豁然舒适。

梦　者

梦敲打着墙壁
呵呵
我不喜欢熟透的果子
甜度紧挨着腐烂
青涩的绕口令
化着淡烟一缕

梦敲打着窗子
呵呵
我赶紧把灵魂抱回
空气里传来碎裂的声音

五彩的礼花
点缀着黑色的夜和
那赶路的钢琴曲

梦敲打着日子
呵呵
走台的地毯撤去
田园里有一架守护果实
追逐星星的梯子

话说工作

最近我的好友打电话告诉我，她女儿把一个好端端的拿年薪的工作辞了，言词中带着焦虑不安。

我问是不是工作不顺心才辞职？

"不是，前不久才升职了。"

"是不是有了更好的工作？"

"不是，辞了职后没工作，出去旅游了。"

"你知道她有什么打算吗？关于辞职她是怎么给你解释的？"

"现在的年轻人，我是弄不懂了。她说是有几个人想合伙自己开公司。"

至于什么项目、投资多少、公司开在哪里，我朋友一点也不知道。

难怪她向我无助地求助，想让我劝劝她女儿别辞职，有一个收入又高又好的工作要珍惜。

对于我们这代在20世纪60年代出生的人，经历了单一的计划经济、双轨制经济、企业大改革、私营企业迅速发展、社会变革突破原始鼓点等就像坐过山车似的经济发展中走过来的人，我们最看重的就是工作。只要能工作，就会欢天喜地去报到。丝厂、织布厂、造纸厂、矿山机械厂，所有工作都是密集型劳动，又苦又累，有的还得昼夜三班倒。当时进工厂不易，在工作上大家都很认真，能吃苦。每个工作岗位上都有技术能手、工作标兵。因为我们都知道，有工作，就能拿工资，就有生存的能力，能保障人的基本权利。

那时候，所有人都是被动型的，因工作岗位少，得靠单位招工、政府安排工作。没工作的人叫待业青年，在家等待分配的日子不好过。

回想当时，我们家四姊妹，父亲告诉我们，因他的工龄长，单位上可照顾大姐安排一个工作，他退休可以再解决一个子女工作，另两个孩子就不会有正式工作了。

正当我们迷茫不知未来前景之时，国家恢复了高考。我们人生的路上出现一丝光亮，只要努力，命运也可以由自己去掌握一部分。

有点文化的父亲，再苦再累也让我们上学，他为我们叩开命运之门竭尽所能，除已经工作的大姐之外，二姐、我和弟弟三个都考上了中专或大学。作为知识分子，国家全部包分配，人人艳羡"铁饭碗"被我们收入囊中。

国家分配的工作一干就是几十年。这个工作，让我们衣食无忧，让我们有了尊严，让我们有能力孝敬父母养育孩子。我们从来没有想过，也不敢想不要工作了会怎么生活。

我曾在县总工会工作，因此接触了大量在企业工作的人，国有企业即使企业改制或破产，国家也因他们曾经作出的贡献，在解决历史遗留问题时给予了他们生活保障。

我们这代人对国家和政府的信任和依赖是不容置疑的。

想想现在的孩子，对自己的人生，自己的工作怎么就那么随便呢？一遇到不顺心就辞职。

以前，我们努力表现，非常认真工作，就怕被下岗。当时有句最流行的企业语录：今日工作不努力，明日努力找工作！

可现在，有好多年轻人不是被单位"炒鱿鱼"，而是他们经常"炒"单位的"鱿鱼"。

时代真的不一样了。科技经济发展，社会多样性的选择与人们观念上关于工作的认知，更突出自我价值的实现，更懂得尊重自己的内心。

有勇气直面现实，敢于打破自己已有饭碗的人，是值得鼓励的，或许他对明天的期许已成竹在胸，或许他已经拥有对未来生活驾驭的技能。我们作为父母又何乐不为呢！赞赏比埋怨更有益。相信他们会通过自己的折腾渐渐成长，相信他们有能力拨开云雾见天日，曙光定会在前头。

我只想说，选择怎样的工作是你的权利，但没有理由不好好工作！工作是人的生活基础。

在爱老敬老的路上

秦莉姐姐有一位 90 高龄的妈妈，虽然她们家有七兄妹，但老人日常生活多是跟着秦莉姐的。

秦莉姐心好有孝心，对母亲的照顾无微不至。平时，我们经常听到秦莉姐说她母亲喜欢这样那样。拳拳孝心，一览无余。秦莉姐妈妈最有特点的是耳聪目明、思维清楚，打麻将眼明手快，好多中年人也不及她反应快，说话声音干脆洪亮。每天吃一顿小酒，下酒菜还是干胡豆。咯嘣咯嘣，吃得比我们还香。

本来日子就这样相安无事地过着。不曾想秦莉姐的一侄儿心疼他姨，说婆有七个子女，不能光让六姨辛苦，每个子女都应该尽孝心。结果几个子女

商量好了，老人家由每个孩子接去自己家里住一个月。

按如此办法执行没多久，老太太不干了，因为每到一个新环境她都要去熟悉人和事，没有老搭档打麻将了，她整个人都不舒服起来。

为孝顺老人顾及她的心意，几兄妹想了许多法子逗老人开心。

一个偶然的机会，他们听说黄瓜山上有一家健康养老会所，便带老人家去看看，没想到那里的环境设施老太太竟非常喜欢。空旷的田野，平坦的道路，整洁的走廊，活动室、健身房、医疗保健室、游泳池应有尽有。

关键是还有好多熟悉的人。

　　说实话，当今老人康养需要越来越迫切，有一处置身青山绿水间设施不错的康养会所很难得。如何平衡好老人的养老和子女的事业发展是我们生活中不可逃避的现实问题。

　　老人有老人的生活，子女有子女的事情，有时候还是会发生矛盾与冲突的。与其回避问题，还不如理性处置承认现实。让每个人都回到本真，过上自己愿意并喜欢的生活。

　　在如此好的环境里，秦莉姐的妈妈马上就想留下来。但几兄弟又犹豫了，他们怕别人指责不孝，劝妈妈回到儿女家生活。

　　可遇事果断，头脑清楚的秦婆婆却说，她回到家里会给孩子们增加负担，孩子们不可能时时陪伴，她有时又难免孤单寂寞。康养中心吃住有人管，每个房间配备呼叫机，有电视等等，随时随地都有玩伴免了无聊，岂不是更好吗？于是秦婆婆在几个子女的陪同下订了一间屋子住下来。

　　兄妹约定，谁有空就去看她。

　　今天阳光灿烂，我们怀着孝心与敬意与秦莉姐去看她妈妈。老人家坐在院子里晒太阳，看见我们到来笑眯眯地放下手中正在织的毛线招呼大家。没等我们问候，她高兴地说，"哎呀，我在这里吃得好，睡得好，你们那么忙还来看我，谢谢了啊！"随后兴致勃勃地带着我们到处转。并介绍康养所里的营养餐，说很符合她的胃口，所里还会组织一些文体活动，除日常护理外，每个月做一次健康体检，建立亲情卡。

　　真高兴看见老人家开开心心地生活。

　　我在想，一个康养机构要想让老人们住得下，并留恋不舍，就必须围绕老年人的身心健康做文章。它不仅仅只提供基本的吃住条件，还必须让这里的每一个老人在充满爱的氛围中有尊严地生活。

　　康养机构也许就是我们今后的归宿。

无　题

找一处安静之地给自己的心灵放个假。
雨淅淅沥沥，
雾轻轻飘移，
云深罩峰满目烟雨，
静谧山水淡人语。

你丰腴的乳峰，
隐匿在黛色的长袍里，
山泉、山风、山雾，
唤醒天鹅堡公主王子。
踏过烟雨桥，
在一起
面对
一汪多情的湖水，
让无数颗欢乐的心窃窃私语。

干净的山，
干净的水，
干净的人心，
干干净净一首诗，一幅画。

一次未来场景的预演

经历了昨天一场突如其来的病袭，今晨起床想了很多，也很后怕。昨晚亲自见证我生病过程的谢兄担心地发来问候，我便如实地告诉他，已经好多了，但最恐惧的是若阎王带我走了，我没能留下任何遗言：我的金银细软、我未完成的人生愿望、我爱的家人和

朋友还没有告别……谢兄回微信哈哈大笑。幸好，我又活着从医院回家了，幸好，是急性肠炎并无生命大碍。

昨日与先生一道兴高采烈地赴重庆，参加一场温馨的婚礼，席间欢乐祝福，席后还与友人认真学习108号文件，愉快交流。晚饭后独自驾车回儿子儿媳家准备看俩孙子。

回家途中感觉头有些昏，胸口发紧，便一只手驾车，一只手扯衣服，捶胸，按人中。半小时到了家，上楼换上轻松的家居服后觉得舒服些了，下楼陪孙子孙女看动画片。其间家人陆续回来，寒暄一阵，我告诉他们，人有点不舒服，想去睡了。睡前跟在外聚友的先生打了电话，我生病了要他赶紧回。

先生回来时我全身无力地躺在床上，他以为我喝点热水睡一觉就会好，便下楼去陪一道来的朋友了。

躺在床上的我胸口一阵阵恶心，赶紧下床呕吐后又爬上床躺着，一会儿又迅速进卫生间，上吐下泻如此反复五六次。在卫生间里只觉天旋地转，大汗淋漓，已不能自持。坐在地上的我努力定神，坚持爬到隔壁房间叫人。正在给孙女洗澡的姻姐见状着实吓了一大跳，丢下澡盆里的孩子叫来了亲家夫妻。我附在马桶边大口地吐，喘着粗气。虽然难受极了，口中仍竭力地要求：快，快，送医院！

我不知道自己得了什么病。求生的欲望让我意识到必须进医院抢救。

不停吐泻的我渐渐没有力气了。先生生拉活拽地将我半背式地拖到一楼。亲家公在门口已发动了汽车，亲家母手忙脚乱地找衣服拿盆子。车子往最近的金山医院急驰而去。

朋友的车已先到。等我们到达医院杨煜将轮椅推出扶坐好，就往急诊室推。

我哼哼着十分难受，只听得他们在安慰我和我的家人：放心，放心，金山医院会竭尽全力。

在急诊室，很快值班医生到场，询问看诊。护士迅速抽血送检，将生理盐水输上。

亲家和先生不停护理，一会儿端盆让我吐，一会儿怕我冷找衣服盖被子，忙得团团转。

一阵紧张情绪过后，所有化验结果出来，血细胞偏高，还有一点炎症，并无生病危险。亲家耐心地将止吐的药喂我，护士过来打了止吐针。医生说输完盐水休息半小时就可以回家去。

慢慢地我恢复了平静。不等第二袋盐水输完，便坚决要回家。经过几小时折腾，已是深夜11点过，儿媳妇哄睡孙子后来到床前问候，心中有想哭的感觉。

这次生病毫无征兆。

幸好，我坚持回到重庆的家里。如果是在路上或其他地方，我一个人该怎么办？我曾经帮助过一个在路上生病的老人，他哼着难受的声音，我上前去询问需要什么帮助吗？他叫我去超市找离开他去买菜的老伴，我请旁边的路人照看一下，迅速向超市的服务台跑去，通过广播找人。等我出来时，老人被家人接走了。我如果在路上发病有人肯帮助我吗？

幸好在家里有先生和亲家俩口，有朋友在才能够迅速地将我送医院抢救。如果家里也只有我一个人，我该怎么办？

幸好，我们生活在一个医疗条件比较方便的地方。如果是在医疗条件很差的偏僻乡村，其结果很难想象。

我们这代人已渐渐进入老年阶段，大都是生的独生子女。而子女们都处在刚建小家和努力奔事业的时候。我们这代人成为空巢老人将是不辩的事实。

经过昨晚一场虚惊，我清醒地认识到：

第一，我们距终结自己的一生，并不是很遥远的事。要珍视身边的一切就要好好地爱自己，有质量地过好每一天、每一刻。

第二，一个人千好万好不如自己的身体好。身体健康不给亲人添麻烦，身体好不给儿女留拖累。身体健康做自己力所能及的事，任何时候都可以有尊严地生活。加强锻炼，保持热情，乐于公益，善良友爱。

第三，当自己感觉不适，别硬撑，提早预防，告诉亲人朋友目前状况，给自己一个生的机会。

第四，生命很长，也很短。精彩地活比碌碌无为慵懒地过更有价值。珍惜身边人，善待身边事，希望每个人都留下完美的音符。我希望当我真正走到生命尽头的时候，仍有那么多爱我的人围在我的身边。

幸福而安静。

生活若无美，人生何有趣

参加"沉鱼出听——携手生活美学家礼遇美好喜迎新年"活动已经过了一周。这几天内心有一种感动和美好的情愫一直萦绕在眼前，在心里，挥之不去，亦放不下。

像放电影似的，听身着红色对襟小袄，穿黑色长裙知性端庄的怡西给大家讲美学讲座，看一群淡雅精致的女性款款移步穿梭于听众席间，演绎服饰搭配之美。重庆醇色艺术团的嘉宾们或歌或诵，用天籁将人间温情冷暖传递。声音穿越时间，穿越地域，穿过灵魂，恰似无比娇艳的玫瑰花，在演播大厅里散发着幽香。静静地欣赏，静静地聆听，内心便生出感动和快乐，陶醉着，享受着。身临其境，无不令人感觉欣喜与美好，让人难以忘怀。

在永川城的一隅，一个有茶有食的地方，重庆醇色艺术团的艺术家和怡西品读会的女子们，以不同的形式展示了美的温度与力量。恰似一束耀眼阳光，照亮2019年冬季天空，迎接2020年春天到来。

爱美是人之天性。美初始于大自然馈赠，神奇的色彩，奇葩的物种，鬼斧神工造出天然景观。然后牵引着人的眼耳鼻舌，体会令人舒适惬意的生活味道，引渡着人的心和灵魂，让人身处一种快乐、温暖之中，并为之发现、欣赏、追求、传播乃至于去创造美。美好的事物在人们灵魂留下深深印记，在血脉中传递。我家的孙子尚幼，一个啥也不懂的小屁孩，看见他妈妈画眉抹口红，直赞妈妈漂亮，还说长大了要娶像妈妈一样美丽的姑娘。小孙女穿上新花裙，会到镜子前左右欣赏，最后还不忘自我赞美：嗯，好看！哈哈，童言率真，美好的东西会自然流出。

大千世界，朗朗乾坤。我们的生活处处皆有美。食材色香味全再配以精美器皿，人的味蕾会迅速开放；一个人形于外的穿着打扮无论素雅或浓烈，都能凸显其气质和修养。

家居装饰色彩与格调体现着人的文化品位；旅行途中，上帝赐予我们一双发现美的眼睛。一颗美好的心，会吸收不同地域的风土人情，山水、肤色、民族文化交织出一幅幅壮丽图画，美不胜收。

人生无贵贱，皆有爱美心。美从来不是哪些人、哪个阶层的专属。一个人无论长相俊俏或平凡，皆不影响其对美的追求。村姑原野摘野花，插于鬓发间，那是天地之间小小生命跃动着对美的理解和向往。城市里白领丽人的职业装，城市、景区各个地方飘起的长长短短、红红绿绿的纱巾，你能说她不美吗。只要自己觉得快乐、惬意，你就是最好的自己。就如年至，大街小巷，家家户户张灯结彩，大红灯笼高高挂，枯枝上霓虹闪烁，这不都是人们心中对美的热烈追求吗？欣赏美，追求美，实践美，彰显着人们对生活的热爱和满足，如果没有美，人间何其无趣。

创造美更是一种境界。我们不能仅仅满足于形式上的美，更重要的是通过对美的认知去创造美。善行者说，风景在路上，美在心中。好学者说，知识改变人生，充实的灵魂，很有趣。劳动者说，我用双手托起不卑不亢的身躯。

美是值得我们去挚爱和不断创造的快乐。

我愿做一只美丽的鸟，张开翅膀在天空中自由飞旋，时而轻柔温婉，时而激情轩昂，在遇见最好的自己的同时随风衔来花的种子播撒给大地，让种子承接阳光雨露，发芽、开花。

努力绽放

每一朵鲜花盛开都是它努力成长的结果。

大自然馈赠给了我们五彩缤纷的世界。五彩缤纷、灿烂夺目的世界里，不同颜色、不同形状、不同大小、不同科目、不同时间开放的花朵，最令人心动地喜欢。爱花者将花木移栽至花盆、至阳台、至花园、至房前屋后。细心对它培植，施肥浇水，到了花期，每每看见花蕾上枝，然后如期开放，种花人就像炎夏获得一杯清凉的冷饮，十分畅快安逸。

花儿开放，看似种花人细心呵护的结果，其实离不开花儿自身努力地成长。

不同花期的花儿开放，看似顺应天时，天然成长，但更是经历风霜雨打后呈现的顽强。

记得上前年三月，我们几姐妹相约去川西俄木草原赏花。岂料坐了一天一夜的大巴车到达景区，却遇上雨雪交加的天气。冷得瑟瑟发抖的我们，赶紧跑进景区小木屋商店，高价买了防寒服和围巾保暖。迎着冰冷刺骨的雨雪寒风上观景台。恶劣的天气下，大家哪有心情看花。笼罩在雪雾茫茫中，纵使草原辽阔，我们也看不远，看不透。心有不甘的我们在草原上又坐了区间游览车向深处进发。到了一个站点，下车。冷得缩着脖子的我们四处寻找，哪有什么花海嘛，大地除了焦黑还是焦黑。

"这真是一次糟透了的旅行！"同行的姐妹们发出抱怨。

因为我是此次旅行的发起者，不敢附和，怕加重大家失望的坏情绪。只得睁大眼睛四处寻找，花儿啊花儿，你在哪里？

咦，那不是花吗？在一条小溪边的斜坡上，星星点点的小白花贴着地皮开放。我好激动，非常夸张地蹲趴下，尽量贴迎小白花，试图用手机放大它们细小的身姿。拍下这些在严寒风雨中努力生长出来的小花，也算是对此次旅行的交代。

寒冷的天气，推迟了开放的花期。失望的赏花者只想看漫山遍野花开景象，哪里知道，这些花儿经历了什么，遭遇恶劣气候，它们也是很痛苦的吧？难道它们就不想乘着和煦的阳光雨露成长？

那些被爱花者移植的花草，不也是经历了断根之伤，水土不服，掉叶护身的疼痛，才得以重生的吗？

在绚烂的背后，我们可曾感受到花儿的努力，无奈。赴死向生的高贵灵魂，最终呈现给我们的是美好和希望。

很有幸结识了永川文化界的大咖们。小说家韩青、辞赋大家赵厚庆、著名诗人海歌、纪实作家廖益书、擅长细腻脱俗小清新的诗歌散文作家海清涓、长期从事经济研究的皮运明。他们是开在我心目中神圣的绚丽之花。

这几个著名文人，有的历经几十年风雨，有的受生活重压，受旁人的冷嘲热讽，但无论怎样，他们仍然执着，仍然致力于文学创作。就好比一只树上的虫子，不羡慕天空的蔚蓝，不羡慕地上的沃土，一门心思放在钻好木头的使命上。他们倾情于自己的文学事业，将影响灵魂的文字一个个码出，一部部鸿篇巨制，一首诗词歌赋，那情，那爱，那恨，那欢悦，那亮光，闪烁着时代的正能量。

初踏进文学大门的我，有幸得到他们的关爱，指点。海歌老师鼓励我：你属兔，有写诗的潜质，继续努力。赵厚庆老师说，你有想象力、描述力，加油。韩青亦师亦友鼓励我：学会知足，人就幸福。人的幸福不取决于你拥有多少，而是多大的期许能够满足你。以心之力，做真正的自己。

我何其有幸，能近距离从你们一诗、一句、一字里获得文学熏陶，从你们的作品感悟人生，从你们平实不炫耀的身上看到人格魅力。你们是深藏于大海的珊瑚花，是傲天无痕的苔花，是我仰慕的绚烂。

大风起兮，源氏物语物之精彩，藏在民间。

我欲取之，天人合一。

将在余生努力传递爱

——致敬班主任老师张书才

母爱是一种巨大的火焰。——罗曼·罗兰

老师俯身耕耘教育热土，把平凡的职业铸造成激情四射的事业，通过三尺讲台，用自己的一言一行，演绎春风化雨的传奇和傲然矗立的路标，铺陈学生春暖花开的愿景，传递奋然前行的温暖与力量，并以蜡烛点亮别人燃尽自我的方式，把爱献给春露，洒给秋霜，赠给晨曦，留给暮霭。

又是一年教师节，在这桂花飘香的时节，空气中到处弥漫着令人心旷神怡的馨香，我更加想念过去曾就读过的学校，想念教过我的老师们。天涯海角有尽处，唯有师恩无穷期。

尽管我小学所在的永荣矿务局五中已经停办，曾经直冲云霄的朗朗读书声渐远消失，但我仍忘不了简陋的教室里发生的一切；忘不了老师抽问问题时，个别同学一脸的窘态；忘不了对上课打瞌睡的同学，老师抛掷出的细小粉笔如子弹一样飞的场面；忘不了窄窄的课桌上的彰显男女鸿沟的"三八线"，尤其忘不了我的班主任张书才老师。

她那种植根于我幼小心灵的爱，长久地保留在我心中，经过岁月的沉淀，现在慢慢释放出来，历久弥香。

张书才老师是我小学时的班主任，约30岁，是两个孩子的妈妈。她留着齐耳短发，显得干练精神，脸上左右两个好看的酒窝永远储满了温和的微笑。过去小学是五年期，她一直教我们的语文，同时管我们的学习记录、劳动纪律，课外活动、兴趣爱好以及心理情绪等等。张老师对学生不分亲疏，一视同仁。有同学说，家里有个真妈妈，学校里有个班妈妈。

张老师把教室后面墙壁利用起来做学习园地，把全班分成四个组，每周更换一次，由四个组的学生轮流主办。她将同学的优秀作文、绘画作品以及好人好事介绍等都放进园地里，每个同学的一点点进步都能得到鼓励和展示，学习园地成了一面荣誉墙，是同学们增强自信的特殊地……

当时永荣矿务局是大型国企，所辖的双河煤矿有学校、医院、电影院、商店等，生活设施十分完备。大多数老师和学生都生活在矿区，住的是统一修建的公房，老师和学生往往都是一个筒子楼里进出的邻居。老师们与学生父母都非常熟悉，对学生家庭情况了如指掌。不少同学既高兴又害怕张老师随时家访串门，因为老师家访后的结果他们要么得到爸妈一个奖励的鸡蛋吃，要么遭一顿木棍子狠揍。而我一直乖巧懂事，成绩又好，妈妈说我属猴，会见机行事，是父母和老师都喜欢的孩子，所以被点赞和表扬的多。尽管我当时年纪尚小，但仍经常受到老师的表扬，树立了好好读书长大成为有用的人的坚定信念。由于我表现优秀，被选为班长，还是学校少先队大队长呢。

现在想来，每个孩子小时都像一个空杯，你往里面装什么，他就是什么；你装善良，他就是善良；你装进阳光，他就会散发光芒；你装进勇敢，他就勇敢；你装进正义，就会有正义的思想发芽。

记得有一年春季开学报名，我将寒假作业本收拾好，高高兴兴向妈妈要贰元伍角钱的学费。妈妈面露难色说，过年给外公外婆寄了点钱，家里用钱超了，所以你们四姊妹的学费要等爸妈关饷后才能交。

我一听就急了，不交报名费我怎么能上学呢，班长都不交学费，让同学知道了多不好，这个头我不带，于是我赌气在家里哭。

20 世纪六七十年代，国家经历自然灾害，又遭西方国家经济封锁，十分贫穷落后。每个家庭经济都很窘迫，能勉强吃饱饭也是十分不易了。我的爸爸妈妈虽是矿上职工，但加起来每月不到 50 元钱的收入，六口之家的生活常常是捉襟见肘，遇上特殊情况还得借钱度日。

直到报名截止时间快要结束，见哭闹也没产生作用的我，实在太想读书，悻悻然向学校走去。

张老师问我为什么最后一个来报名，我话未说完委屈得"哇哇"大哭起来，然后断断续续将妈妈请求迟几天交学费的事告诉张老师。张老师沉思片刻，用手替我擦掉眼角的泪花说："别哭了，明天你照常来上学，我给你垫了！"

张老师疼爱的眼神以及温润的手如暖暖绵绵的春风，轻轻吹拂着我的脸，我的心里陡然温暖而踏实。我觉得好高兴呀，明天就能坐在教室里听到她温婉柔和如风铃般的声音，看她齐耳短发衬托出的笑脸啦。我难过的心渐渐平静下来，充满感激地向张老师深深鞠了一躬。

我深深知道，张老师在小心地保护着我的自尊，不让家里缺钱的阴影颓废我学习知识的愿望和快乐成长的信心，她把一种特殊的爱放进我稚嫩的心间，滋养我生命，让我明白在他人遇上困难时伸出援手的价值。随着年龄的增长，我懂得"赠人玫瑰，手留余香"这句话的深刻意义，至今回忆起张老师的"我给你垫了"的话语，心里仍充盈着满满的感恩。

离开煤矿子弟校在外求学、工作几十年，每每遇到扶贫帮困的事，我脑海里就会不由自主闪出张老师的身影，不由自主就有了帮助困者的行动，并欣喜于自己活着的价值。

去年，我和几名同学结伴去看张老师，与张老师深情拥抱时悄悄告诉她，一直记着您帮我垫学费的事，而今我也成了您。张老师济困美德影响着我的人生，不仅让我记住了师爱，更鞭策着我要懂得感恩和学会爱的接力。谢谢张老师您为我所作的示范，我将在余生一如既往努力传递爱。

祝所有的老师节日快乐！

为你而来

我从远古而来
携亿万年光阴
无论清风徜徉还是惊涛拍岸
依然
坚定地抱着一种信念
用不屈与勇敢
撞击磐石
用似剪的风似刀的水
雕琢一座座巍巍大山
把华夏文明的火种点燃

我从喜马拉雅而来
从唐古拉山而来
带着晶莹又温度的心
切穿丛山峻岭
形成泱泱巨川
浩浩荡荡裹挟着自然的馈赠
将原始土地蜕变
蜕变成美丽城池
上帝钟爱的后花园

我驾七彩云而来
跌宕起伏的山峦间扎根着
魁梧的梧桐树 俏丽的山茶花
还有那举案齐眉琴瑟和鸣的田园
艳羡你浓密茂盛而诚挚的情意
心动了
凤和凰就此筑巢
我乘大鹏从东而来

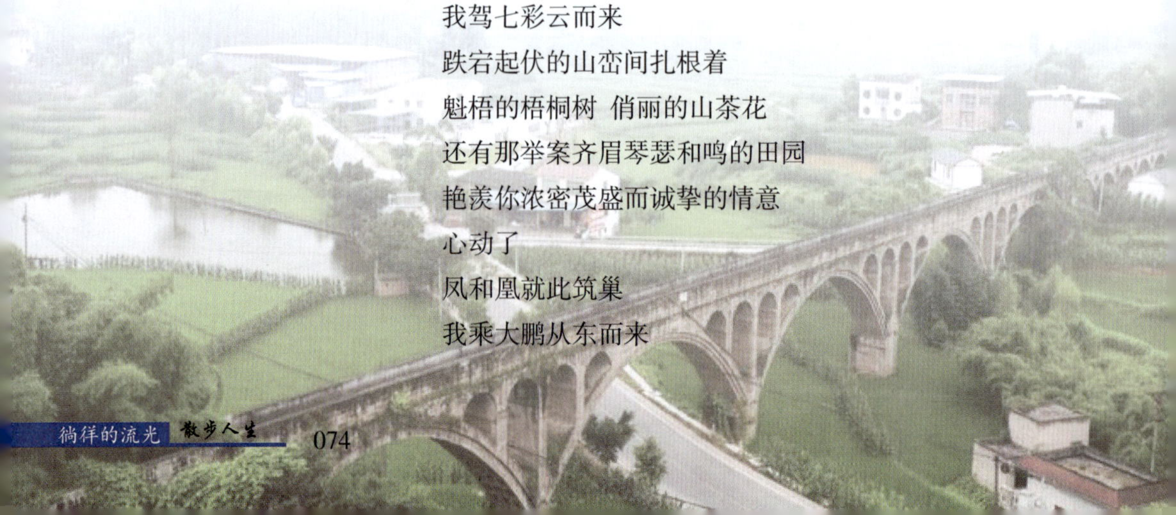

采金陵雨花石格调携东海之灵气

破云雾越千山踏万水

落户凤凰湖畔

把东吴汉楚大地的智慧捎来

用数码信息点亮前行的城市

我搭乘西域的列车而来

18 世纪的蒸汽机喘着粗气

把西方的工业革命的号角吹响

幽灵般的意志融化在钢铁十字架里

充满智慧和精湛技艺之工匠精神

沸腾在中德数控产业园

在利勃海尔德根　埃马克　台正

高高举起的红酒杯里

骑上彪悍的骏马

从粗犷而辽阔的北方而来

一路奔驰的长城

跨过黄土

跨过秦岭

俊朗的皮卡载上心意的情侣

用长城炮的礼花为你们祝福

我带着希翼和梦想

把南国吹来的风编织成伴手礼

鲲鹏展翅送你 5G 的电波

携程美人鱼暖心呼叫长江黄河

呼叫麦浪滚滚的黑土地　茫茫戈壁滩

呼叫自由女神　金字塔　巴黎圣母院

游走世界再也无需心慌意乱

你是一块正在开花的石

一张标有坐标的白纸

却用勇气和担当对我许下信任

任我挥毫泼墨　洒脱旋转

当蝶恋红粉桃之夭夭

当蜂戏雪白梨蕊含情

我

在此找到归宿

十五年筑巢等待候鸟

十五年负重狂奔

十五年

又一个十五年

凤凰涅槃

浴火重生！

2019 年 12 月 15 日凤凰湖高新工业园区采风诗

那年，那年（一）

那年，我们十七、十八、十九岁。

那年，我们拎着简单的行李，怀揣梦想在黄瓜山麓，卫星湖畔相聚。

那年，在图书馆里洞见东西方文化，华夏五千年历史。

那年，教室里说文解字，古代古诗与当代妙漫飞扬的文字，浸润着我们。寝室文学、人生哲理你一句，我一句，让理想丰腴，灵魂有趣。

那年，青春的列车启动，青涩的爱在内心蕴蓄。

三年过去，我们二十岁、二十一岁、二十二岁。

那年，吃过最后一次欢聚的大餐，在老师殷殷嘱咐中我们打点行李，行李中多了书籍，我们也积累了初为人师的知识。

那年，男同学女同学都准备了一个留言本互致祝福，写下名言金句，人人都积蓄豪情壮志。

那年，我们在拥抱中，噙着眼泪告别，带着情谊，踏上出发的汽车，我们将奔赴各个地方报效祖国，献身教育事业。

三十八年过去，我们从英俊潇洒的青年变成了两鬓白发，笑容里多了沧桑、多了经年成稳的内涵的爷。

三十八年里，我们从如花似玉的妙龄女孩，变成宠辱不惊、泰然自若的奶奶。

三十八年，世态变迁，人生起浮，我们还牵挂着彼此。相聚，回忆当年散步校园，争论学术，悄悄议论男生、女生，历历在目一如昨天。

三十八年，同学变成同事，同学变成夫妻，同学变成上下级。有的在教育领域成绩斐然，校长、学术领头雁、博士、教授、研究员；有的在从政路上披荆斩棘，从科员升县官、厅官。有的弃文经商，成为优秀的企业家，拥有一片蔚蓝的天。

无论是谁，我们的初心不变，同学情不变。

山川青空，我们彼此想念。今日相聚为流年往事，为今生不遗憾。

我们怀念小平、安志、廖伟英年早逝的同学。

唏嘘，叹息。

互道珍重，把最好遇见留存，一辈子，一感念；一辈子，同学情，永在心间。

愿你安好，我也安好，勿念！

那年，那年（二）一次"检查讲话"

其昌同学在读书期间，并未显现出特别的幽默风趣和超人的智慧。（后来大家才知道，他在这方面是天才级的有趣人）

上大三的时候，他干了一件大事。是一件只知道读书学习，毕业后回到家乡当一名好老师的同学们没有想过的大事。

那时，作为江津师专最强的中文系的学生，我们优越感很强，学校举办征文、演讲、社团活动，中文系的学生处处都鹤立鸡群，十分抢眼。湖光文论社由校团委发起，主力军都是中文系的人。什么人物专访、社会实践文章，花儿鸟儿、风儿草儿充满浪漫梦想的诗歌、散文，作为文科生，虽不是得心应手，信手拈来，却也是我们的专长。文科生似乎天生豪情中掺杂有细雨柔情，多愁善感，加之中外名著读多了，有站在山巅眺望海洋的感觉，写出来的东西比理科生干巴巴的要能打动人一些。这些文字虽然稚嫩，也是不错的清新好文（中文系的学生把自己的宿舍取名聊斋府、潇湘馆的大有人在）。

其昌那个时候最擅长写诗歌，写了很多。他的一些诗自己悄悄读，悄悄韵味，有时还会将其拿给上下铺的同学分享。这还没完，他不会让自己的作品被当成废纸弃之，他想把它变成铅字。

可变成铅字哪有那么容易，投出去的稿子石沉大海，但这也没有浇灭他当李白、杜甫似诗人的梦想。他把这些诗，及在湖光文论社里写的稿子收集起来，然后到学校打印室，不知使用了什么迷惑打字室小女老师的药，让别人甘心情愿，热情周到地提供了一整套刻印蜡笔、蜡纸等工具。一周工夫，一本白纸黑字，像模像样的手写书出炉。

那本书是其昌同学出版的第一本书，也是我中文八二级同学出版的第一本书。（当然，比他在以后从政的工作中，特别是在××市团委担任副书记、××县委副书记等职务后正规出版的《论区域经济发展》等书要素颜得多，书的质量也差很多。）

那时我们很惊讶，也很羡慕，只可惜自己是东施效颦，整不出来。（在后来工作生活的岁月里，我们班上各个行业中有许多同学都有大部头、有分量的书。经岁月沉淀的我们，不再有羡慕，但很自豪！这也是我们中文八二级幸福的密码和骄傲。）

从这一点看，其昌同学有思想，做事有恒心，他的优点恰巧被辅导员曾老师发现并肯定，顺理成章，他作为优秀大学生被选调到政府机关工作。

前面写了那么多，主要想为后面故事作铺垫。

毕业后的其昌同学，被分到某县委组织部，后被安排到××区公所担任团委书记。××区公所离师专不远，三十多公里，坐2元钱的公共汽车就到。他们那个区盛产广柑，不但品种多，质量好，味道甜。每年十一月底成熟，十二月上市。

在 20 世纪 80 年代，我国改革开放刚刚起步，人们的物质文化作为最大需要，在努力改善中。就吃水果来说，种类单一且少，当地广柑也是稀罕物。用其昌幽默的话说，那时大家都过的是清汤寡水的日子。

那年十二月，广柑成熟了，留校的龙图、继超相约到其昌那里买广柑。

摇摇晃晃的公共汽车在坑坑洼洼的石子公路上开了 2 个小时才到 ×× 区公所所在地。

其昌正在区公所礼堂组织一群年轻人排练元旦春节节目。

为了见同学，龙图、继超特别打扮了一番，尤其是龙图穿得西装革履的，看上去颇有派头。

极具幽默细胞的其昌，脑瓜子转得快，马上跑过来与俩同学握手。为让这些年轻男女好好练节目，他把俩同学拉到台前向大家介绍："同志们，我给大家介绍一下，这两位是团市委的领导，今天来到我们区，专门来看望大家，检查元旦春节活动落实得如何。大家欢迎！"

一阵热烈的噼里啪啦掌声后，其昌又道："下面我们有请团市委领导讲话。"

对他俩身份的介绍已让龙图、继超有些不知所措了，现在还要他们讲话。其昌这不是把玩笑开大了吗？

继超反应也快，用手推一推龙图，并带头鼓掌。

这下可好，的确有领导派头的龙图没有退路了。

幸好，他在学校学的是中文，幸好，他留校也管学生工作，他在脑海里马上组织语言，把对青年学生激励的话转换场景，很快用到眼前这群眼里带着崇敬的年轻人身上。

他下意识地整理一下衣服，清清嗓子，开始了作为团领导的讲话，从天寒地冷，到文艺演出为人民服务，再到青年人的理想、奉献……洋洋洒洒讲了十来分钟。

演讲很有激情，演讲很成功，演讲让帅气漂亮的男女演员们感受到领导的关怀，热情高涨，信心倍增。

在接下来的汇合排演中，青年们个个表现都很认真，还有漂亮的女演员向他们露出妩媚动人的微笑。

是日晚，其昌将早已买好的广柑装筐，请他俩在街上吃了饭，吃饭间，他们就下午的角色扮演进行了讨论。

回到招待所住下，一想到那些青年男女热情的掌声和尊敬崇拜的样子，龙图怎么也无法入睡，他有种做贼心虚的感觉，他怕别人发现自己是假冒的团领导，此刻的他越想越崩溃，起身摇醒继超说："万一别人知道假身份不好，我们必须早点走为妙。"

一整夜无法入睡的龙图，终于熬到早班发车时间，叫醒继超，各自背上一筐广柑，也没与其昌道别，趁夜色还浓，逃跑似的离开了。

青春很纯

青春很真

青春是一朵待放的蓓蕾。

青春的每一个脚步都留下足印

值得回味

真真假假走一回

心却永远向阳

那年，那年（三）L 的爱情

三年的大学增长了知识，丰富了生活的羽翼，滋养了爱情。

黄瓜山下的爱情纯粹朴实。

卫星湖畔的爱情浪漫天真。

毕业季，我们打捆行李，封藏情愫，年轻飞扬的生命，在七月骄阳见证下，准备出发。

一个男同学，留校的 L，来到有些凌乱的女生寝室，走到高挑美丽的 T 跟前，忙不及地伸手帮着提箱子。羞涩的 T，诧异的我们。

丘比特之箭何时射中了彼此？哦，我们班最美的 T，令无数男同学爱慕的 T，成了 L 心中唯一的女神。

回过神来，女同学你一句，我一句逼问，你们什么时候成了恋人？

L 傻傻地笑而不语，都毕业了还在保密。哼！

不说？罢了，罢了！整个寝室由离别的伤感，变成欢乐的祝福。

L 留校，T 回到她生长的城市。

俩同学，一对恋人，爱情注定是美好的。

一段两地恋，注定是辛苦而折磨人的。

L 同学非常爱 T，相思之苦令他彻夜难眠。他常常以诗以文诉衷情。还有几个留校同学取笑他是痴人，痴情人。偶尔还捉弄他一下。

有一天，几个同学趁 L 去系里上课之际，将他寝室棉被拉开，蚊帐放下，还在隔壁女同事那里找双高跟鞋，置于床前。等他回来，大家都来告诉他，T 来了，刚刚到，好像很累的样子，现在在寝室里休息。

一听到 T 来了，本来一脸严肃正经的 L 马上就露出欢悦的笑容，悄悄朝寝室探看，回头还对大家做了个要安静的手势。

几个同学说 T 来了要他请客，他高兴得连连答应。吩咐 Z 同学买这，G 同学买那，还有十家巷的其他老师一起行动起来。那几位老师故意说没有菜票了，L 十分爽快地摸出一大叠，买，想吃什么买什么！

Z 和 G 乐颠颠奔向食堂。一会儿功夫丰盛的菜肴摆上桌，十家巷热闹非凡，L 喜滋滋地去叫心爱的人。掀蚊帐一看，哪有 T 的身影。

哈哈哈哈，可想他的失望与愤怒，还有蹭吃一顿的同事们的欢乐。

还有一次，L 与 T 闹了点小不愉快，T 乘车走了。处在恋爱深水里的 L，又急又不舍，巴巴地望着校园前的那条公路，希望能看见 T 袅娜身影回来。

等呀等，一直等到天黑。他那么爱她，她怎么就不能迁就一下自己呢？越想越不是滋味，一气之下给 T 写了封绝交信，写完愤愤地告诉了 H 他们与 T 绝交了。封上信口粘上邮票，往邮箱里一投，那个时候真解气呀。

回到宿舍，他脑子里全是 T 的影子，舍不得，放不下。冷静下来的他为自己的冲动后悔了。

可信已经放进邮箱，万一送出去了怎么办？

那时候，校园邮箱只能当地邮政所的邮递员开取，邮递员什么时候有空就什么时候来取，要么晚上，要么早上。

害怕绝交信送走的 L 只好来个守株待兔，从晚上到早晨乖乖地守在邮箱旁。那为爱情受虐的样子很可爱，很令人感动。

哈哈，幸好 L 那晚的明智之举，不然怎能抱得美人归，怎有他们现在相亲相爱，白头偕老之福景呢。

水　缘

很久以前我生活在离县城很远的夹皮沟，家前有一口大堰塘，大堰塘是由几块水田扎高坝坎蓄水而成。堰塘对面小坡坡上就是我们的学校。由于离校近，我们经常是听到拉上课预备铃才飞叉叉往教室跑，差不多与老师前后脚进教室，气喘吁吁地坐下，哪听得进老师讲课，心里还想着堰塘边捞虾的撮箕。

是的，靠堰塘附近几排房子住的我们，经常邀约三五个差不多大的娃儿，下堰捞鱼虾，然后大家分头回家偷拿点猪油、盐巴，在堰坎边，把烂瓦片当锅，置于几块石头上，火柴点燃树枝木棍。瓦片上的小鱼小虾嗞嗞响着，小鱼焦黄，小虾飞红，一会儿就熟啦。大家用树棍当筷，你一个我一个拈着吃起来，那是我小时候吃到的最美味最香的鱼虾，现在回忆起来都情不自禁流口水。

上高中补习班时，爸爸他们单位有个阿姨的哥哥在泸州二中教书，经他帮忙我去泸州上学，从来没有去过城市的我觉得泸州市好大好繁华，马路又平又干净。在这之前听说过泸州，那时我们同排房子住的一位姐姐嫁给泸州船厂的工人了，所以我知道泸州就在长江边。去泸州上学的当天我便迫不及待去看长江。江面宽阔，长江水浩浩荡荡向东奔流，那磅礴气势，第一次见，第一次有震惊的感觉。跑回学校翻开地理书重温长江那段知道，从此爱上地理。据说高考我的地理分数在全县名列前茅。

82年我考上江津师专，令人惊喜的是学校坐落在黄瓜山下卫星湖边，在绿树茵茵，碧波荡漾的环境里读书学习是件多么惬意的事情。不管是商店楼还是杉树湾、潇湘书院、十家巷，都给我留下最美回忆，其中最让人流连忘返的要数卫星湖里桃花岛，一座四五十米长的小桥，从岸边伸向小岛，上岛向右走几米处的石壁上用陶瓷碎片拼了醒目的"桃花岛"三个大字，字还算大，岛确很小，沿湖走一圈不到十分钟。岛上栽满了桃树，每年三月，桃花盛开的时候，会吸引众多游客纷至沓来，那深深浅浅的红倒映在绿波里极富诗情画意，让人沉醉在湖光潋滟，花簇涌动中，让青春在这里浮想联翩。

桃花岛就在教学楼旁边，上下课都要从它旁边经过，它便成了我们的学习练功之地，早上我们去岛上读英语背诗文，晚自习前后绕岛吹风赏月或顾影自怜。

桃花岛是卫星湖里一叶美丽扁舟，一盆精致的盆景，是一个个青春男女数星星追求美丽人生梦的地方。一汪清清湖水让我们怀念"桃花话潭水深千尺，不及汪伦送我情"的同学友谊，让我们铭记泥土的芬芳源于老师孜孜不倦的教诲和辛勤耕耘。求知若渴的大学生活，云彩飘过的卫星湖，一段美好的时光。

后来我三十六年工作在有长江穿流的土地上，看长江水涨水落，看长江繁忙的江轮穿梭。我有十年工作在水利部门，大大小小一百三十七座水库，一半留下了脚印，另一半我选择一座小湖边，靠水而居。

也许我的前世就是一条鱼，与水深深结缘。

走进怡西客厅

8月我们和怡西去青海旅游途中，怡西告诉大家，她在永川长乐坊仿古建筑群里寻得一清静之地，准备打造集喝英式下午茶、读书、漫谈、赏艺术品、吃美食的空间——怡西的客厅。到时大家可以不出永川就能欣赏到世界各国的人文风情，比如英国的贵族精神、法国女人超然时尚的气质、西亚穆斯林建筑的精致，还能吃到世界各地最有特色的美食，比如南亚的咖喱和清淡香料烹饪的食物、红酒果醋沙拉，还有她独创的中式秘制红烧鸭等等。

仅听她描述，我们就已经很期待了。

昨天上午接到她的电话，"怡西客厅"基本装修完毕，目前在为"十一"迎宾作准备，特邀几个闺密到"客厅"试菜。

我们对"怡西客厅"期待已久，"客厅"究竟有多美好呢？不等晚餐时间，就想先睹为快！

下午3点，驱车前往。停车刚走到105号楼和电梯边，电梯自然打开。我还以为是暖心的智能电梯，见人就自动开门。巧了，竟是怡西与她妈妈出来。她说要出去取订的鲜花，叫我先上三楼等她，她马上就回来。

按她的指点，我独自上楼，穿过一条长长廊道。只见一块由著名书法家卢国俊先生题写的两尺见方的白色牌匾钉在一玻璃推拉门左边，玻璃门的右边栽了一排密叶细腰的竹子。突然想起苏轼的一首诗：

宁可食无肉，不可居无竹。

无肉令人瘦，无竹令人俗。

人瘦尚可肥，士俗不可医。

旁人笑此言，似高还似痴。

若对此君仍大嚼，世间哪有扬州鹤？

表达了主人追求高雅的品味。

走进客厅，顿觉亮堂。整个客厅主色调纯白色，白色的墙壁，白色的桌子，白色镂空花台布，偌大的落地窗帘挂的是白色轻纱。房顶也是由纱幔装饰。好一个纯洁雅致的世界！

除了白色，主人选用了几幅水墨山水画作为点缀。还有一壁书架，书架上摆放各种书籍，人文的、历史的，还有著名作家的散文、诗歌等。书架上方悬挂了托尔斯泰、莎士比亚、雨果、泰戈尔等十几位世界大文豪的肖像，彰显了浓浓的读书人气息。靠壁的展示架上还有各种杯盘、酒具。怡西说，都是她出去旅游淘回来的，别致，个性轻奢而独特。

在这个白色世界里，让我最喜欢还有置放于桌上的水晶瓶插花。小资情调跃然整个室内，好喜欢在此度过暖暖的、幸福的时光，宁静而美好。

在等怡西回来的时候，一位阿姨给我泡了杯加黄糖的红茶，我从书架上取下一本《三毛日记》，靠在临窗的沙发里慢慢阅读起来。《三毛日记》是她与每位读者的信件交流，读着读着，仿佛我也与书中不同年龄的书友交流思想，谈追求、谈爱国、谈人生几许，情愁相伴，对生活不自怜并有一颗高贵的内心……窗外远处箕山如黛，近处亭台楼阁林立，蓝天白云，飘飘荡荡。

室内一个人，一杯红茶，一本书。我沉浸室外风景室内宁静的氛围中，心情自然妙不可言。

正当暇想中，怡西回来了，手里拿了把花。我放下书，与其聊天。她并没有坐下来，而是不停地忙碌，把取回的花修剪后，一枝枝插进花瓶。她说每天都要替换鲜花，能让每个走进"怡西客厅"的客人感受扑鼻的香气，天然而温润的香气。享受清新美好，有质量的生活。

怡西爱美，她的梦想是把人们认为属于奢侈品的美变成周围所有人的一种生活。并通过生活实践，转化成每个人内心需求，从而让这个地方整体素养得到提升。她的心中有追求，更有大爱。陆陆续续，有姐妹们到来，大家都对怡西客厅的装修布置大加赞美，感谢怡西给大家提供了这么美好的聚会场所。

晚餐时间，更让大家惊叹，不仅仪式感很让人感动，还色香味俱全，从厨房端出来的每一道精心烹饪的美食，都直刺人味蕾，直击人心底。蔬菜沙拉浇上她自创的油醋汁，一下打开了人们食欲，鸡汁蘑菇汤配上奶油面包片及秘制鸭、澳洲牛排……每道菜她都亲自把关，简直太美味啦！她说，菜很多人都会做，但把美加进去，把品质加进去，还把真心加入，并奉献给友人的不多，她希望引领餐饮革命，让食者从食物中悟到爱、幸福、高品质生活。

这是她的梦想。

祝愿怡西梦想成真！愿我们每个人都能静享有爱、有幸福的高品质生活！

怡西客厅欢迎大家去做客。

母亲节写给自己

又是一年的母亲节到了。对怎么隆重地过今天这个母亲节，自己一点也没想法，反正就是平平常常的一天。

说来也怪，自己不当一回事的平淡日子，却有外界力量为推手，迫使你去感受，去思想。首先是微信群里的朋友们热闹地互致祝福，互送鲜花，或有更亲密的闺密们自欺欺人地说些肉麻话。也有男同学以最公平的方式发祝福红包，当我们争先恐后地抢钱时，却发现每个女同学都是一分钱的红包，没等大家发怒，人家就解释开了，对已当母亲的女同学一心一意的情，分分都是爱！我嗔怒道："大傻，怎么不每人发100元向母亲致以百分之百的敬意呢！"看我家先生，一大早就在家族微信群里给当了母亲的女人来了句白话：祝母亲节快乐！没有更多的表示，鲜花红包统统没有。我就当他是对蓝天白云说话吧，因为他正在出差去乘飞机的路上。好的，我们自己节日快乐，你也平安顺利。

还是我家孩子们乖，从澳大利亚回国正在上海接受防病毒隔离的儿子给我和他岳母、妻子既发祝福又发红包，让我们三个女人欢喜得犹如荡起双桨的小船在微风里，坐在小船儿上得意地摇呀摇。接着又是将一双儿女带得乖巧伶俐的儿媳妇送来祝福，并发了一个888元8角8分的大红包，我赶紧给她回赠一个999元9角9分的红包，她却说什么也不收。其实祝福也好，红包也好都不是最重要的，让我们高兴的是家庭的和谐，心中有彼此，相互有牵挂。尊老爱幼，平平淡淡显真情，就是最大的满足。

上午与大姐在一起，她说今天是母亲节，你是不是要写一点什么怀念母亲，但切不可像去年那样忧伤地写母亲，看了你怀念母亲的文章我哭了很久，今天要写欢乐一点的内容，让我们在妈妈对孩子们倾其所有的爱中获得力量。

二十七年来对母亲的怀念我写过很多篇文章，再多的文字都写不完她老人家对我们的养育之恩，写不尽她受的苦累，写不完妈妈对儿女的爱，也无法完全表达我们对她时时刻刻思念。

今天的母亲节，我不想沉浸在对母亲怀念的疼痛里，我想写给自己。

亲爱的自己，想起你的妈妈在那缺吃少穿的日子里被生活挤压所受的苦，现在的你赶上了丰衣足食的好日子，不要为小事生气，不要在意有些身外欲所不能的物质，学会淡薄人生，取义慈善，你要快乐开心地过好每一天。

亲爱的自己，你为人母，是因你有了孩子，你也要向你的母亲一样，坚持一种信仰，坚定地呵护你的孩子。孩子是上天派来的天使，要感谢天使的陪伴和他带给你的快乐。如果他的调皮让你心力交瘁，那也是给你生活增添了多色的趣味而已，接纳孩子给的一切，就是最完整的自己。孩子多样的表现你就有了多样爱的能力，得到爱的孩子会反作用于你，你的付出终将会有收获。就像你的妈妈一样，虽然离开很多年，你仍然在感恩，心中那盏爱的灯塔永远照着前程。

亲爱的自己，你要好好照顾好自己，生病了是痛在自己身上无人代替。你好好的，远飞的孩子们才想念故乡的风、故乡的云、故乡的人情，儿孙们才有回家的行程，才能一遍又一遍吃到妈妈的味道；你也能安享亲情，获取天伦。

亲爱的自己，人生几十年，弹指一挥间。短短三万天，不操无用之心，每一天都要过好。吃、穿、住、行，有条件时，能精致过的决不粗糙过，追求有质量地生活，坚持锻炼，增强活力，尽己之能学习，接受新事物，前浪要给后浪做出好榜样。

亲爱的自己，你是独立的女人，独立的母亲，干嘛要做独立逞能的妻子！那个男人让你成为孩子母亲，你就要成为他的肋骨，附在他身上，你已不是独立的你，要与他同呼吸共命运，一起接受痛苦的考验，迎接幸福光临。

亲爱的自己，祝你未来的生活平安顺利！母亲节快乐！

2020 年 5 月 9 日

爱的守望

为你鼓掌

艾家天宝，乃吾孙也。年幼刚三，稚嫩有趣，天地万物，均生好奇，花花草草，蝉鸣虫子，动漫故事，酷爱百车，反复提问，童言无忌，释之天性。步步紧逼，时有不备，慌乱招架，虽吾暗喜，多有语迟。是日，朋友到访，乖巧安静，大口进食，咀嚼不语。友人见之，甚是喜欢，谈及教育，倾耳听之。席间诱之诵诗，当众朗朗，王维《红豆》，李白《静夜思》，马致远《天净沙·秋思》。众人鼓掌，赞叹不已。

告之友人，幼儿教育，父母重视，兴趣学习，皆送悉知。幼教图本，视频播放，已入家庭，玩耍之间，浸润心灵。赢在起跑，举家之力。

饭后，孙玩耍于阳台。自言自语又背诵诗词。进房问之，奶奶你为什么不鼓掌。哈哈，小儿兴趣，重在鼓励。于是，四座掌声起，闻之，回至阳台，面对山恋，竹影，稚音萦绕，玩乐在自己的世界。

宝贝，爷爷奶奶们为你鼓掌，发自内心，愿人间美好皆留于你，你每日领悟，日日成长，令人欣喜。愿童真永存，快乐永远。亲爱的宝贝，爱你！

嗨，小帅哥生日快乐

昨天，2020年3月29日，对于我家艾天宝来说是值得纪念的幸福日子，他满四岁啦。他很兴奋，我也很高兴。第一次为他在家里举行仪式感很浓的生日派对。

派对邀请了爷爷奶奶、外公外婆、姨公姨婆及伯伯婶婶，还有哥哥姐姐妹妹们，大家欢聚一堂。

庭院里盛开的绣球花、紫荆花、樱花、茶花，还有艳丽的映山红，散发出迷人的香气。我和大姨婆早早起床将庭院树丛插满五彩气球和各种卡通动物，把水果、糕点拿出来，摆放一桌，生日祝福歌一直在庭院上空萦绕，给灰色天空抹上一缕欢乐和热闹。

早上，他随妈妈和外公外婆从重庆市区来到永川。走进庭院，他特别兴奋，喊妈妈快点把生日蛋糕端出来，马上开生日 party。

派对聚会上他表现得特别棒，在外婆和妈妈的指导下，不但自己发表了生日感言，表达了自己的快乐，感谢大家参加他的生日 party，还用稚嫩的声音深情地说我爱爸爸妈妈，爷爷奶奶、外公外婆……将到场的所有人都点到了。

爱，是我们在家庭教育中非常注重培养的。

四岁的他或许把爱简单地理解为喜欢大家。喜欢即爱，爱即宽宏大度地包容，爱则有仁，有爱则幸福，今后他会把爱家人当成永恒思想和素养。

他现在最喜欢扮演的角色是消防员，派对上我们空出一块小小舞台，他和妹上台给大家表演诗朗诵、唱歌，还自编自导自演一场消防紧急救援行动，入戏很深，多个角色一人完成，一会儿对讲指挥，一会儿亲自拿上灭火器上阵，忙得不亦乐乎，显出大男儿的英雄气魄。

虽然是游戏，但游戏中无不透出爱，在场的人都感动得为他热烈鼓掌。

吃过晚饭，他们准备回重庆了。临上车前，他和妹妹来与我们一一拥抱道别。与我拥抱时他对我说："谢谢奶奶给我办了生日 party，我很高兴。"

孩子，你健康快乐，有爱的意识，有责任心的表现，这不就是我所希望的吗？我也很高兴呢！

特别是现在新冠肺炎酿成世界性灾难，让人们从肉体到思想都遍体鳞伤，我们尤其需要爱，需要担当责任。孩子，生命于你是美好的，未来不可能一帆风顺，有困难和逆境，只要你心中永远有爱，有责任有担当，你就会成为胜利者。今天你的表现太帅了，小帅哥，祝你生日快乐！

宝　贝

你笑起来真好看
干净灿烂
没有忧愁、邪恶、嫉妒
只有春天的发芽和
花开的声音
宝贝
你笑起来真好看
恰似夏荷春天的木棉
没有冷只有暖

你喜欢坚强、勇敢、爱心、快乐
的小朋友在一起聚会
人之初性本善垒起城堡
就是你的世界

妈妈教你九十度鞠躬
你知道这是致谢、感恩
向每一位长者、老师、叔叔阿姨
哥哥姐姐
我从你微笑的小脸上看见了
未来谦谦君子的影子

宝贝
你笑起来真好看
像春天的花儿夏天的阳光
融化了我们的心田

我们家的学霸

春节，弟弟一家人从成都回老家过年，在永川的几个姐姐早早地做好接待安排。从仪式感到各种吃、各种玩等，非常隆重地欢迎他们。因为弟弟不仅仅是我们家独子，更是我们家引以为豪的骄子。

曾经我的弟弟在我们当地读书是出了名的拔尖生。那年中考以全县第二名的成绩差点被哈军工学校录取。有老师建议：弟弟成绩那么好，去读中专有点可惜，弟弟再读两年一定能考上很好的大学。

尽管父母供我二姐上中专、我上大专已有些吃力，但为了家中唯一男丁有一个好前程，他们还是咬紧牙关，把弟弟送到县城最好的中学读高中。

果然弟弟不负众望，孝顺的他按照母亲的愿望，以超出录取学院50多分的成绩被重庆医学院录取。若不是当年高考期间因生病受影响，考试题没做完，他可以考更好的中国一流医科大学。在大学期间，他几乎年年都是优秀奖学金获得者。最终他以优异成绩毕业，分配到四川省肿瘤医院，现在已属于该医院放疗方面的教授专家级别的学术带头人了。

弟弟是我们家的学霸，他的女儿露露更胜一筹。

四年前，露露在四川二十几万考生中，以高考成绩620多分，进入全省文科前100名优秀者之列，以1分之差与中国人民大学失之交臂。

历史往往惊人的相似。露露在中国外经贸大学求学期间，取得优异成绩，顺利考研。

关于学霸的故事，我并非想在此炫耀什么。

鄙人认为，认真求学，获得众多知识，能提升一个人从内到外的人文素养。有文化之人举手投足都温文儒雅，谈吐不凡，通过知识的沉淀显得睿智有趣。会让人喜爱并受到尊重。

严谨求知也会提高科学修养与认知。他们会对某方面的知识感兴趣，为之深入探索研究，并发现对社会，对人类有益的科研结果。从前认为是对的，通过学习，才知道错了。让科学走进生活，让生命在科学的路上获得荣耀与辉煌。

学习了解人类简史，让我们知道，知识改变人的命运，科学不断在求真、求解中找到推动社会发展的路径。

从某种意义上说一个人具有丰富的知识比眼前的财富重要得多。

所以我们家对所有的子孙都强调要努力学习，鼓励子孙多读书，推崇知识优先。要求子孙孝贤为礼，谦和通达。我们愿意为求知求真奉献一点绵薄之力。

我们家的学霸，一直都是我们的骄傲，也是未来的栋梁。真心希望越来越多的学霸们如璀璨的明珠闪闪发光。

父子情

清晨五点，大地还处在黎明前的黑色中，儿子轻轻敲响了我的房门。

我一个翻身坐起来，迷糊地问几点了？

"五点过。妈妈我准备出发了，麻烦你上楼去陪我儿子再睡一会儿。"

"好的。儿子，你在外注意安全，要吃好、睡好。好好工作，不要去不安全的地方，一路平平安安。"

黑暗中，我絮絮叨叨地送他到门口。然后上楼继续陪孙子睡觉。

儿子出门不久，收到他发来的视频。他是应他儿子的要求：如果他没睡醒，也要与爸爸拥抱道别。

因为太早，儿子便给他的儿子录了一段道别视频。

大意是：亲爱的宝贝，爸爸马上就要乘飞机到很远的地方工作了，你在家要好好听妈妈的话，听爷爷奶奶和外公外婆的话，爸爸会为了你和妹妹努力工作。爸爸出差在外也很想念你们，做完事马上就回家。爱你！

儿子是含着不舍在他的儿子身边录的，镜头里有他亲吻儿子额头的图像。

其实，我的儿子也是我心中的宝贝，于我儿子将远行万里去南美洲采货，我也有千万个难舍难分。可他要为他儿女们的幸福成长长途跋涉，奋力拼搏了。

人类就是这样一代代繁衍生息，血浓于水。一代代努力奋斗，亲情不朽，一代为一代付出，成就了一个爱的世界。上至耄耋老人下至幼稚儿童，懂珍惜，全部是温暖的爱。

尘世间有爱就有情。多少人为爱和情演绎了人间悲喜故事。

昨晚，我孙子知他爸要出差了，不停地对他爸爸说：爸爸我最喜欢你了，我一直都好爱好爱你哟，爸爸是英雄。

稚嫩的话像一股暖流横扫我们柔软内心，为有这个直接表达亲情感受的可爱的小生命而欣喜、感动。

软软的童音像战斗的号角，让他的父亲义无反顾地奔向战场。

回想当初，我们也是为了工作，把儿子交给父母。在该奋斗的年纪努力奋斗，为儿子成长做榜样，给他提供我们能给予的最好的物质条件。

今天该是儿子为他的子女做榜样，铺垫幸福生活的时候了，希望为之奋斗的儿子一生努力不后悔。愿儿子事业顺利，一生平安，小家庭幸福！

抓 阄

我家月亮妹妹一周岁啦！按照传统习俗我们为她举行了抓阄仪式。

在月亮妈妈和阿姨的张罗下，我们给月亮妹妹换上了一件喜庆的中式红色小棉袄，领子上镶了一圈雪白绒毛，一条紧身拉拉裤，脚上还有一双特别可爱的红皮鞋。

小小的人儿被盛装包裹，活脱脱一个小公主出现在大家面前。

抓阄，是长辈们观察初涉人间的幼子对某种事物的兴趣，寄予孩子未来成长方向厚望的形式。

仪式开始前，月亮妹妹的外婆替她梳头，边梳还边念念有词：一梳智慧开，聪明伶俐惹人爱，二梳健康在，活泼开朗成长快，三梳福禄来，吃穿不愁乐自在……一连串的祝福语，就是希望月亮妹妹成为漂亮贤淑的女孩，希望在今后的成长路上有美好的生活。

此时的月亮瞪着一双天真无邪的大眼睛，望望外婆，再看看妈妈。她还不知道为什么外婆要说这些话，只是开心地对所有围在她身边的人萌萌地手舞足蹈。

看着她可爱的样子，我的心中感慨万千。我们从奋斗的隧道穿越，从仰望他人幸福的光阴中，从艳羡别人荡漾在美色美景中，通过家人的诚实努力，感受到我们幸福的日子也真实地存在着。希望我们的子孙血脉，也不忘"勤俭持家，家家富贵，和谦处世，事事通达"之家训。一扫尘世之浮华，用坚强、开朗、学识获得成功，过上安康快乐的生活。

为了周岁抓阄，儿子、媳妇很是用心。琴棋书画、香囊、算盘、计算器、红包、银行卡……他们准备了很多东西，在客厅里摆了一大片，然后将月亮妹妹放在离物品两米远的地方，让她自己爬过去。所有的人都屏着呼吸，任由她前去选择。

一大堆花花绿绿的东西，她究竟会选择什么呢？我很好奇，也很紧张。生怕她选择好逸恶劳之物品，心里迫切希望她选择书、笔之类的东西。因为我相信"书中自有颜如玉"，笔下自有景上花。知识让人睿智，优雅，知识会丰富人的生命。

月亮妹妹欢快地往前爬，我很惊讶她不是迅速抓物品，而是稍顿一下，用眼睛扫过，然后选择了一大堆东西中间的小提琴。

见此景，月亮妹妹的外公高兴喊道："小提琴。今后是个音乐家？"

哈哈，音乐是人类思维的翅膀，是人类很美的灵魂归属，高雅！女孩儿喜欢音乐可能是天性，也许月亮妹妹就是我们家的音乐天使，好！

月亮妹妹的妈妈又说：还可以抓一次，看她还会抓什么？

于是她将所有物品打乱再摆好。

这次更出乎大家的意料，她居然舍近求远，转了一个大圈最后抓了一张银行卡。

月亮妹妹的大舅舅兴奋地大吼一句，月亮妹妹一下子愣住了，看看舅舅，然后坚定地抓起银行卡来。

据说抓了信用卡或银行卡，今后可能会成为银行家或金融家。

月亮妹妹之举难道是老祖宗在天上的指点？儿媳妇一家，有多人在银行业工作，其外祖祖曾在某银行担任过行长。

抓阄是习俗，更希望是预示。对于月亮妹妹来说，今后的路还很长，需要家人和所有的长辈关心呵护。

在我心里，不求她大富大贵，不求她才貌过人，但求她一生平安，开心快乐，这就是我最大的心愿了。

三十而立

儿子，昨晚上妈妈梦见我们一大家人在一起吹生日蜡烛，橘红色的火苗随着悠扬的生日祝福歌欢快地跳舞。

祝你生日快乐！祝你生日快乐！

梦毕竟是梦。为娘的我牵挂着万里之遥的吾儿，在南美洲努力工作的你。

三十年前的今天，你呱呱坠地，从此我们母子相依。你儿时的各种可爱，各种调皮，都印记在我脑子里。转眼间，你已成长为高大健壮的青年。在适婚的年龄，找到了心爱的姑娘安了家，并且有了自己的一儿一女。

为了让妻儿过上更好的生活，你对他们的爱成为你的无尽动力。你喜欢儿女们稚嫩的声音，期望与妻子牵手湖畔小径。可现实与期望总有一段距离，一个家的责任远远超过一个人单纯过活。在思想上你需要伸出鲲鹏的翅膀跨越自己心中无数的江河，让自己成熟，让自己内心丰富而强大，你选择了奋斗。我们家族是做海外贸易的，你并没有安享老一辈给你的富足，而是选择了最前沿的采购工作，每年都需离开家人远行万里采货。妈妈很欣慰，你的选择，体现了男儿应有的担当。

无数次与妻儿的别离，是要证明自己，不是在索取安逸的日子，是要在青春年华里勇敢地创业，用沸腾的热诚做该做的事，一步一个脚印。

当北半球春暖花开时，你在南半球的冰雪中奔波，当我们欢天喜地过中国传统佳节时，你只能遥望着北方，祝福你的家人新年快乐！

大年三十老老少少齐聚守岁时，你还是独自一人在外。

儿子，你知道娘的心疼吗？你是妈妈身上一根肋骨，那种穿透心的痛，妈妈也只能忍着。因为你现在的苦是为了将来的甜。该吃苦的时候一定要吃苦。

我们终要老，接下去的日子父母爱你们但不会永远守护你们。你们要过好生活，一定要靠自己。

儿子，今天是你三十岁生日。你仍在大洋彼岸的果园里，在清冷的路上就着一瓶矿泉水、一块面包打发饥饿。我恨不得飞到你的身边，即使不能给你做一桌你爱吃的菜肴，也想给你煮一碗平安的面条。用母爱为你庆生。

中国有句古话，三十而立。三十岁是人生的又一个节点，不但要立家，更要立业。你能勇敢地挑起家庭的责任，妈妈相信你也能用智慧和勤劳创建良好的事业，有一个无愧时代的人生。

儿子，你所有的寂寞、辛苦都是你值得骄傲的成绩，是你日后值得纪念的勋章。希望你有更广阔的天地，大展宏图。做到：仰天长啸出国门，芳华指待大江山！

妈妈因为你自豪！再次祝你生日快乐，工作顺利！

愿在初夏的阳光下享受生活的甜蜜

昨天，是一个风和日丽的日子，我提着简单的行李箱跟随先生踏上了飞往上海的飞机，参加在江苏海门市举办的全国果品流通协会第六届理事会第三次全体会。

飞机刚到虹桥机场，公司驻华东供应链事业部蒋总接到我们，带我们马不停蹄地搭乘两小时的大巴车到达长江入海口边的海门市东恒盛国际大酒店。

先生家里从老妈开始从事水果生意已有37年。从老家朱杨溪做到重庆，从国内做到国外。直至今日在水果界小有收获。其中直接受益者之一便是我了。处于水果王国里，最最欢喜，令人满足的就是近水楼台先得月。能吃上天南海北的各种稀奇古怪的水果，不仅能搬回家吃，还可以乘飞机、坐轮船到原产地去吃，新鲜味美。特别是有些水果界的重大活动，我可以以影子夫人的身份陪同丈夫出席，窥探那些果姨果叔大咖们在业界的非凡奇迹，见证科技在农村农业中结出的硕果。今日上午，按照组委会安排，参观江苏绿海公司旗下的若干企业。走马观花似的进入水果现代化包装厂区。每天两万件上百种水果在工厂有序分拣打包，有的通过京东、天猫物流，24 小时送达客户家中；有的通过冷藏车运送到周边三百公里范围内的水果专卖点。各种机器几乎是零误差运行，科技含量很高，不但减少了人力资源成本，还数十倍提高了工作效率，为鲜果送达保证了时间和质量。

随后我们驱车前往江苏省农科院和财政厅支持的绿海公司在海门打造的一个庞大的水果种植基地。据当地政府部门介绍，水果园有近 4 千亩，四季水果皆有种植。即这个基地可一年四季源源不断地向全国各地输送生态环保的水果。

走进冬枣园，满树开满了淡黄色的花。"哎呀，好香！"整个大棚里都是甜甜的清香味。

不仅仅是冬枣园，还有无花果园、葡萄园、猕猴桃园，有的是叶香，有的是花香，有的是果香。海门人自豪地说，来到海门，呼吸的是大海吹来的新鲜空气，吃的是绿色生态产品。海门真是一个鸟语花香生态安宁的地方。

跟着先生在初夏的阳光下，漫游在葡萄架下，摘一颗即将成熟的果子品尝，也是很惬意的。闻着花香四溢的空气，只顾着欣赏或作淑女的样子在果园里拍照，也是很有意思的。

生命要用事业和情怀来点缀才有价值，生活要有喜悦和感动藏在内心才有趣，不要让生命贴上沉重的标签，不让生活有过多欲望，简简单单，一定会甜蜜快乐。

我的老舅

我的老舅和舅妈老了，快奔80的人。他们特别想念亲人，凡是有后人去看他俩，他们就非常高兴。从2013年我们就说要到大连去看他们，一晃五年了，五年前他俩就开始做好准备欢迎我们。很是汗颜，直到现在才去。

为了欢迎我们，舅舅、舅妈从春天就开始买最好的韭菜、鲅鱼、虾、蛤蜊子给我们包饺子，一大冰箱都是我喜欢吃的。

那饺子就是亲人的味道。

我舅舅曾经是川北老家飞出来的一只金凤凰。59年当兵来到大连，一路奋斗拼搏，在部队提干，并找到当地一个漂亮高雅的女子结婚生子，再转业到市政府部门，然后调到东北财经大学直至退休。

这几天在大连除了带孙子游玩就是与他二老唠嗑。我舅说他这一辈都在奋斗，但都没有什么成绩，唯有两件事，他的功劳很大。

一是尽心尽力孝敬老人。

我的外公外婆一生养育了5个孩子。舅舅排行老三，也是家里唯一男丁。老家农村的旧观念是养儿防老。不管子女再多，父母都会与儿子生活在一起。20世纪70年代初，外公以83岁的高龄离世，舅舅便把外婆接到大连生活。为让外婆舒心健康地生活，舅舅舅妈尽全力地为外婆提供最好的条件，时间过得很快，外婆在大连平安健康地生活了三十多年。

当外婆90岁高龄时，因怕火化执意要回老家四川遂宁。为满足老人意愿，舅舅把外婆送回四川，并出钱让大姨、小姨照顾老人。舅舅则每年回来陪老人一段时间。

外婆在老家颐养天年，又是十几个年头，在她满一百岁那年，舅舅组织所有子孙在龙桥镇摆酒席邀宾朋庆祝。外婆十分幸福满足，百岁寿宴当天身体硬朗的她，独自走了三四里路，由舅舅牵着，漫步家乡小径。

外婆在最后的时光里总是念叨自己的儿子。记得2012年小姨打电话给舅舅，说105岁的外婆生病了，舅舅立马订机票飞重庆。我们接到舅舅时，看他也很疲惫，毕竟是七十多岁的老人了。但作为儿子，孝老的他立刻与我们商量，他要尽快去德阳看外婆。于是我和大姐、大姐夫陪同舅舅前往，到达小姨家。

小姨对躺在床上的外婆说有人来看她了，外婆闭着眼睛懒得理我们。当舅舅俯身在老人耳边叫：妈，儿子良树来看您啦。听见声音，生病的外婆一下来了精神，翻身就起来，不停地说："是良树吗？是我儿子吗？"她咧着嘴笑着，"是我儿子来了！"

舅舅一边答应，一边抱起外婆，就像几十年前外婆抱他一样。

外婆年纪大了，在舅舅的怀里像婴儿。那场景深深地印在我的脑海中挥之不去，令人感动。什么是孝？你给我生命，我想尽办法延长你的寿命，你陪我长大，我陪你变老。不用语言证明，要用行动让亲人依恋。让人生的美丽绽放。

外婆生病了，舅舅放心不下外婆，坚持要将外婆接回大连自己亲自照顾，直到2013年春，雪花还在飞舞的时候，外婆走了，享年106岁！一个世纪的魂在亲人无微不至地照顾下安静地走了。

二是尽职尽责爱护妻子。我舅妈曾经是大连市财政局一名风风火火的领导干部。她干练优雅，是我们小时候既喜欢又仰慕的人。可天有不测风云，2003年被查出直肠癌、乳腺癌，先后四次动手术。也许是舅妈用开朗乐观的心态面对现实，也许是有老人要孝敬，所以现在的舅妈看上去仍然优雅贵气，气色很好。

我舅妈说要感谢舅舅对她的不离不弃。两位老人的退休金不高，但只要听说什么东西对治疗癌症有好处，我舅舅都会想方设法去弄。以前舅妈为了增强免疫力，需要连续打一种很贵的针。舅舅毫不犹豫地说："必须打。没有钱，就是卖掉房子也要打。"每年、每月打，一年要用二十多万元，舅舅省吃俭用凑舅妈的医疗费。他们看到一种偏方，喝生土豆汁对抑制癌细胞有作用，舅舅就给舅妈磨汁，一天不落。快二十年了，舅妈健健康康。舅舅很自豪地说，舅妈现在的状态，有他很大的功劳。

我舅舅心好，好人必须好报！我舅舅有才，不被困难打败，还不断学习，每天看新闻，关心国家大事，教育我们要拥护共产党，珍惜现在的生活。他现在是国家书法协会会员。我舅舅是我们家族学习的榜样，也是我们家族的骄傲！祝愿他们俩位老人家情相伴，长相依，平安幸福！

二　哥

最近一场小病全仗二哥跑上跑下帮忙。从入院到出院生病的是我，至于办那一堆手续都不干我的事，二哥全权负责办得很麻利，其间还兴师动众地将他媳妇我二姐和我大姐及大姐夫召唤来陪我。大家说说笑笑，几袋药液一晃就输完了。

我们一家的兄妹亲情就是这般和睦融洽。

二哥经常说他能挤进我们这个家庭，是上天睁了一只眼予以的厚爱。

其实我们一家大小才是得到二哥照顾的人呢！

第一次初识二哥是在一个朋友家里。我们都是被邀请去做客的。他给人印象特别深，个子矮小还没我高，一双圆溜溜的眼睛转得很快，说话风趣幽默，小小的个子里透露机灵与自信。经朋友介绍知他是中医院医生，尤其擅长小儿内科，附近好多区县的小孩都信他那包药，他有医者仁心，药到病除。

在我们身边，有些人天天见面也未必就熟悉或成为朋友。而有些人见过面后，似乎有一根线连着，即使没有联系了也会因某个原因重新在生活产生交集。

我二姐是我们当地有名的才女，20 世纪 70 年代末考上四川省第二财贸学校，毕业分配到本县商业系统。那时的她成熟知性，有学识有专业，可想而知她在选择对象上有多大的优越性。然而她却犯了年轻人的通病，重视外表胜于内在。在她怀孕六个月，挺着大肚子为丈夫洗衣服时，发现丈夫出轨了。

那个年代民风淳朴，社会对夫妻忠诚要求很高，道德作风好坏是家庭非常重要的问题。

丈夫的出轨，对身怀六甲的二姐打击可想而知。在丈夫的一再认错和保证下，二姐忍受着痛苦，看在即将来世的儿子面选择了原谅。

有些事随着时间的推移也许会慢慢淡化忘却。有人因原生家庭有毒的基因在骨子里蔓延生长，便会失去基本的自我约束，思想品德任其腐朽。原二姐夫并没有改变他拈花惹草的坏毛病，在二姐多次劝导无效的情况下，孩子 4 岁那年，二姐与原姐夫办理了离婚手续。

我很同情二姐。为让她离开令人伤心之地，忘掉伤害她的人，一个阴霾浓密的日子里，我和丈夫找了一辆大货车，将她和孩子连同家里的家具拉到了邻县我的家。从此，二姐的生活及未来成了我最重大的责任。我们是手足情，决不允许别人伤害我的家人。我丈夫给二姐找了份图书管理员工作，她儿子在我家附近一所小学上学。

二姐母子就此安顿下来。

虽然有我和丈夫关心她们娘俩，但只有三十四岁的姐姐带着孩子生活也非常不易。二姐表面上还算坚强，她默默地守着儿子，努力做好每一件事情，包括工作、家务、孝顺父母……

暂居在我这里，她总是小心翼翼。看得出来，她被伤的心结并未解开，她活得压抑。

冥冥之中，缘分注定。一次偶然的机会，我与卫生局叶局长开会坐在一起。叶局长在卫生局是出了名的关心职工的大好人。叶局对我说："喂，你在总工会认识的人多，帮我们中医院一位业务骨干找个媳妇呀。""是哪个？啥情况嘛？"

"何医生，他媳妇跑了。"

带着好奇我听完叶局的介绍。心里琢磨开了。我二姐和他，两个受伤的人是不是可以互相抚慰呢？

我把想法给叶局说了，她立马拍大腿：我俩来当红娘！促成这段姻缘。当高高大大的杜大哥和中医院龙院长陪二哥来相亲时，二哥在他们两个高大的身影衬托下显得更加小巧精致了。

见状，我的丈夫把头摇得像拨浪鼓，讪讪地笑着走开了。

我信任叶局长，也就坚信叶局长介绍的人是对的那一个。二哥人是矮了点，相貌也一般，但也许他身上会有别人所不能及的智慧与优点。第一次与他初识，我对他印象还算不错，他不卑不亢、自信乐观地面对人生，让你不可小看他。第一次见面，二姐还是抱着外貌协会不

松口，我只有循序渐进地开导，让她先别拒绝，试着接触看看。

二哥人小鬼大，总是寻找机会和借口来见二姐。甚至有一次听说二姐患了重感冒，他立马背上药箱，找了一辆车，叫了两个助手，在医院借了一副担架，兴师动众地看二姐，把二姐感动得稀里哗啦。为二哥弄出的"拿担架救人的大事件"，我们全家把它当成爱情经典案例笑话他很久。在我家的家训里，善良、诚恳、感恩，是最重要的信条，也许是双方家庭的教养相同，他俩所经历的人生苦旅相似，两颗心慢慢靠拢，惺惺相惜了。

记得二姐与二哥结婚后的第二年，我们回双矿给母亲扫墓，个子小小的二哥在母亲坟前三叩头起誓，请母亲放心，他一定会好好对待二姐，不让她哭，不让她苦，珍视他们的结合。在一旁站立的我，感动得泪流满面，庆幸二姐了找到一个懂得爱护她的男人。

二哥说话算数，对二姐的好绝不是装出来的。记得2008年5·12地震后的几天余震不断，加之新闻媒体天天预报各地余震的情况，弄得人心惶恐不安，他们家住的是老房子，有安全隐患。二姐带着二哥80岁高龄的母亲到我家来住。二哥就驻守在中医院值班上班。有天晚上很晚了，二哥在楼下喊二姐下去，原来他刚发了两千块钱奖金，来交给二姐。然后自己又回医院去了。对于二哥来说，他的人生字典里，"担当"二字是永不褪色的。他在工作上兢兢业业，被评为重庆市名中医，永川十大名中医。而他成为我们的家人，在亲情面前，不虚滑，不偷懒，事事尽力而为。对待二姐的儿子从6岁开始全力抚养，读书、工作、成家、买车、买房，儿子如今33岁了，早已成家生子，他还在为孩子操心。

有时候二姐要要小脾气，他便开玩笑地对她说，你是小姨妹硬塞给我的，我要找她退货。二姐怒笑，在你家二十六七年了，退也退不掉，我就是一块牛皮糖粘着不动了。

生活中有酸甜苦辣、诙谐逗趣，以包容的心过日子换来的是幸福快乐。

二哥，在你身上我们看见你骄小的身子是浓缩了人生的精华，你是谦谦君子，是伟丈夫。

爱的轮回

爱的轮回（一）

妈妈生病了，有些严重。

妈妈的三个孩子心急火燎地赶回家。望着斜躺在床上，不停咳嗽又轻声呻吟的母亲，他们仨心疼极了。

父亲在十几年前就走了，剩下妈妈守家，他们要保护家的存在，就必须保护好妈妈。如果妈妈不在，这个家就散了。

三个孩子回家，妈妈的病一下子好了许多，不但能吃些东西，还下地进厨房给回家的孩子们弄好吃的。带有妈妈烟火味的回锅肉，带着小时候从茅草屋里飘出来的特别香味的清炖鸡汤。

趁妈妈午休，三个孩子开了个短会。会议决定，妈妈越来越老了，该子女呵护妈妈了。无论再忙，三个人每月必须轮流回家陪伴妈妈5天。

一年每人回家4次，共20天。20天多么短的陪伴，可对于一个寂寞在家的老人来说也是幸福的，很满足的亲情相守。到了大儿子回家的日子，他放下手中一切工作，飞回家。

知道儿子今天回来，从早到晚妈妈脸上始终挂着笑容，还像年轻人一样脚步轻盈，跑去菜市场买鱼、买肉，一大堆都是儿子最喜欢吃的。

晚上散步，妈妈像一个依恋父母的小女孩，挽着大儿子的胳膊，说说笑笑开心极了。

大儿子拉着妈妈的手，生怕她摔跤。不停地问，走累了吗？需要喝水吗？今天高不高兴？饭可口吧？那语气活脱脱就像一个大人对孩子溺爱。

二儿子回家，带着老婆女儿。他们带着妈妈去公园，一老一小的俩孩子，笑声不绝于耳。

三女儿回来了，小棉袄给妈妈带了一大包营养品，嘱咐她按时吃，吃完了再给她买。不管孩子们在不在身边，她都记住了，每天吃，吃着吃着就笑了。她觉得好像有父母关心爱护一样，每天心里都暖暖的。

现在她最开心的就是做完手中的事，等待孩子一个个轮着回家陪她。她如孩子般听话。吃好、睡好，照顾好自己。

妈在，家就在。

爱的轮回（二）

爱是一件奢侈品，真爱如水晶毫无杂质而透明，佩戴在身上有股天然纯粹的美。

其实感天动地的爱就在日常默默流动，不经意成就了伟大的人格。她是一个弱女子，在我们同学中个儿最瘦小，也不善言词，一起聚会时，她总是很文静地坐在那儿听大家侃侃而谈，时而笑一下，点点头，时而站起来给每人的杯子里续续水，绝对是属于淹没在同学们相聚狂欢中毫不起眼的一个人。

昨日去蓉看望小姑子，顺便为自己的灵魂遛个弯，把双矿的老小伙伴们约出来耍。

平哥开车来接我去成都环球中心。她，志英就在环球中心商务楼里上班，我们等着她处理完手上工作再去锦秀湖公园。

锦绣湖水潋滟，景色宜人：

青柳垂湖芦花扬，小径听波忘忧伤，

鱼儿摇尾浅底游，人在画中心旌荡。

在公园慢慢游走拍照，找一处茶室坐下来喝茶叙旧。志英在家里是排行最小的一个。上有四个哥哥。她与大哥年龄相差二十岁。小时候她是家中的小公主，得到四个哥哥百般呵护宠爱。斗转星移，爸爸妈妈走了，哥哥们年龄大了，病了。年逾半百的她扮起了母亲的角色。

她除了工作，很多时间都留在去医院、去养老院的路上。她心疼大哥、二哥受病魔折腾，为他们拭去眼角的泪水，尽管心里难受，还是笑着鼓励哥哥们勇敢地生活，送上最温暖的亲情。她的身子很瘦弱，但她的小手很有力，哥哥们在最后都是拉着她平静离世的。她很忧伤，希望大哥、二哥在天堂没有痛苦。

经历多次与亲人生死离别，她更珍惜三哥、四哥的亲情相守。她坚持每月接济生活十分困难的四哥，又由她出钱，将患病的三哥送进养老院。三哥很依赖她，每周她必须去养老院一次。有时因工作忙没去，她的三哥就不停地给她惹祸，打伤别人的医疗费赔了好几千元。

每次哥哥惹事，她都很伤心，从不大声说话的她常被气得骂人，很想甩手不管了。

可爸爸妈妈不在了，她是这个家的顶梁柱，她不停地工作，她得管三哥、四哥的生活，淡定地处理一个个叠加给她重负的事故。毕竟是流淌着同一血液的亲人，照顾哥哥日复一日，没有抱怨。

作为一个女子，她肩膀弱小，可我从她身上看见了内心的强大。我对她说："你对亲人用爱回报爱，在平淡中坚定不移地给予了他们你能够给予了的全部，精神与物质，你很了不起，你是你爸爸妈妈送给几个哥哥的天使！"

听到这话，志英却平静地说，她做的一切都是应该的，与哥哥们兄妹一场，是缘。这缘用爱来连接，用爱倾情书写。

爱的轮回（三）

很难想象这个世界如果没有爱，人类活着还什么意义，有什么动力推动人类社会发展。

人世间有千千万万种爱，在不同的地方，不同的家庭，不同的人群，不同的年龄，演绎着不同的爱的故事。它可能缠绵悱恻，可能感天动地。也可能在平淡中抽丝剥茧露出奇妙的缘。如果说父母于子女舍得生命的爱是一种天性，子女对父母的爱则多少有些伦理道德的约束。中国传统文化推崇儒家思想，特别强调仁爱孝道，爱父母以回报养育之恩。

弟弟属于那种特别乖巧听话的那类人。当年母亲因长年在风雨中劳作，患了风湿心脏病，她老人家希望有子女当医生，看病吃药方便些。

弟弟参加高考后，为了满足妈妈的愿望，许多志愿都填的是医学院。后来以高出50多分的成绩被重庆医科大学录取。5年的医学知识，还是未能挽救妈妈的生命，妈妈走时不到56岁，成为他心头最大的痛。

毕业后，弟弟分配到四川省第二人民医院（省肿瘤医院）工作，结婚生子，一直都是和岳父岳母生活在一起。在单位他是工作骨干，家里的事务由俩老人分担，一家人生活温馨和睦。

弟弟很是感恩岳父母对家庭的付出，对他们女儿的照顾。在他心里，也想把未尽到的儿子孝心，让母亲过早离世的遗憾找寻回来。所以他用儒道至圣的行动孝顺二老，病了带着他们去问诊，外出旅行既开车接送还出钱出力，只要是二老想要的、

想吃的，他都尽可能满足。

岳父母年龄大了，对弟弟的依赖越来越强。岳母患了阿尔茨海默病。一次，岳母外出散步，朝离开家的方向走了很远，迷路了。被人送到了派出所，所幸弟弟在她衣兜里留了他的电话号码，岳母唯一记得的是她的女婿。当弟弟匆忙赶去接她时，她老远就指着弟弟说："嗨！就是他，我认得，他是阿伟！"说完上前抓住弟弟的衣袖满脸高兴，民警见状，没要弟弟办任何签字手续就让他带老人回家了。

现在老人的病情越来越严重，家里好多人在她记忆里都遥远了，模糊了。唯有弟弟她随时随地都能认得，弟弟的耐心愈来愈好，老人也愈发依赖他。

弟弟告诉我，老人一辈子工作要强，曾经当过主要领导。在他工作特别忙时主动退下来照顾他的女儿，实属不易，他很感恩岳父母无私的奉献，现在二老生活难以自理，该由他们用爱心侍奉老人了，让老人没有更大痛苦有尊严地过好每一天。

为此弟弟经过深思熟虑作了一个决定，担负全部的生活责任。

他还对弟媳讲，"父母的日子过一天是一天，要让老人感受到家人的温暖与爱，对老人陪伴是最长情告白。我的父母过早走了，你要好好珍惜与父母的缘分。要停下脚步，回到父母身边好好照顾他们，安安心心做他们的女儿。缘来缘去缘如水，情散情聚情可归。"

愿亲情在爱的守望中，让生命升华。

拂　尘

沾满泥浆的车轮碾轧
风雨中前行的路程
喷出热气的发动机
捂不住渐凉的茶杯
一脚踩着踏板　加油
一脚踩着踏板　刹车
星星与雪花会偶遇
灯光映清影守候着爱人

丰腴满满的幸福树
什么时候成了干瘦的枯藤老枝
滴翠浅绿的叶在风中摇着　摇着
黄了　红了　干了
千回百转都是爱恋的难舍难分啊
变成一地相思　满眼泪
风景仍然
年轮滑过崎岖的岁月

车轮对着远方诉说爱情
那只有力的大手用方向盘坚守爱情
有若朝阳里深情回目的向日葵
回来了吗
迎接你的门蓦然打开
一杯热气腾腾的茶汤为你拂尘

五板桥

的故事

永川八景

　　永川有古八景。永川八景是集中展现永川人文历史和自然生态的重要景观。它包括：铁岭夏莲、石松百尺、圣水双清、桂山秋月、三河汇碧、竹溪夜雨、八角攒青、龙洞朝霞。此八景自古即为游览当地的文人所记述，而永川区旧名昌州，故又称作昌州八景。

　　八景之外在桂山脚下，一条小溪蜿蜒着穿城而过。喜欢靠水而居的百姓，在溪水边建房搭铺，渐渐地以溪为轴，向外扩展，溪水边永昌镇政府落址于此，成了县城中心。

　　20世纪永川行署、地区文工团、县工人俱乐部、电影院也都建在这里。

　　有溪就有桥，最著名的当数五板桥。

　　五板桥虽不入昌洲古八景，但其名声无论过去还是现在都早已超古八景了。

　　不管城市发展的步伐有多快，永川县城已由我当时来到永川的几万人口变成了现在的几十万人居住的城市，至今五板桥仍是永川经济中心。不仅仅有桂山望月，还有撤了永昌镇和地区文工团所建渝西广场，皆是天南地北客必去之处，拟至此怀旧或探源。

　　渝西广场，独特之处在于它是一个集耍和购于一体的地方。广场占地上万平方米，分上下两层。上层为宽阔的游客玩耍休闲地，无论政府或民间多有大型活动在此举办，日常时不时也有商家组织的赶集市场，摆摊设点，热闹非凡。下层为密密实实的商业铺，各种商品应有尽有。

　　渝西广场周边还密布了重百、新世纪、梅西等重要商家。所以凡来永川者莫不慕名而至，犹如去了重庆必去解放碑打望一样，它是一个地方经济文化繁荣的代表。

　　五板桥不仅仅是永川经济重心，更重要的是五板桥边的人，都是有情有义，极度彰显悲怜情怀大写意的人。

　　凡来五桥的客人遇到困难，五板桥的人都会伸手相助，给乞讨者施粥捐款，为受困者扶危解难，予寻路者热情指带。莫不体现五板桥人宽厚品格。

　　我因工作关系，于三十年前搬至五板桥结识了一群姐妹们，她们淳朴、友好、热情大方。其间也会因琐事吵闹，但以相互的包容心，从未有人撕破脸皮、互相伤害过。相反，所有人都能做到一人有难大家帮。三十年过去了，这群人就像亲亲的姐妹，不离不弃。

　　俗话说，一方水土养一方人。或许五桥上的人就是热情好客，或许就如清清五板桥水一样，柔软清澈明朗，以爽直欢愉姿态迎接天下客。

今又与五板桥姐妹们相聚，是为感言而记。

五板桥的故事（一）

曾经桥下是一条清澈见底的小河
一条穿流于城中的风景
永川人称为玉屏河
河面或窄或宽
河水或湍或缓
河床有深有浅

顺石梯晃悠着下到水边
一群抡起洗衣捶的女子
家长里短大嗓门中
蹦跶出欢声笑语
咚咚咚的捶衣声顺水而下
似给生活的清弦配上
美妙的韵律
小城就此鲜活舒展了

在溪水边
母亲将大盆的衣物洗得发白
大大小小的孩子
在河边撩水嬉戏
一块小石头在水上跳着
那沾起的浪花里
有充满快乐的童趣

涨水的季节
两个小女孩戴着斗笠
踩踏在水中
用手搅拌着漩涡边的水
脆脆的笑声于危无忌
脚滑石移
小小的身体瞬间被淹没
只见那浅褐色的斗笠快速
向下游漂去
另一小女孩惊慌的哭喊声
引起一位担溜水的中年男人注意
他啥也没想
撂下担子扑进水里将小女孩捞起
小女孩在父母牵引下去男子的家里
下跪磕头
从此她有了两个父母
都是给了她生命的人
几十年过去了
小女孩带着一颗感恩的心
孝顺着四老
昨夜
她带着一家人为干妈守灵

五板桥的故事（二）

生活需要诗和远方引燃激情，但生命却需要一粥一饭去维持。

我的五板桥姐妹们听说我于近日搬家，纷纷用最接地气的方式祝贺：有买碗买筷的，有回老家捉鸡宰鸭的，大包水果坚果堆满桌，还有买盆景的，甚至麻将桌也抬到家里来了。好一幅喜气洋洋，热热闹闹恭贺新居之景象。

朝贺住入新居这天，姐妹们自带食材，进厨房一展厨艺。大厨们最不满意的是我花了几百大洋买的德国进口锅。嫌弃它笨重不好用，炒出来的菜也不香，还说影响了她们做出来的菜的口感和品质。

她们个个都是生活中的好把式，因我总买些好看不中用之物，常常把我批评得一塌糊涂。此刻，我只能默默地忍受她们用语言对我的洗刷！

曾经跟随当警察的丈夫，在五板桥生活了十年的学维，是一个热心肠的人，她说要送我一口铁锅。今天学维去跳蹬河市场给我买了三只綦江铁锅，还在市场肉摊买了2斤肥膘肉，并将这些锅拿到她姑姑农村老家去治锅。

迎着蒙蒙细雨，我开车去她姑姑家。为一口烧煮的锅，需要去几十公里外的箕山上吗？是不是有点作了。

说实话，安家几十年，用了无数的锅，都是用水洗，油过一下就用，从来没见过要摆那么大的架势治锅。

来到学维姑姑家，说明事意后，在姑姑指示下，黄姑爷赶紧搬砖垒灶，劈柴升火。

新铁锅放在大火上干烧，待铁锅红了，再把猪膘肥肉置于锅内，锅里肥肉被烙得吱哎作响，青烟顿起。

黄姑爷用火钳挟着肉不停地涂抹，从锅底到锅边、锅耳，再翻转过来，里外全部都要抹匀。只见一会儿工夫，白白的肥肉已变成黑色的汤汁。我的天呐！以前没有处置的锅，那些铁锈是被我在一次次炒菜中吃掉了吗？

高温搓抹油，仅仅是第一道工序。待稍凉，便找山上的沙石，使劲擦，将锅表面上的铁垢除掉，然后又进行第二次火上搓油，再次用沙石磨，如此反复几次，用滚烫的热水净锅，直至铁锅呈出光亮。姑姑笑着说这样治出来的锅，炒出来的菜很香。

几口锅治好，她们三个人足足用了两个小时。我真的很感

动，只有认真生活的人，才会注意日子里每一个细节，才能把平淡的日子过得有滋有味。

人情悠长，点滴在心。谢谢五板桥姐妹学维精心治理好的铁锅，这份情义是无价之宝。

五板桥的故事（三）

在永川城区北面，有一座放眼望去满目苍翠，以独特的茶竹共生而闻名的风景区箕山，离市区两公里左右。"箕"乃星名。传说永川箕山为诸葛亮命名。

箕山不仅风光秀丽，而且物产丰富，人杰地灵，穿城而过的玉屏河源头即在箕山山麓。

就在玉屏河源头箕半山腰上住着一户人家，她便是学维的小娘。因她经常下山到五板桥学维家来，带来许多山上的土特产，及自己喂养的鸡鸭，五板桥的姐妹们个个都享受得到此福利，所以她也成了大家的小娘。

小娘这个人心直口快，跟五板桥的姐妹们一样，是个大嗓门，说笑话、摆龙门阵的声音隔几匹坡都能听见。

她还热情好客，只要我们想去爬山，她就会邀大家去她家推豆花，吃鲜笋腊肉，还有小娘炖的土鸡汤，黄亮亮的。喝一大碗，那才叫天下第一美食。

别看她现在跟我们一起嘻嘻哈哈，是乐天派一个。其实，小娘的人生经历也是蛮苦的。小娘有两个孩子，在大儿子七岁、小女儿五岁那年，丈夫在箕山上一采石场出了事故，医治无效丢下她们母子三人走了，当年小娘才28岁。

突如其来的打击让小娘慌乱无主，今后的日子该怎么过呀！为了不让妈妈更伤心，两个孩子在去医院看爸爸时，小女儿摔了跤，脚踝扭伤也忍住未讲。直到两个月后，小女儿走路一瘸一拐的，才引起极度悲伤的妈妈注意。可是晚了，脚踝上已长出个大结子。真是屋漏偏逢连夜雨，女儿的脚瘸了。

小娘将家中能卖的东西全卖了，背着女儿去重庆大医院。小女儿请医生叔叔不要锯她的腿，说要帮妈妈做更多的事情，不要妈妈累和伤心。小女儿懂事的请求让所有医护人员都哭了，在医护人员努力下，腿保住了，但仍然落下残疾。此事成了小娘一辈子的痛。

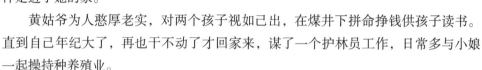

后来小娘又安了家，条件是男方要接纳两个幼小的孩子并不再生孩子。

在箕山煤矿挖煤，三十来岁的黄姑爷就这样走进了她的家。

黄姑爷为人憨厚老实，对两个孩子视如己出，在煤井下拼命挣钱供孩子读书。直到自己年纪大了，再也干不动了才回家来，谋了一个护林员工作，日常多与小娘一起操持种养殖业。

如今把一双儿女养大成家，老两口在空气清新，风景如画的箕山里修了一幢二层楼房相亲相爱地过着幸福的生活。在老屋基地上圈栏，自己孵鸡崽，喂养了一大群鸭子。小娘说，她的这些土货一律不卖，就等着弄给去她家耍的人吃。

谢谢小娘和黄姑爷，五板桥的姐妹们真的好有口福啦！善良勤劳的老两口让我们十分敬重。正如他们的大儿子生全说的，他虽非爸爸亲生，但在他心目中爸爸对他们的爱太多，是真心地一生付出，他会永远孝顺爸爸，感恩爸妈！

五板桥的故事（四）

今天是年三十，阳光明媚！我家来了两位贵客。

前两天就给姨婆、姨公打电话，他们的外甥女（我婆婆）要回永川过年，届时恭请两位长辈到家做客，欢聚庆新年！

说好的，我们开车去接他们，没想到我们还没吃早餐，他们就坐公交车来了，我连忙叫先生去迎接他俩。

俩老八十多岁，是我婆婆的小姨，也是婆婆母亲家五兄弟中仅存的长辈。论辈分我的孙子们该喊他俩为高祖祖了。

在过去，姨婆姨公对在农村的婆婆家十

分照顾。中华上师专读书时，一切生活用品都是姨公姨婆给添置的，读书期间经常去他们家改善伙食。一直以来婆婆及我的丈夫都非常感恩他们的照顾，这份亲情我们一直珍藏在心。

二老让我们感恩的不仅仅是对我婆婆家的照顾，更令人敬重的是他们鲜为人知的故事。

姨婆老家在永川科名场，过去是当地有名的大户人家。我婆婆的几个舅舅都十分了得，二舅曾是黄埔军校学员，三舅也考上了南京通讯军官学校，连姨婆就读的也是成都航校，后因某种原因，没有上飞机工作，于是便回到永川。

姨公姨婆的家不在五板桥，因他们的小儿子在五板桥附近开了一间"集美"照相馆，照相技术较好，为人敦厚实在，五板桥上开花店和婚庆公司的老板们都喜欢与他合作，时常很忙，老两口便常去五板桥帮儿子看家。

姨婆是大家闺秀出生，生活上总是温文尔雅，待人客气，是一个十分怕麻烦别人，很重情讲礼的长辈。我经常笑姨婆是落民间的大小姐。

我姨公更是一位传奇人物。他曾是铁路系统劳动模范，还当选过重庆市人大代表。姨公姨婆二位老人，在我们心中可亲又可爱，是值得我们学习与敬重一辈子的长辈。

五板桥的故事（五）

我喜欢随性地用心中的文字记录当下，描述市井里点滴故事与情结。

今天是大年初七，与先生一家人去华岩寺上香祈福，回到永川，先生说他要回公司处理一些事。

看看时间还早，我便信步随处溜达，不知不觉，又到五板桥，那个令我有十年记忆十分热闹的地方。

在五板桥头往桂山公园方向的河边，一条小巷吸引众多路人驻足。小巷子里，大大小小的店门前堆了一些横七竖八的杂物，墙壁上各种内容的红黄蓝广告十分抢眼。整条

巷子不长，但它是市井里老百姓不经意中画出来的五线谱，十分和谐动人。

在这条五线谱的起头处，是一卖冲冲糕的小摊。摊主小黄姐姐与我同年同月生。当年她随在地区文工团吹黑管的丈夫从巴南来到永川五板桥边安家，在此生活近四十年从没有搬离过。

20世纪80年代中期，永川地区撤销，地区文工团的人员有的被调往重庆曲艺团体。一部分人留在永川相应的文化单位，再有一部分人实施转制，自行留下来从事文化经营活动。

小黄姐姐的丈夫调往重庆的单位后事少人多，所以她丈夫很多时间都在永川工人俱乐部舞厅里演奏音乐，她作为随团的家属无法安置，不想成为负担的她便想着做点什么事补贴家用。于是就在她的家楼下摆起了冲冲糕摊，一摆就是二十多年。

看见冲冲糕摊，我又想起了儿子。那时的零食不多，能让儿子喜欢吃的更少，可每天放学我们都要经过黄姐姐的摊前，儿子总要我买一个给他吃，百吃不厌。冲冲糕，甜而不腻，软糯适度，入口绵而酥散，且有秘制水糖浆散发的香气，很好吃！有时候，我也给自己买一个，解解嘴馋。常常是儿子和我一人手里拿一个，边吃边交流他在学校里的事，现在想起陪伴儿子成长的往事很幸福呢！

今又来到冲冲糕摊前，漂亮的黄姐比从前老了些，但她还是那么随和，不紧不慢地问："你买几个？"

"六个。"

"带走吗？"

"不，就在这里吃。"

她麻利地将米粉和水糖分上下两层，盛入木制的容器中，然后放在一直冒气的高压锅气嘴上蒸，十秒钟左右，冲冲糕就好了。我端一张小凳子坐下来一边吃，一

边与她闲聊。其间来了一拨又一拨买冲冲糕的顾客。看来她的生意一如当年，还是那么好！

我问黄姐，怎么就找到这个做冲冲糕的生意？

"为了生活嘛，当时儿子又小，如果外出打工，就没办法照顾他们爷俩了。在五板桥住房楼下做点小生意，又能守着家和家人，就是自己的想法。"

"你做的冲冲糕几十年了，还是原来那个热腾腾、香喷喷的味道，太好吃了！"

"是呀！我一直都按照一个标准选材料，糯米和饭米的比例、米浸泡的时间、米粉粗细、水的多少都

必须掌握好，否则做出来就不好吃了。"

"真的是台上十秒钟，台后用了不少功哈。"

"当然，要用心准备，要做好还是很累的。"

"是的，冲冲糕，吃的就是那份稀奇的味道。好多五板桥人回来都要在你这里买两个冲冲糕，就是想念五板桥的人情味，乡情味呢。"

"嗯！我大年三十都卖了的，今天初七了，一天都没有歇停，让喜欢的人回来过年都能吃到冲冲糕。"

告别黄姐，一路上我还在回味她的冲冲糕味道，我在想：她专注于一个小摊二十多年，除了爱家养家外，还有她要独立人格的生活意义，勤劳吃苦对子女的榜样力量。更重要的是，她本着一颗初心和匠人精神，为我们留下了家乡的味道，和一段记忆。

祝愿黄姐的冲冲糕摊越做越兴隆，生活越来越幸福美好！

五板桥的故事（六）

这是一个关于花的故事。

五板桥的零售花市始于20世纪90年代初。人们刚刚从温饱里解放出来，便萌生追逐生活的美丽以及人生中重要的仪式感。当时的五板桥聚集着地区文工团，县工人俱乐部，商业饮食公司，四川省属二〇五地质队，汽车二十五队等众多单位，风靡一时的歌厅舞厅，各种大小餐厅比比皆是，是当时整个县城夜生活最繁华热闹的地方。

五板桥原生的居民，从南来北往到此玩耍的客人身上发现了商机。他们最初从外地购进玫瑰花，然后用锡箔纸一朵一朵包起来，装在胸前的花篮里，去歌厅舞厅餐厅贩卖，一枝花三块、五块不等，遇上大方的客人十元一枝也卖过。

花卖得好不好，也要讲技巧。须揣摩客人心理，善于察言观色，还要说客人喜欢听的话。卖花人很辛苦，他们进进出出各种公众场所，一天算下来要走十来公里路。有时候遇上情绪不好、酒喝高了的，还要受点委屈。无论夏热酷暑天寒地冻，深夜的街上总会看到卖花人的身影。

后来，人们对花的需求越来越大，五板桥头花店便陆续开起来。琳琅满目的花花草草，摆满花圃，非常漂亮。花店成了五板桥独有的景象和名片。

我的五板桥姐妹中最小的一个红红，因花结缘，嫁给了在桥头卖花的曹先生。他们的洛卡婚礼花嫁之约店，已经开了二十多年，生意一直不错。昨天是情人节，我去她店里看看，所有工作人员都忙得不亦乐乎！竟连八十高龄的曹婆婆也动员起来，应客人要求，一会儿出去买巧克力，一会儿要去买水果。网上下单的一个接一个，趁她们无暇顾及我的时候，我偷偷地去闻闻花香，打开花中的卡片。

哈哈，多么令人心动的表白！

"愿与你日后过每一个情人节！爱你的大胖纸！"

"不求来世攀长久，但求今生永相随。"

"答案很长，我准备用一生来回答，你准备好了吗？"

我想收到此花的人一定会很幸福吧！

离开花店时，学维还给我讲了另一个故事：某一天，一位脸上布满风霜的女子来到她的花店，她要买九十九朵玫瑰花送去医院，因为她的初恋情人得了癌症，可能即将离开人世，他们美好的恋情属于无奈分开，所以他们心中的爱都没放下。她想在他离世前送一程，让他带着爱意安心地走。

不只是这一个，还有许多缠绵悱恻的故事见证在花店里。

"问世间情为何物，直叫人生死相许！"

昨天是情人节，我家先生也给我发了一条微信，算作此文的结束语吧！

夫妻是最好的情人，两口子过日子，不求吃香的喝辣的，不求买好的穿贵的，但求不吵不闹，和和睦睦，有说有笑。人不怕受累，就怕心流泪，人不怕疲惫，就怕心憔悴。人这一生弹指刹那，有个温馨的家，有个爱你的他／她，就要好好珍惜！男人有福，福一人。女人有福，福一家。家和万事兴……送给所有的夫妻，能够一起慢慢变老！祝天下夫妻情人节快乐。

五板桥的故事（七）

从前的五板桥跟现在的五板桥一样，商家云集，游客络绎不绝。

越是热闹的地方，其治安力度就越大。为了老百姓安居乐业，公安机关高度重视热闹地段治安秩序，加强防范。

今天要与大家分享的是一位警察的故事。

20世纪80年代，永川城里老百姓还过着紧巴巴的日子，物质生活并不丰富。物艰则乱多。一些好吃懒做的人踏入贼行，菜市场、商店里经常流窜着伺机作案的小偷。

一次，一对夫妇哭哭啼啼找到我，说过年了他们要回老家，在车站附近逛逛门店，不曾想他们存了一年，准备给父母的钱，在试衣服时转眼就不见了。

我赶紧带着他们去公安局治安科报案。治案科长在问清被盗金额、被盗地点后，安慰我朋友说："别急，马上就派人去追，一定给你追回来。"

没多久，一位个子不高但很精神的小警察来到治安科，手里攥着一叠钱，向科长报告，追回大部分，但小偷已用了些没法追了。

从报案到钱被追回时间不过一小时左右。看着失而复得的皮夹，老夫妇千恩万谢，急着乘车去了。

当时我也特别感动，真不愧人民公安呐，破案如此神速。

可我也很好奇，便问刘科长，这小警察同志用了什么招术在如此短的时间里就破案了呢？

他呀！刘科长笑着告诉我，这个年轻的警察是小贼们的克星。只要听说他的名字，小贼们便会抱头鼠窜，落荒而逃，经他手抓捕的犯罪嫌疑人有二三十个。他对这些人在哪一带作案，了如指掌。

他就是家住五板桥派出所的周警官。

后来我与他成了同事、成了战友。在闲暇之余，应我们的要求，他讲述了抓贼的故事。他很平静、很淡然，轻描淡写地讲述，但我觉得都是惊心动魄的故事。

有一次节假日，他与战友在桂山公园一带巡逻，深夜遇上一群酒后寻衅滋事的人打架后逃逸，他便与战友去追。在一转角处，狗急跳墙的嫌疑人举着一根木棒朝他打来，正中他头部。鲜血如井喷而出，他抓住嫌疑人不放，随后赶来的警察将嫌疑人制服。当他被送进医院时几乎处于休克状态，身上的衣服全被鲜血染红了。

事后他妻子说到这件事，还饱含泪花，情绪激动。让我想不到的是，周警官仅住了两三天院便回到家里休养，他俩口子以一颗善良的心，同情滋事人贫穷的家庭，原谅了滋事人，愿意给滋事人一次改过自新的机会。

现在，在周警官右额上还留下了一个勋章式的疤痕。

他经常跟我们说，他是一个农民的后代，参军入伍，转业考入公安队伍，他很珍惜他所获得的一切。他现在的一切都是实实在在干出来的。他认真工作，坚持原则，维护组织决定。为此，他还与家人闹了不少矛盾。

他爱人原在农村老家做点小生意，照顾老小。后随他在城里生活，肯吃苦，聪明能干的妻子把家打理得井井有条，还开了一个不大不小的饭店，由于仁义大方，生意做得红红火火，其收入比当警察的他高出许多。这时周警官因工作出色，已提拔到领导岗位，根据党风廉政建设要求，组织上发文严禁领导干部的家属子女经商办企业。他没多想，硬让妻子将饭店盘出去。妻子不理解，认为饭店是自己通过勤劳的付出做的事业，为啥要关掉！她伤心地哭了几场，还是依了丈夫的决定。

周警官现在已是三级警监，本可以坐在办公室处理事务，可他对公安事业热情未减，仍然常常到第一线，一如从前那个小伙子，精力旺盛，工作认真。

我很庆幸与这样一个战友并肩战斗六年。在六年里，我见证了他为办案长年蹲在点上，没有节假日，从不叫苦叫累。好多次，他老婆说差点忘了他长啥样儿了。

在六年里，他漂亮地打了若干胜仗，从未居功自傲。

六年里，他曾把我送到医院抢救过，也为我们单位的其他同事分忧解难若干。他老婆的闺密们送给他一个外号：好人好事专业户。

在我们眼里，他是实在厚道的同事，是雷厉风行的军人，是处惊不变的智者。

敬礼！周警官。

五板桥的故事（八）心安

近几年来，随着年龄迅速向老年方阵移动。以前火爆的脾气也渐渐收敛了，悲悯为怀的心肠也越来越柔软了。为了打发即将来临的孤独寂寞日子，我重拾书本，学着看书画画，心静了许多。

所以章林和桃桃两口子常常碰见就使劲地表扬我，用我最愿意听又觉得有点过的溢美之词把我弄得忐忑不安，也觉得有些羞愧。

为了让自己配得上那些赞美的话，我不得不克服懒惰思想，对自己严格约束，努力学习吸纳各种有用的东西，从书中，在交友中，在日常生活里，学着包容一切不完美的事物，找出时间冥想静思，告诫自己：人活着，就要学会尊重，包括任何人和事。活着必存善念，天必佑之。我常常为一些小事而感动，以己之身尽量扶弱帮困。我知道一个人的贵气，来自自身谦恭的修养，豁达的处事。

这样做为了德之配位，更为了心安，是为善良之意。章林曾与我一块儿在共青团工作。他的最大特点是与人为善，憨厚老实，极肯帮忙，大家很喜欢他，从前他的单身寝室常成为机关里小年轻聚集吹牛的场所。团委的几个大姐姐也喜欢他，热心给他介绍对象，成就了他与桃桃的婚事。婚后不久，他们便搬到五板桥机关干部家属院住了，我与他们俩口是三十多年的同事兼好朋友。

最近十来年，他家里遇上好些事，我们也为他难过。首先是他的妈妈患半身不遂一年多，他们几姊妹没有怨言地悉心照料仍然没有挽救回妈妈的生命。后不久他父亲又因脑出血三次住院，直至现在完全瘫痪在床。再则家中又有几个人生病，桃桃的亲妹妹也被疾病夺走生命，这样的生活压得他们几乎喘不过气来。

可他们从来不怨天尤人，对生者极尽所能照顾。章林对我说，他现在有三个使命在身：

一是孝顺好老父亲，每天他会去父亲那里陪他说会话，如果因事没去，他就会心不安。儿媳妇桃桃时不时炖点鸡汤亲自喂老父亲。那场景，许多人看到都为之动容。父亲在，他对生活就不敢懈怠，努力做一个好儿子，这是儿德，是孝道。

二是好好呵护妻子。桃桃也是勤快、善解人意的好妻子，几十年相濡以沫共同分担风雨。曾经桃桃为章林家着想，因某种原因提出离婚，章林坚决不同意。他对妻子说，离婚可能成全他家，但他怎么能忍心让已近五十岁的妻子孤寂过余生，他愿意就这样两情相守。眼泪婆娑的妻子与他惺惜而相拥。

三是他要好好怜惜生病的女儿。女儿与他们的缘分是割舍不下的血脉，是上苍给他的礼物。他会把这份礼物好好珍视，给她世上最无私的父爱，最快乐的日子。纵使困难重重，他也要为女儿擎起一片灿烂的天空。

人活着为什么？尤其是做儿子、当丈夫和父亲的男人，活着就意味着责任与使命，为完成这些责任和使命，他也许动摇过，也许在无人的地方号啕大哭过。现在的他，就像嵌入在五板桥上的石头，经历日晒雨淋，完好无损，默默地承载着川流不息车辆的碾轧，却坚硬不脆。让所有与他有缘的亲人放心地从他身上踏过，也不叫声疼。他表现出来的坚强令人生敬，他用最平静、最好的情绪影响家人，他用最朴实的行动践行着责任与使命。我想这一切的一切都因他心中有对家人强烈的爱。他做这一切都心安！

五板桥的故事（九）喻大

喻大这个称呼是他老婆小平对他的专属昵称。五板桥的姐妹们在聊天时经常听到小平很幸福地说起他们家那位先生。随时随地都是"我们家喻大怎样怎样""我们家喻大又如何如何"，大把大把地撒狗粮、秀恩爱。

还别说，喻大是真值得小平托负一生的好男人。

喻大的实名叫喻明兵，我们平时喊他喻总、喻战友或喻老师。他长得高大魁梧，待人特别客气，永远都挂着腼腆的微笑，说话也轻言细语，很书生的样子。

喻总生长在永川何埂镇周滩子村的农家。小的时候家里很穷很苦，他没有读多少书，但在青少年时他以睿智胆大著称。现在他是周滩子村走出来的佼佼者。

其实，他们一家也是被命运捉弄得很无奈的人。曾几何时，他的祖辈家底殷实，有粮田上千挑。新中国解放之初家产被充公，家道衰落，后喻总的父亲被送给一放牛贫农家，直到喻总出生，家里都处于十分贫穷的境况。

穷则思变，喻总梦想着改变命运，摆脱贫困。他参军了。在部队里他因聪明肯干深得首长赏识，他利用闲暇学知识，同时，别人休息时他坚持开荒种菜，慢慢小有积蓄。

机会往往会留给有准备的人。

喻总转业后，善于思考的他很快开始创业。

他的胆识让他走进运输行业，并创造了若干个第一。重庆地区第一个把客运终点站设在了拉萨；永川第一个把客车线路扩展到西藏昌都、甘肃玉树；永川第一个把客车开进西双版纳。

……

还有别人不敢、不愿意去的地区他都能去。

他吃苦耐劳的精神令我们望尘莫及。特别是 2000 年至 2005 年，五年间他既当老总又是驾驶员，跑西藏拉萨。往返一次需十天左右，那陡峭险峻的路平均海拔在四千米以上，随时可能发生自然灾害。遇上暗冰、大雾天气，一不留神便会车毁人亡。3800 公里的线路，只有光与影相随，沿途的风景已无暇欣赏，留给他的是枯燥、乏味、饥饿、危险。他最大的愿望是将进藏的旅客安全送达拉萨，了却旅客虔诚朝拜雪域圣地之心。

喻总以他坚毅的性格，默默的行动换来家人的丰衣足食，用他出生入死的付出给了小平及两个孩子最无私的爱。这样的"喻大"怎能不是小平心中的骄傲呢？

从喻总的身上，我体会到他行远独善其身、善良勇敢的心，以及他豪迈远足归去来兮的情怀。真让人肃然起敬！

旋　涡

有些事是可以拿出来炫耀的
不管别人对此多冷漠
或许对自己的情绪嗤之以鼻
它的存在就是强心剂
一针让心血沸腾足以覆盖半亩人生
它的存在就是一剂良药
顺苦吞下穿越身体每条江河
残弱的细胞都慢慢修复
让自我丰盈
不必在意码头上嘈杂的吆喝

有些事需要埋藏的
深深在此埋藏
让经年的岁月捂着
几十年后一坛女儿红
把江河湖海的旋涡醉翻
一屋的杯盘统统被超度
我的人生终将成为花下的肥土

荡漾的流光

举烛者

人都喜欢追逐光明
对困扰视觉的黑夜有千般抵触
最期盼那黎明前黑色的翅膀
尽快收拢
回到巨石里的巢穴中
把倦睡的生命推醒

暗淡的脸贴上一张白面膜
或用脂粉厚厚敷一层
自恋鲜亮　　鲜亮
可底色仍在那里
紧随你的身体　　你能思想的器官
你知道那不能移植
除非用手术刀狠狠地削皮

无论你愿不愿承认
不管你喜欢不喜欢
再黑的夜　　光明始终在那里
再长的白天　　黑色的夜也存在

接纳现在的你
是知白天的夜
藏掖着装睡的灵魂
是明白夜里有光
那个摆渡人举着一只烛

剖开鲜红心脏
好疼
是举烛人的勇气

迎新年

春节快步走来，快得似乎令人不相信，还有几天就是大年三十，年在这不经意间到来，让人有点措手不及。

好像夏荷开还是昨天，秋风带红叶刚扫过，白雪寻梅的冬才开始，似乎春天就连着春天了。日子过得太快，好日子才如是也。

年三十前是亲友相聚的美好时光。匆匆而过又是一年了，要好的战友、同学、同事一定得聚一聚，互诉一年里发生的故事。订一桌宴席，把一盏酒，把辛苦、烦恼、快乐、幸福统统释放；在年末时，那些曾经被帮助过、被支持过、受恩过的人，一定会找到恰当的时间，邀请于他知遇善良的恩人相聚，一杯薄酒敬仁礼，谢恩情。

中华五千年传统最重视亲情，最看重的节日是春节，这一天欢乐祥和地与亲人团圆。春节前后人们会准备丰富的食物迎接亲朋归来。一杯酒祭祖先，家风家训在血脉中传承。一杯酒敬父母，感恩父母养育子女辛勤劳动，感谢上苍让父母健康长寿。一杯酒致谢夫妻，同心永在，共创幸福生活，无论是遇疾病或灾难都执子之手，不离不弃。一壶热酒将兄弟姐妹惦念、牵挂记心头。

天地自然，四季轮回。过年了，意味着新的自然轮回即将开始，在热热闹闹、欢天喜地过新年时，我们把最美好的祝福、祈愿送给至亲至爱的亲朋。我们把昨日的一切喜怒哀乐放进存储器里，待后人评说，怀着希冀迎新春。我们将用坚毅、积极快乐的心情拥抱每一天，上天不负有心人，我必报之以桃李。

今天，十个姐妹，十朵小花相聚雅和名都，拍照、喝酒、歌唱，诙谐趣谈。

为记。

年　聚

昨天在去朱洋溪老家吃团年饭的路上，给永川作协蔡主席打电话请假，说是有事参加不了作协工作会。其实也是真有事，今天要去他处吃年饭。

这几天到处参加聚会，从东家吃到西家，就像八十年前张天翼先生笔下的华威先生一样走马灯似的各场转，忙得不可开交，也不怕自己吃成宠物猫。唉，这日子好了，家家不差请吃一顿的饭钱，关键是人家瞧得起咱，诚心相邀，我自然是心中欢喜。吃吃耍耍，亲亲热热唠唠嗑，远至中东局势，中至国家大事，近至家长里短，眼前的菜品花色味道，统统说遍。气氛那么和谐，多喝两杯后还兴高采烈挑战酒量。大家说嘛，这快活的日子过得，哪还想开会做笔记那档子事呀！

不过人哪，在一成不变的日子里活久了，还真有想改变的感觉。就像穿在身上的新衣服，虽然喜欢，总不能一辈子不换洗吧。幸好一向不愿参加吃吃喝喝的老公主动对我说，今天这场宴由他代劳，他建议我去做点正事。

他说你去参加作协工作会，要对得起大家对你的信任，别成天吃得自己都不知道姓啥，废人一个。对于他这一点觉悟我还是蛮欣赏的。

一个人在懒惰的时候，需要有良师益友在旁边时时敲打，让你警醒而不敢懈怠。要想成为别人喜欢和自己喜欢的模样，就要把自律这根弦放进脑子里。听善意的话，做自己想做的事，做于他人有益的事，能体现涵养、品性。

区作协这次会议地点在何埝石笋山，农业园区距城区四五十公里。

我们作协主席把会议地点定在那么远，啥子意思嘛？莫不是让我们在大冬天里去山上吹冷风，看雪景找创作灵感？

是不是让我们远离年味不再心猿意马想吃喝，安安心心研究新一年里作协工作计划？

当我开着车在盘山道上左拐右转，当我在细雨蒙雾中绕错几个道时，心里有些郁闷。但车进山门，心情一下子好起来。因为走错了路，开会已经迟到了许多。正因为迟到，才让我感觉到石笋山上雨雾拥抱的那份宁静，灰蒙蒙中草丛、松树、慈

竹的沉默寡言，蜿蜒盘旋正在拓宽的路上我的车是孤单的，我是孤单寂寞的。与近段时间热热闹闹吃团年饭相比，突然好享受这时的孤独。突然好喜欢找到片刻宁静的自己。

车到山顶情山酒店，泊车。电话联系到蔡主席，迟到了，不好意思地悄悄地坐下来。除我之外参会的都是作家协会的文学高手们：小说作家、散文家、诗人、词赋作家，济济一堂。作协主席、副主席、专委会主任依次发言，总结2019年创作成果，2020年工作打算，深入基层采风、乡土文化研究与发掘、出高质量作品等等成了会议重要主题，会上还向专项成果获得者发放奖励。会议在民主和谐务实的旋律中结束。午时早过，蔡主席让大家到餐厅吃旺子汤。

至此，才知是石笋山上情山酒店杀年猪，特邀这群文人墨客吃年饭。情山酒店友情赞助，我又可以大快朵颐，吃、吃、吃……哈哈！

你的缺席我不怪你

猪肉是我们生活中不可或缺的肉类食材，尤其是过年，酥肉、扣肉、肘子、烧白、狮子头，样样皆是猪肉做。为了过年，老早老早就在准备年货。

多早呢？大概是在去年春节刚过就与老家一个表弟签了口头协议，玉米、红薯再喂养一头猪，我们还是要回村杀年猪，邀友人请乡邻过热闹年。

去年七八月份去贵州大山里避暑时又和山里老乡相约要买他的用山泉水、山珍宝和环保菜喂大的猪、牛、羊肉，为了显示我的诚意，双方还互留了电话。

去年，也不知道咋回事，非洲猪瘟不远万里，漂洋过海，我们西南好多地区的猪都不幸被传染，政府为了百姓身体健康，下令斩草除根，凡是出现疫情的地方无论猪大猪小统统处置深埋消毒。少量猪儿如国宝熊猫一样被保护下来，不等长得太大，就被宰杀，以满足市场需求。一时间大家胆战心惊地买着猪肉，吃着猪，心里怪不是滋味。好多肉还是政府通过调控，从外地运来的冻货。西南地区不但猪少肉贵，还紧俏。据说，当地村里喂有猪儿的农户很少。

　　早早就有人上门预订了年猪，养猪户开出一口价，绝对不敢还价，一还，猪儿便是别人的了。

　　要过年了，我家老太太喜欢吃腊猪蹄。为满足她老人家这个小小要求，夫君发动所有亲戚四处收购，我也找小侄女佳佳帮我们去汶川买。人家说，一条猪儿四条腿，猪肉有，猪脚没得那么多，于是赶紧要了半只猪，搭上了两条腿。还有干女儿从百里之外通过顺丰捎来了两只大猪脚，朋友同事闻之，专程送来大猪蹄。够了，够了。经过二月四处收罗，几十只猪脚齐刷刷走进我家，有雪白的猪脚，光鲜亮丽；有码盐后显得有些木讷的猪脚；有经烟熏火烤后呈褐色的猪蹄，油浸浸的，香喷喷的，看得人眼嘴馋。好吧，这些都整装待发，去孝敬老妈！

　　今年过年，猪肉有点贵，有点少，今年团圆宴席上可能没有猪蹄炖萝卜吃，但餐桌上有鸡鸭鱼海鲜蔬菜等等，仍然十分丰富。你的缺席我不怪你，你让我们知道任何物质得来都不易，我们应珍视食物不可暴殄。你让我们知道，母亲喜欢带有泥竹味，松柏香的腊猪蹄，是她老人家离开农村打拼几十年那渐渐浓烈的乡愁，对家乡的质朴惦念。孝顺父母，满足老人吃猪蹄小小愿望，是感恩母亲长年累月还坚持在经商第一线，对家人的付出。儿女微不足道的反哺行动，是企望母亲健康快乐；你让我们知道亲朋相助，亲情的可贵，我们都在爱老敬老路上，感情无温差，行动无落差。

　　过年了，我们在年复一年的年道上，数着五味杂陈的日子，翻阅着无常的人生。

任性聚会

　　在细雨淅淅，冷雾弥漫的冬天。在没有周详的组织活动方案下，我们的情绪跳跃着，寒冷的温度下需要一次温暖的欢乐聚。请原谅我的随意和任性，就这样邀请大家聚会啦！

　　聚会是人类交往的一种形式。

　　能在一起相聚的人都在过往中有生活的、学习的、

工作的交集。彼此间熟悉，有共同的经历产生的话题，对过去、现在或将来就某一方面，诸如对风花雪月、人生哲学思考之事，以及吃喝拉撒之类有共鸣之处。一群人才会经常舒服地聚在一起共度一段时光。

聚会是人类生活中的一种缘。缘分很奇妙，它能跨越时间和空间，由某种原因将不同地域的人拉扯在一块。比如南方的甲与北方的乙考取了同一所学校，甲乙相识相恋，一场婚礼聚会让女方从小的闺蜜与男方的伴郎一见钟情，成就另一段浪漫的爱情。

聚会是一场身心释放旅行。当我们在各自生活的环境下周而复始地学习、工作，特别是退休在家的人成天柴米油盐酱醋茶，做家务，照顾儿孙，有的人不免产生压抑感、厌倦感、紧张感，渴切希望有一个通道让其释放情绪。聚会可以让大家发泄对自身面临困境的不满；可以无拘束地聊天、唱歌、跳舞，相约运动，吃美食；可以用另一种方式感受生活的不一样。在每个人不同的感受中发现美好，摒弃日常生活庸俗的烦恼。

聚会是一次没有目的的修行。因缘而聚，在相聚中，大家会把自己最美好的一面呈现出来。一个人的外在形象是父母所赐，无论高矮胖瘦，肤白肤黑，都会尽力把自己打扮漂漂亮亮的，衣着整洁，谈吐得体。更重要的是在互相关心中获得理解，在友善和谐的氛围中调整心态，互相启迪生命意义，在聚会中尊重他人习惯和信仰，维护仁道，求真求美。

聚会还可能"让我们生活中无处不哲学"。世界上那些伟大的哲学家，都是生活的实践家。生活中发生的故事，一次波折，一点收获，会有一个感悟。人们便会在波浪起伏的思想里闪耀出光芒。诸如幸福如人饮水，冷暖自知；你的幸福，不在别人眼里而在自己的心里。

人最强大的时候，不是坚持的时候，而是放下的时候，当你选择腾空双手，还有谁能从你手中夺走什么？我自己选择走一条艰难的路，不是故意博取别人的同情，也许你会站在路边扶把手，或暗中幸灾乐祸，但我知道，我的目标是什么。在经常的聚会中，我们会不经意地说出一些极富哲理的话来，顿时让人心中敞亮。领悟生活的真谛，快乐便向前方无限延伸。

所以聚会才成了我们这群人最愉快的事情和经常组织的活动。

共青人

——成都相聚

记得 1985 年 11 月，在一次全县共青团干部大会上，即将离开团委书记岗位旅新县组织部部长职务的肖大姐，幽幽地说："不想离开共青团，不想与青春说再见，可随着年龄增长，眼角不自主地出现皱纹，必须得让位了。可人离开，心不离，我永远是共青人。"那年我大学毕业，进入共青团行业，进入团县委办公室工作。听了肖书记讲话，很兴奋，很荣幸我也成了共青人。2019 年 7 月，35 年后，在当年担任县团委副书记的冯建组织下，原办公室的人齐聚成都，参观战旗名校，游郫县区豆瓣开发园区，游花海。老了的共青人，相聚亲切、亲热。

我们是一群共青人，一群老共青人。最年长的老书记在 40 年前从事共青团工作，而我资历最浅也有 35 年。

我们曾经是一群朝气蓬勃的青年，曾与共和国同成长，与改革开放共发展，与时代共进步、同变迁。

我们曾同在一个共青团机关里为实现青少年梦想奉献自己的热情。在美好的年华里，用纯洁无瑕的心

灵编织着团结友爱，用积极进取的精神创造着未来。

几十年过去了，尽管时间已将我们吹弹可破的姣好面容变得有些沧桑，挤压得有了褶皱，但我们共青人的共青情未变，我们见面仍是那么轻松愉快，交谈亲切如遇当年。回忆青葱岁月那些年，带头穿西装，带头跳交谊舞，篝火晚会上奔放的圆舞曲铺开青年生活中诗一样的远方。一切仿佛就在昨天。

今天，我们相聚，称呼由原来的小陈、小冯、小邓变成了老陈、老冯、老邓，原来满头青丝已是花白头发。但我们的心并未老，仍然那么爱美，那么喜欢笑，在浸润着香气的花田里，尽管身材已不婀娜，还是摆出各种造型与花媲美。

原来时光不老，我们也不愿老。

在穿越时光的隧道里，我们这些人已由原来的一个人变成一家人，由一代人繁衍出两代三代人。

较之过去，我们有了新的话题——延续生命，观新生命成长的奇迹。满心欢喜地描述子女成长的故事，累并快乐着为子孙遮挡风雨，分担忧愁，分享家庭幸福。大家一如几十年前围坐在一起，十分融洽地交流生活中的经验和收获，没有顾忌，没有利益相争，坦诚相待，心向光明。交谈甚欢中我们已接纳时间给我们的磨难，沉淀了浮躁，多了生活的淡然。

原来经历渐丰，我们渐渐已老。

在人生长河中，我们因共青团而结缘。我们因为是共青团工作者而自豪，为优秀共青团这个光荣的称号而骄傲。曾经为共青团工作，是我们一生不可忘却的美好记忆。

一朝共青人，一生共青情！

国旗在我心中

——庆国庆

2019 年 9 月 28 日，永川团区委办公室，我们再次相聚。

此时，祖国七十华诞在沐浴着幸福生活的中国人民的不同形式歌唱、颂赞中热烈走来。

我们这群生在新中国，长在红旗下的老共青团人也在洋溢着青春、激情的氛围中，参加了由共青团永川区委和老团干联谊会共同举行的庆国庆座谈会。

会场上，那一面面五星红旗最夺人眼目。鲜艳的五星红旗插在每个人的座牌上方。每个人的眼中、心中都嵌进了国旗。

国旗是祖国的象征，此时此刻，每个老团干都饱含深情，畅谈自己对祖国的爱，感叹祖国 70 年令人欣喜的翻天覆地的发展变化。

远祥书记是 1949 年出生，与祖国同岁。回顾过去艰苦奋斗的岁月，他感叹的不是自己如何吃苦、如何忘我工作改变家乡面貌，而是觉得自己亲自参与建设国家非常荣耀，为见证了国家一天天强大，为祖国自豪。

面对国旗，晓春的发言中都是青春的力量与祖国共荣。从大足石刻彰显的孝道、舍义，发掘出共产党人为民谋福祉的初心和愿景。

坤华老书记回顾新中国成立之初我国的文盲数达 85%，几十年来，通过扫盲，开展义务教育普九、普十。从建校园到教育资金投入等等，用具体数据展示出中国教育的发展变化。她说自己真切感受了到教育兴则国兴，教育强则国强。

会上，老团干们纷纷踊跃发言，清才站起来说："此刻我无法用更多的语言表达对祖国的祝福，只想唱歌。"说罢便带着深情，轻轻地唱出《祖国母亲》，歌声感染着大家，我们跟着节拍同唱，如急流奔放，祝福祖国母亲更好的声音在会场上空萦绕。

国旗在我心中，不仅仅是这一刻，它是我们中国人永远爱戴自己祖国的象征。面对国旗我也情不自禁地朗诵了最近写的一篇诗稿：欣赏祖国之美，我要深情地感谢祖国博爱的心灵。一轮红日照亮了珠海边小渔村，那是一个老人轻点手指，让我们在泥土的芬芳中找到谁主沉浮的自尊……

"我和我的祖国，一刻也不能分割。"一个空灵的声音由远而近，全体老团干用饱满的热情，用比赛的方式在会场上拉歌。《国歌》《没有共产党就没有新中国》《五星红旗迎风飘扬》，一首接一首，唱得那么酣畅淋漓，唱得那么深情。

五星红旗在我们手中不停地上下飞舞，越过高山，越过平原，跨过奔腾的黄河长江，从我们心中飞往祖国美丽富饶的大地。

祝福祖国母亲生日快乐，祝福祖国繁荣昌盛。祝福祖国人民幸福安康！

厨　神

嗨呀，大家不要被厨神两个字所折倒。不过是一些吃惯了大鱼大肉的帅哥美女在繁忙的工作之余搞的欢乐聚会游戏罢了。游戏归游戏，他们也煞有介事地讲规则，注重仪式感，特地邀请我这个吃货当评委。嘻嘻，有美食吃便是俺很乐意做的事。

今天对于我来说遗憾中也有惊喜。为了参加金果源进出口公司工会举行的第一届厨神大赛，我可是错过了与《侯卫东官场日记》的作者小桥老村的见面。漏听了他关于《小说穿透岁月》的棠城文艺大讲座。都怪自己在精神大餐和美食大餐的取舍上，成了《西游记》里的猪八戒。

厨神大赛 17 点正式开始，没有到时，娟娟就在微信里喊我了。

"张姐快来了，邓氏麻辣花生马上出锅。卤凤爪也好了。"听她的呼唤，我仿佛看见公司小小厨房里热闹翻天的场景，赶紧驱车前往。

进得公司大门，咦，屋里的布置还真把我镇住了。长长的台桌铺了台布，两束花儿装在一个篮子里和一个陶瓷瓦罐里，参赛菜名用粉色纸打印出来放在桌上，屋里橘黄色灯光柔和地照在桌上，温馨又温暖。

只见菜名不见菜品的我穿过天井去厨房那边。哈，淑淑、小邓正在精心制作水果拼盘。新疆蜜瓜、新西兰奇异果、智利蓝莓、广西西瓜，澳洲橙子，被她俩变魔术似的装成一只金孔雀，好看，肯定也好吃。是嘛，做水果生意的公司怎么少得了这份特殊的开味菜呢。

不大的厨房里塞了七八个"厨神"，正叽叽喳喳准备着各种食材。曾老师的盘龙黄鳝油亮亮的在锅里翻炒，快熟了，再加上花椒、干辣椒、香蒜、芝麻等着出锅。黄焖鲫鱼还在排队下锅。猛龙过江这道菜说是财务部成梅操刀制作，其实还有四五个军师在点拨，还有几个打下手帮忙，她们把厨台上各种佐料都放进去了，最后端上桌还是少了酱油和酸菜丝。灶少菜多，娟娟的侠骨柔情这道菜只得用铁锅煮，排骨还没熟透，可怜的土豆已经柔情似水了。还有一个展翅飞翔的菜，是实习生小刘昨晚上才跟度娘学的，嗯，色香味还不错。

菜品上桌，没等我们几个评委试吃，大家早已经当了"常委"，有的用手抓，有的用筷挑，热热闹闹吃得特开心。

作为评委的我，吃得开心也很欣慰。单从他们取的菜名看，就感觉他们很用心。娟娟说，她是干人事行政工作的，排骨烧土豆取名侠骨柔情，就是要在工作中有正义正念，同时还要用仁爱关怀至每个员工。财务部成梅她们烧的小龙虾，取名猛龙过江，寄语公司红红火火之路路皆通。还有展翅飞翔，寓意所有员工能在公司里大展才华高高飞翔。他们真是一群团结友爱，热爱公司，把公司当家的年轻人。

厨艺比赛不是目的，重要的是让我看到企业文化让每个员工获得了尊重与快乐，都能以自己是金果源职员为荣，能感受公司给予的能量，并能托起希望，进一步增强凝聚力、生命力。

希望金果源进出口公司创造更加灿烂辉煌未来。祝愿金果源人明天更美好。

喝　酒

五阿哥他们在泰国东部农场工作，有十几个年头了。泰国龙眼采摘季结束后，他们才可以回国与亲人团聚，一年回来一次，结算加年休也就一个月左右。在这一个月里回国，他们将迎接亲人朋友美酒的洗礼。一个月里天天有人请喝酒，每一顿酒里都倾注了邀请与被邀请者的深情厚谊，欢乐饮、豪放喝。啤酒、红酒、白酒顺着喉部流进肚里，再一点一点地向心脏向全身血液扩散。直到有的人斗志激昂演说，有的人纵情高歌，有的人耷拉着脑袋，有的人悄悄睡着。一次次宴饮，是国内的亲朋对他们远离家庭外出辛苦工作的慰问，是感动他们为父母妻儿的辛苦付出，是希望他们在外好好照顾自己。一次次端起酒杯，回归的男人们，已双眼湿润，他们说，根留在了中国，心和灵魂永远留给亲人和家庭，只是作为男人，这份责任让他们还要整装前行。

知道他们回国了，我的姐妹们也热情地请他们喝酒，酒宴安排在黄瓜山狩猎场，一如我们去泰国时他们高规格接待一样，把永川最好的美食美酒奉上。推杯换盏期间，姐妹们特别安排了一个仪式，出其不意地，一群姐妹举杯从另一个房间款款进来，一个、两个、三个……十八个姐妹都进来了。热闹的酒宴，顿时安静下来，佑红领头唱歌：找点时间，找点空闲，带上笑容，常回家看看，妈妈准备了一些唠叨，爸爸张罗了一桌好饭……

深情的歌声盘旋在房间，这是来自姐妹们真诚的叮嘱，是姐妹们倾心的怜惜，把酒祝愿，又上前与他们友好地拥抱。

此刻这些在国外顶天立地、干练果敢的男人们，像爱哭的小姑娘，早已眼泪汪汪。

又一次触动了他们内心那根柔软的情弦。五阿哥说，他有二十多年没回家过春节了，他爸爸现在已经92岁高龄，不知道能有多少日子可陪伴老人。今年春节，他一定要回家，希望在大年三十陪伴在父亲身边。

在场的所有人都端杯，满满盛上一饮而尽。

酒中有无限的回忆，酒中有对亲情的思念。醉了，那是眷恋亲人的爱，是故乡难忘的浓浓滋味。

还有两天，五阿哥他们又要启程。我二姐和二哥请他们吃饭。二姐的儿子牛牛也将同他们一道奔赴泰国。二姐和二哥用非常朴实的语言给五阿哥敬酒，感谢几年来在公司里获得成长，希望他们继续多多关照牛牛。真是儿行千里母担忧。

我想天下的父母对子女的爱都是一样的吧！

敬酒干了，为拜托，为爱。

接酒干了，是承诺，为誓！

就要告别亲朋启程，来年再喝。

微醉，唯美。

浅酌时光述恩情

在红尘中我们有很多次际遇。从陌生到熟悉，从面子到灵魂。

在时光里我们从各自的人生中走来，深深浅浅踏过流年，陷于一场文字游戏。而我们把心里的每个字，每一句都当成梦的图腾。

漫步湖边，疏光倒映，冬爬瘦枝盼娇兰，虽没有宽嫩绿叶却丰腴了心情的翅膀。你们说在这样的环境里就是想唱歌、想写诗、想抒情怀……

枯萎的芦苇花丛，一片坐观山水的红叶静静地看着往来的行人，那红之灿烂夺目，令冬天也有了暖意。邀友入居室，一杯淡茶，半日闲适，氤氲之气在屋里萦绕，大家轻快交流，尽情之处还吟诗诵赋。

适逢感恩日，厚庆兄长，饱含深情回忆从前往事。1977年在永川景圣中学苦苦求学的他，以百里挑一的成绩高考中榜。在别人的艳羡中拿到了重庆师范学院的录取通知书。"虽然大学令人向往，但临到开学，我却偏偏高兴不起来，因为母亲病得特别厉害。去重庆师院报到的那天，正是我和妻子送母亲住院，然后挥泪而别的一天。我的孩子才两岁多，哇哇哭着要爸爸；母亲则用微弱的声音催着我：快去，快去，莫误了大事。于是我两眼湿润依依不舍地赶往学校。"（摘自赵厚庆回忆录）。

他感恩妻子，在他外出求学时无微不至照顾老母抚育幼子。在校读书期间，除了废寝忘食地努力学习，他无时无刻不牵挂着母亲和妻子。他说：她这个农村妇女活得真不容易。自己读大学四年，母亲在病床上躺了两年。妻子又要出工干活，又要喂猪带孩子，还要照顾病人。一年到头，她挣的工分最多，但是，仍然倒欠生产队的口粮款。怎么办？只好省吃俭用。除了保证老人和孩子吃足之外，自己则坚持"粗粮引路菜当家"。过年孩子要添新衣服，就卖掉一些晚稻米去买来布料，自己缝制。城里的晚稻米要比乡镇贵几分钱一斤，那好，就到城里去吧，为了娃娃，步行三四十里也甘愿。红尘陌上，哪有那么多诗情画意，他仿佛看见妻子一双皲裂的手，劳作在田间地头，和老母床前一碗热腾腾的粥。在他事业如日冲天时，他也没有忘记村中糟糠之妻。从他的语气中眼神里，我看见孝、忠、义在一个男人身上定格，对家的柔情在一个男人身上体现得淋漓尽致。

他将所有的感恩之情存储，用自己的勤奋努力和成就为自己铺展了一条朴素光彩之路，为自己抒写了一首温暖而又灿烂的诗。

妻子悉心照料七八百个日夜的老母走了。如今轮到他回报恩情的时候了，他服侍岳母真心真意，自我调侃是家中不可缺少的男神，一勤快优秀的男保姆，烹饪岳母爱吃的饭菜，日日精细照顾岳母起居。

嫩芽知春，花嫁夏季，秋结果实，冬藏鬓霜。感恩付出，感恩温暖。人世间美好皆在这爱出爱返、福报福来的似水流年里。

每个人身上都有不同的故事，这世间能让人在故事里领略到情、义、爱，能让人感动的故事有很多。仍然饱含深情娓娓述说的故事，于主人翁来说一定有浸润到骨子里永远不会放弃与君对眠的爱，在平凡生活中是弥足珍贵的。

苏轼的"但愿人长久，千里共婵娟"。琼的气若幽兰温婉演绎，成了当晚小酌时分浅唱轻吟最美的主题。

一万步的赌局

前几天同学阿华、阿川来永川为金果源进出口公司年会活动，对员工进行大型诗歌朗诵排练指导。工作完毕，几个同学便凑在一起玩扑克牌，不知不觉时间悄悄溜走。

"哎呀，今天运动一万步的计划未完成，怎么办？"

"未完成就明天补上啰，有啥大惊小怪的。"

"不行，这是我与家人的约定。他们会在手机网上监督的。"

看阿华表情似乎有些着急，他絮絮叨叨地给我解释。

原来是随着年岁增长，阿华最近这两年身体大不如前。两年前还在肺部做了一个大手术，值得庆幸的是他中了千万分之一的彩，肺部肿瘤是良性。上天保佑！手术下来他与家人相拥而泣，一个善良懂得感恩的人，上帝没有召唤他，他还好好的。对于一个家庭来说，没有什么比亲人活着且相互关心更重要了。

因为生了一场病，家人都小心地呵护他，犹如照顾一个国宝。不让他做任何事，不让他操心家务，还尽可能变着花样给他食补。这下可好了，他还真的被惯成国宝熊猫。被宠得娇气的他，愈发慵懒，不愿运动，加之已经五十好几的年龄，新陈代谢功能减弱，吃的食物全都转化成脂肪，堆积在身上，身体像吹气球般膨胀起来。本来肺就被医生摘下一叶，这下可好，稍微一动，便是气喘吁吁，大汗淋漓。家人看在眼里，疼在心中。

阿华本人还有个特点，性情中人，且恃才傲物。但生活中有点像苏大强，恃宠而骄，遇事还拧。家人鼓励他多运动，他偏不，不高兴别人干涉他的自由。让他少吃，他喊饿。家人简直拿他没办法。

聪明的儿媳妇，通过观察，知他激情飞扬的性格里有些争强好胜，便跟他来一场赌局。下注条件，如果阿华一年里每天坚持一万步，她请全族人在最好的酒店吃一顿饭，反之则由他请，并给家人致歉。

成交。阿华爽快地钻进儿媳妇设置的圈套。欢欢喜喜地下载了手机运动 APP。乖乖地每天完成一万步运动。

为了保持在家人中良好的长者形象与威望，为了给子孙展示榜样的力量，他一定要在战书上交上满意的答卷。

每天一万步运动！

每天一万步的坚持！

一万步愈来愈好！

一万步向着健康！

无论天晴下雨他坚持了数月。在运动中他的心里慢慢变化，从精神到自信，他感受到在儿子和媳妇的不断监督与鼓励下，是浓浓亲情对父亲的爱。

为了阿华对家人的承诺，我和阿川陪他去爬山。在玩扑克牌时，鼓励他就地慢跑，甚至我们也在空档时，拿上他的手机原地转圈或者使劲甩动手机。

哈哈，为了帮他完成一万步的运功，我们几个长辈合伙作弊！这种作弊是几个老辈人的快乐，快乐也是运动。

已经是夜里十一点多了，虽我们很努力地作弊，仍然还差二千步。我开车送他们回酒店，故意将他们甩在离酒店有一定距离的路上让其步行。

子夜刚过，阿华发来手机截图，乖乖，一万零八步。完美完成当天任务！热烈祝贺，哈哈哈！

虽然此次"作弊"事件已过去几天，我心中仍然有无数感慨。阿华与儿媳妇的赌局，只要阿华坚持，他一定是笑到最后的人，但更大的赢家是家人，他们乐于见到阿华的笑，亲情与亲人守望在一起，是何等的幸福，爸爸妈妈在，家就在。家人呵护血脉之情弥足珍贵。晚辈们的一片孝心，跃然尘间，让人无不感动。

在这场赌局中，看似阿华如稚童般天性单纯地要想赢，想要让儿媳妇请大家族人吃饭。我在想，一辈子凭自己的努力奋斗和在学术上很有成就，处在春风得意中的他，疲惫的心开始回归家庭，他感恩老婆像一尊佛，平安守护他的家园，在关键时刻陪伴他度过苦难。他一定是希望以后用健康的身体，用幸福快乐去保护他心中的这尊佛。他懂得子女的孝，为给后人以榜样，他一定会做一言九鼎的君子。

在这场赌局中，他们双方都是赢家，因为他们共同守护了亲人，以爱的名义让生活更灿烂美好！

生日快乐

8月火辣辣的太阳并没有因为入秋而有所收敛，从早到晚室外热浪袭人，可我每年的生日偏偏赶在这个时节，也许我从妈妈肚子里急急忙忙出来是赶着闻桂花香气的，也许从父母孕育我的那一刻起，我的骨子里就注定喜欢热热闹闹、红红火火的日子。

感恩父母对我的爱，感恩周围所有的朋友，你们在无意有意间成全了我的幸福快乐！

正如父母所希望、朋友们所祝福的那样，我快乐、健康，人生丰富多彩。如一位友人所说："在临近花甲之年，把自己活成花季少女，真让人羡慕嫉妒恨呢！"哈哈，谢谢大家啦！

过生，意味着自己的年龄又大了一岁，我前半生为了家庭事业，什么生日不生日的几乎没怎么在意，有时候自己给自己煎个荷包蛋、煮碗面条就过了；有时候因忙工作根本就不能去想，或者就忘了。反而是现在，人生走到下半场，我却很在乎自己的生日了，内心存有感恩、小资小调的我，还强调生日的仪式感。

随着岁月流逝，经历各种场面、事物和艰难多了，愈发感觉亲情的重要，愈发怀念天堂上的父母。如今过的生日，为自己更为母亲，我生则母受难。20世纪80年代，年仅55岁的母亲因过劳性心脏病离开了儿女们，母亲慈爱，每个降临在这个家庭的孩子都得到她拼命地呵护，她的一生为爱我们而活，她的一生苦难多过幸福，为铭记母爱，在我生日这天，我一定为过早离去的母亲长歌当哭。

怀念，怀念，我受苦受难的母亲，仁爱慈祥的母亲！在人类历史长河中，作为个体生命存在往往是一瞬间的事。在这一瞬，我们互相吸引，成为互助友爱的群体，像流星从地球上空划过，你来，我看见，我来，你也看见，我们就这样相互照亮，温暖着、惺惺相惜。

我现在的生日是为我爱的友人和爱我的人而过。既然生命短暂，我们为什么不过得阳光一点，精彩一点，热烈一点，静好一点。

"年年岁岁花相似，岁岁年年人不同。""花甲"与"花季"一个字的差别而已，随着历史进程，社会越来越发达，日子过得愈来愈好，我们的心境也愈来愈好。除了渐远的如花似玉的容貌，我们仍然喜欢吃蛋糕，唱生日快乐歌，喜欢听祝福语一串串如铃铛妙音。我们愿意流光划过的一瞬，留下美好。

谢谢父母，谢谢兄弟姐妹们，谢谢闺密们，是你们让我不憾此生来一回。

2020 年 8 月 28 日

真情相待

上次去广西，南宁的朋友用最高规格的食材招待我们，除了海鲜，至今让我心念而难忘的是那细腻丝滑的红酒鹅肝和青酒鹅肝。

现在想起来都有点难为情呢！当时红酒鹅肝被服务小生很有仪式感地端上桌，梁总他们请我们先尝尝。这一尝不打紧，我等便收不住筷子了，偌大一张桌子菜不停地被我和杨、艾俩同学转来转去，那冰镇红酒鹅肝成了我们主攻目标，大家一边吃一边赞不绝口。口感柔滑，微甜中带有醇香。世上竟有如此美味的食材，吃着便有飘飘欲仙的感觉了。

梁总他们介绍，此菜品是该酒店招牌菜，除了红酒鹅肝还有一种青酒鹅肝也很不错。于是又叫酒店送来一份。我们以为是广西特产，既然主人家热情款待，就一点也没有注意自身形象，守礼守节，吃得十分欢畅。餐后我悄悄地找度娘探个究竟，竟让我非常汗颜。欧洲某国一部长用公款多点了一份鹅肝，为此而下台。乖乖，我们毫不客气地多吃了一份，请客的主人该是有多心疼啊！主人这份情我是记住了。

今天他们从广西来渝，为表达真挚友情，我和先生商量，请他们吃家宴。

早晨驱车乡下买土菜，又请俩姊妹用重庆地道的香料弄烧烤、蒸奶粉玉米馍馍……关键是我最近读了欧阳修的《醉翁亭记》，我们准备学着他的样子，让客人在夜幕下借着橘黄色灯光，信步亭下，伫立湖边，闻花香、观美景，吃美食、喝美酒，轻松聊天，不亦乐乎！

中国人讲究人情世故，礼尚往来。吃什么，吃好否，是很重要的体现形式。我自认为，对广西客人的招待是用了心、倾了情的，不知是否能够答谢他们两盘珍贵的鹅肝，但最重要的是诚意。

亭外春风相送，亭内祝福声声，宾客交谈甚欢，气氛舒适融和。

这便是我们家的一片真情。

无　题

今次跟着先生去广西南宁出差访友，颇多收获与感叹。

15日下午3点，刚下飞机便被金果源公司驻广西的负责人接到中远集团开始商务洽谈，1小时过后，另一公司的老总已经在酒店等待下一场会晤。心疼先生无节假日的高强度工作。

晚饭到点，他还在抓紧时间看望刚被广西作为高端人才引入广西大学哲学院的博士生导师昇之同学，还联系了自己在广西艺术学院当教授的学生叙旧。我心里暗暗在想：你这是在拼命的节奏啊！

还好，把酒甚欢轻啜茶，兴致当好能入眠！

第二天，所有工作告一段落，我们驱车到了广西大学昇之先生家。广西大学校园绿树成荫，开满鲜花的小径幽幽，校内一湖，湖波熠熠，宁静秀美。看见他现在的工作环境，真为他高兴和骄傲，祝福昇之先生能在这里将自己的哲学智慧最大限量地呈现出来，在学术上取得更加辉煌的成就。在昇之先生家里，我们还迎来了一位尊贵的客人，广西艺卡学院书法院硕士导师，书法家、教育家敖朝均教授。谈及书法，触动昇之兴奋点，非叫敖教授现场示范指点，教授提笔落纸，一招一式，不愧为大家风范。

余与先生在旁观之感叹：智者与高者皆属雅士，相互尊崇是为礼仪，让人感到谦恭的背后是学术的严谨和非凡的造诣。

此氛围十分令人舒服！

在交谈中，最让我佩服的是二位学者曾经西去新疆，南下广州，卖书求生，以头悬梁、锥刺股的精神不懈努力求学问，皆是用了背水一战、脱胎换骨之气概，才得之今日之成就。

我感叹他们的人生，就像一场马拉松赛，中途遇到若干次困难和阻力，想动摇、放弃，却咬紧牙关坚持下来，跑到终点的都是赢家！

向不断追求生命的高度和宽度的人致敬！

天地间交错

2020年初，永川区老团干召开联谊会动议要举办一次歌颂祖国七十华诞，反映新时代美好生活的书画摄影展。受众人信任，我和淳厚被推举来牵头筹备，结果领命之后诸多困难和问题没法解决，吾便以诗意和远方为借口东躲西藏，逃之夭夭。

幸好，淳厚兄做事就像他的名字一样，淳朴厚道，一点也没推诿地扛起了所有责任，加之这几年他从摄影爱好者，经寒冬酷暑的日日精进学习拍摄，已痴迷成摄影专家。在我只贪美景不问朝政的情况下，淳厚兄以强烈的主人翁意识，非常认真且执着地开展了工作。一次次写方案发通知，多次就具体事务与团区委商议，广泛发动老团干积极报送作品，还向摄影爱好者单独约稿，邀请摄影协会大师们对上百张图片遴选、修图等等。照他的话说，在开展前的一个月里，

一个人忙得晕头转向，累得口舌起泡。

实在抱歉哈，我代表筹备组向淳厚兄致以最崇高的敬意！

12月26日，永川区老团干摄影作品开展。早晨去汉腾世纪酒店，刚驳好车，听见有人叫我："美美好！"

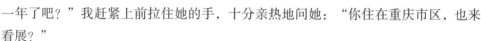

"哎呀呀！是宋大姐，好久好久不见，快有一年了吧？"我赶紧上前拉住她的手，十分亲热地问她："你住在重庆市区，也来看展？"

"嗯，今天周六，外孙们由他爸爸妈妈带，我叫了辆滴滴车，赶来与大家聚聚。"

来到十七层展厅，有好多老团干已经先到了。又是一阵亲热欢叫，又打招呼，又拥抱。在寒冷的天气里，展厅里的氛围好温暖，它是来自曾经共青情结的温暖，是岁月不饶人的现在动情于青葱中遇见彼此，并留下许多美好回忆的温暖。

寒暄过后，大家手牵着手，还相互挽着，观看墙壁上一幅幅作品。这些作品都是出自我们之手，有反映城市风貌的，有反映旅途风景的，有对一人、一物、一花草的特写，有反映社会风貌的……寓境有大有小，有远有近，每幅作品的光线层次都那么到位，表现的主题鲜明，美好像在其中流淌，专业得慑人心魄，有震撼的感觉。真不敢相信它们就是我们自己亲手拍摄的作品。

我想，这一幅幅作品后面是不是也有不为人知的故事呢？

谭立秀入选作品《幸福童年》，她将自己制作的糖果送给山区小朋友，让孩子们在甜蜜里获得关爱，是不是共青人的一种大爱大义呢！

宋大姐的《阳光下》是她在匆匆忙忙送孙子进幼儿园后，抬头望天空，突然发

现干净澄明、湛蓝天空是那么迷人，随手一拍，定格的美！

卢大姐与袁大哥相亲相爱，在照顾完一家大小的吃喝拉撒后，散步盘溪河边，见河道里仍有清洁工打捞漂浮物，萌生爱护环境意识，拍下了劳动最美的画面。

还有彭黎明的《倒影映天际》是该有何等宁静心，才能拍下荷塘里生命向上与寂寞的抗争。

还有远祥、忠信老领导，邓平、周婧、其明等，他们的作品反映着人性，追赶着风景……

这些作品是我们老共青人生活状态的写照。辛苦中有幸福，遇见里有发现美的眼睛，它既不用善良挤压生活中

美，又在艺术之美中展示了社会公德。

　　袁大哥说，我们现在这个年龄的人要正视自己，就像一株野花，不管别人欣不欣赏，都要努力开放。该快乐就要快乐，在生活中找点小目标，活得自信就有意义。

　　是啊，我们这一代人的心很大，曾经有红色的共产主义理想，以大无畏精神，勇敢闯天下，有一颗无所畏惧奋进的心，吃苦耐劳的心，几十年工作都在努力争做群众最满意的公务员。

　　现在我们退休了，也有一颗心，一颗很大很大的心，这颗心能够包容子孙的书包、子孙的作业、子孙的饭食，也能理解孩子们工作的辛苦，包容他们早出晚归、呼朋唤友的聚会。用慈父慈母心和无私奉献精神，为孩子们幸福成长铺路，隐忍自己的病痛、苦闷和寂寞。

　　但我们这颗心，也是一颗不死的生命。这幅幅图片不言，但证明了我们生活的宽度，我们闲暇之余用自己的方式在延长有光的生命，这生命里有善良，有日常的锅碗瓢盆，有亲情，有友情，有不灭的童真。

　　今天，在亦观亦聚的欢乐中，大家把自己的作品取下来，各种姿势的摆拍，兴致起来还随音乐跳起锅庄舞，大家忘记了年龄，仿佛回到从前，如是一朵朵正在开放的花蕾！

放牧篇

轻轻地　轻轻地放慢脚步

把体内的一切烦恼排空
此刻
只想与小花私语
与云朵和湖水亲密
干干净与菩提树结缘

轻轻地　轻轻地放慢脚步
将身体与灵魂交给蓝天
交给绿色大地
与成群的牛羊对话
同天上的星星对视
牧羊人挥动着皮鞭
将远山一层层剥离
家就安在剥裂开有清泉流出的地方
白色的帐篷顶上有缕缕烟雾飘向白云
还有那雄浑嘹亮的歌声

轻轻地　轻轻地放慢脚步
穿越戈壁，踩踏亿万年默然于高原的荒野
仿佛看见成吉思汗率千军万马西征

个个英武将士飞骑扬尘
征途遥远高大魁梧的身影在沙漠里
无数湖泊
定格成海子
中国版图就成了辽阔的样子

轻轻地　轻轻地放慢脚步
走进德令哈
走进海子纪念馆
走进海子的灵魂
从东边追随到西部
海子与海子注定要相遇
一首《姐姐今夜我在德令哈》
让我在这里看见灼热的爱情
只可惜姐姐外出不知你来
错过了今生相许
可德令哈的人记住了你
把忧伤的思绪塞进酒杯里
人们更喜欢面朝大海春暖花开的样子

轻轻地　轻轻地放慢脚步
我们漫步天下黄河贵德清
心持转经筒

默念

唵嘛呢叭咪吽

祈愿佛祖给人类加持能量

战胜灾难，福运降临

轻轻地　轻轻地放慢脚步

穿越青藏高原

从清海湖、菜花地到金子海

从德令哈、茶卡到格尔木

再走进史诗般壮丽的海北原子城

走近，走近青海发展变迁史

心与灵一次次震撼

一次次被博大慈悲的佛教文化感动

一次次被大自然的颜色激活

我知道

我来过

我忘不了这里的历史

如天堂的自然之美丽

像无数束光照亮我的世界

南国越冬

姐妹跟我说："姐，在北方人穿貂像熊一样的季节，你带着我们到南边去露露腰吧！"

于是我就带着一群姐妹飞抵泰国感受冬天的温度。

还在往南的飞机上，大家就一层层地脱，直至露胳膊露腿！

当北国的冷遇上南国的热时，瞬间发生化学反应，场面之热烈，让人始料未及。

疯吧，尽情享受南国的风。

跟着阿健逛果园

太阳初升，金果源工厂经过一夜生产机器的喧嚣后静静地沐浴在万道金光中。

今天我们将跟随阿健逛果园，再次感受泰国水果的无限魅力。

阿健是金果源泰国公司的一名 80 后高管，来公司已经七八年了，他跟随黄总在泰国打拼，已与当地果园主建立了良好关系，他很帅，又聪明灵活，据公司同事调侃，他不小心成为了许多庄园主家女儿心中的白马王子，可他偏偏对公主们不感兴趣，而独对水果钟情。庄园主们面对能干的阿健套近乎非为嫁女，而是要卖水果给金果源公司，时时表现出对他的喜爱。

阿健说一定要让我们这群姐妹看到和吃到在中国市场上看不见、吃不到的新鲜水果。

今天我们就沾沾阿健的光，享受一下泰国人对中国人的尊重与友好！早上 9 点我们从工厂出发，在阿健、阿刚、舸流等几个小帅哥的带领下，先去了泰柬边贸口岸——伴良。在那里，我们好奇心大发，泰柬国界线就是一门之隔，边贸互通车水马龙，大家驻足在泰柬国门前合影留念，买帽子、人字拖、稀奇古怪的水果，领略边贸集市的热闹与繁华，十分尽兴地来了一个边贸口岸一小时游。

我们离开伴良，驱车至一咖啡店，匹兰、匹坡两口子带着几个代办的妻子已等在那里。

刚坐下，匹兰变戏法似的抱着一大把枝绿果厚的龙眼进来。"哇！好大的龙眼！"我们欣喜若狂地接过手，迫不及待地大吃特吃起来。

阿健介绍说，这个品种的龙眼是新品，刚培育出来，市场上很少，果肉厚、果汁甜，市场价格比普通品种要贵几十元。

我们这群视水果如命的中国大妈有口福啦！个个吃得欢天喜地。

为了给我们更大的惊喜，在咖啡店稍事休息，我们便向塔卜赛县进发。几辆车浩浩荡荡地向匹迪家开去。

泰国尖竹汶府是著名的水果之乡，它盛产的榴莲、山竹、龙眼，口感在全世界都是数一数二的。

匹迪家生活在有几千公顷的果树林里，是全木质结构的小楼，干净漂亮，参观完他的家之后，我们就进入了果园，望不见边的土地上种植了蛇皮果、榴莲、龙眼、山竹等。第一次看见如此壮观场景的我们兴奋得像幼儿园的小朋友，在果园里蹦跶得老高，边吃边叫。

人生的幸福有很多种，对于我们来说，这个时候就是最开心最幸福的了。

谢谢阿健，带给我们幸福、快乐！

千言万语汇成一句话；谢谢，卡喷卡！

行进曼谷

姐妹们耍完泰国农村啦！极致清新的乡村空气、原生态的美丽风景、淳朴而热情的庄园主人，自由的海岸、美味的海鲜，带着甜蜜情感欢迎我们去触摸、狂吃的水果……以及让姐妹们感动得热泪盈眶的金果源的精心安排和接待，一切的一切都让大家终生难忘。

离开塔卜赛县，我们将从农村去大城市曼谷。

途中，此次行程总策划人吴总带着我们逛寺庙、参观博物馆、赏山涧瀑布，在清澈见底的溪水里嬉戏捉鱼。

耍累了的姐妹们，进公主餐厅午餐，然后舒舒服服享受了一次泰式按摩。尽管骨头被按摩师捏得咔咔作响，拉筋扯骨让我们痛得咧嘴龇牙，大家还是竖起大拇指：第一次，享受到真正的泰式按摩！原来这么痛、这么爽！

晚上，吴总拉着我们去海边，闻着带有咸腥味的海风，一轮皎月陪伴，又开始了喝酒吃大餐的行动，又一次感动。

尖竹汶红树林

早上七点四十分，一辆旅行面包车准时到河纳边酒店来接我们去工厂吃早餐。

昨晚在泰国金果源公司为姐妹们精心准备的晚宴上与公司高管、泰柬国朋友把酒言欢，纵情歌唱，欢乐舞蹈，场面热烈而疯狂。

公司用泰国最高礼节迎接我们，请了两个精于泰国烧烤美食的小伙子为我们准备烤鸡、烤鱼、烤猪排，场外疯狂地烧烤，肉油发出滋滋声响。场内所有人和着明快的音乐狂欢。以至于曲散意犹未尽时，有的人感叹吃得太多，找我索取减肥费；有的姐妹说，整个晚上都在唱、在笑，嘴巴都不听使唤合不拢了；还有的说自己喝醉了，脚跳痛了，整个人处于飘飘然的飞舞状态。金果源公司的热情友好真的让人太享受、太快乐、太幸福了！

昨天的美好时光能延续到今天吗？

按照公司老徐的建议，我们要赶海，看海洋博物馆、要去看在尖竹汶这块土地上一个神秘之地——红树林。

尖竹汶省地处泰国东部，南边海湾那头便是首都曼谷。据说人们坐 7 个小时的快艇便可到达。

此次旅行由老徐和他的翻译担任向导。他先把我们带到一处海边，让我们上一座木板桥，一个个四四方方很规范的隔离网伸进海里。

泰国人也真能想，为了开发旅游项目，他们利用天然条件修建露天水族馆。平常我们参观的水族馆是在室内，用玻璃缸装水放各类不同的海洋生物。泰国却让我们一边晒太阳，一边吹海风，站在海面的廊桥上就可以看在海里自由自在游来游去的各类美丽的鱼儿。

在海上观鱼后我们移步海洋馆，为了科普，海洋馆里不仅有各种好看的鱼类，还有在曼谷海湾生长的红珊瑚、贝壳以及从海底打捞上来的陶瓷瓦罐。

最后一站，也是我最醉心之地——孟卡湾的红树林。

这是一片自然生长的天然环保丛林，是从内湖向海洋延伸的交合地。

涨潮时红树被浸润在海里，退潮时红树露出爪子似的根，长在内湖的淤泥中。据说这个连接地也是螃蟹最喜爱的窝巢。每一个小生灵都有它生活的天地，这就是自然界的奇妙之处。

沿着栈道走进茂密的红树林中，阳光从树叶缝里照射下来，照在被海水淹泡后的黑黑的根上，让人觉得它很壮实，丝毫不会为海水所动摇，牢牢地植于泥浆之中，鳞次栉比。我想这就是根对土地的眷恋，让红树林成为保护海岸的重要屏障，并维护着在它身下生活的小生灵。

走进红树林，会感到它静态的美。它默默地守护这里，掉下的种子又在泥土里生根发芽，像一代代不离不弃的渔民，更像手挽着手的士兵，坚韧不拔，令人感动。

老徐带着我们沿着栈道往前走，红树林止于海边，坐在栈桥上背靠红树，面朝大海，又是另一番海阔天空、拓展胸襟的盛况。爬上为看红树林专门修建的观景塔，这片景色的迷人之处就在于密林与海的拥抱！

珠圆玉润的恼与福

当朋友们看见这几张图片时不准笑哦！

此刻我的心情有些复杂，只想弱弱地问一句：这个样子的我哪儿能寻到不痛苦又轻松愉快的减肥秘方？你们看见长得越来越让老公感觉有压力的一副丰满圆润观音像的我，应该有点同情心啊，让我在享受美食中边吃边减肥吧！

当我把这个想法告诉吴总时，他笑着说：这下能放心了，对艾哥哥他完全可以交差，因为这群人吃得好，耍得欢喜，个个肤色红润，胖点没啥，仍然美美的。

能吃，能吃得身心愉悦的确很重要。

记得在二十几年前，我们领导带了有宣传部、广电局、报社、经委及国税局的人去张家港市出差，主要去考察社会主义制度能不能在一个地区先行实现。

二十几年前的江浙一带已经很发达富有了，尤其是张家港华西村的村民实在令人羡慕。家家户户住别墅，有小汽车，人人享有工作权利，收入丰厚。

当时西南地区的省份就是贫穷的代名词。领导带我们去学习，让我们对社会主义制度有坚定信心，并且要看到我们地区未来的希望和目标。

学习中，我最感兴趣的就是吃，第一次吃到虾，还有螺。那个好吃的味道至今想起来都流口水。可是，我们是贫穷地方的人，出差补贴少得可怜，对于好吃的东西，不敢天天吃，更不能大快朵颐地吃。我们领导也节俭，看似以俭养德，实则囊中羞涩。看见其他地区来学习的人吃得都很好，我的心里念念地想，但却不敢给领导提，忍了好几天终于忍不住了，给领导说，我从家里出发时，我夫君叫我称了重的，瘦了回去不好交代。我们一行人听后哈哈大笑，领导就是领导，一听就明白我的意思，于是特许每顿可多加一个荤菜。我为大家争取了福利，他们一路上还拿我开玩笑，还给我取了个别名：称了秤的！一直叫到回来为止。哼，这些个多吃了回锅肉的家伙，也不感谢我！

时间一晃而过竟是二十多年了，我们的生活发生了翻天覆地的变化，感谢改革开放四十年，人们的物质文化极大丰富。吃穿不愁，想想真像做梦一样，日子过得舒心。现在担心的不是什么东西吃不上，而是焦虑吃得太好、吃太多身体健康出问题。

如今我们的生活越来越富足，吃自己想吃的。对比过去大鱼大肉是幸福，现在环保清新的蔬菜成了我们的最爱。

人生恰逢好时代，

吃喝玩乐很自在。

时时刻刻需审视，

健康养生有规律。

别将幸福推门外

既然吴总你要用如此美食诱惑我，我只能勉强再为难自己一次，再迁就自己一次，再满足自己味蕾一次！

不过，回家后，我要减肥了。

再次感谢泰国金果源的兄弟们！感谢艾先生对我的包容，给予的爱！当然，我觉得该对自己好点，毕竟爱美之心人皆有之。

观中国金果源泰国龙眼基地有感

走进中国金果源泰国龙眼基地

绵延壮观，场景盛大

令人震撼，让人艳羡

果粒饱满，口感甜美

中国金果源传递新鲜

中国金果源传递品质

姐妹们继昨日的疯狂之后

又把激动的情绪推向高峰

带着惊讶第一次走进果园

在蓝天白云下身临其境

看见、触摸、品尝泰国龙眼

一个个犹如发现新大陆

面对诱人的果实

脚挪不动，手乱摸，口不停

清香似蜜糖的果肉已嵌进脑里

幸福得不知今夕是何年

她们真正经历了

一次难忘的品鲜果体验

哈哈哈，在此打个广告

亲，要想吃龙眼，请来金果源

误打误撞进泉城（一）

对于泉城济南我是在几十年前来过的，知道有趵突泉、黑虎泉公园，有乾隆下江南途中巧遇夏雨荷姑娘的大明湖。时间段至今日，恍恍惚惚，怎么也找不到当年景致，这儿的变化太大了。这次临近出发时姐妹们商议，虽然此行的目的地为烟台，还是希望在济南市区游玩一天。

当然，作为女人一辈子心中都藏着浪漫的情愫，一定要去含烟飘雾养美人的大明湖，寻找夏雨荷之温婉踪迹，故决定在大明湖旁边订酒店。也许有天神指引，我们几个不约而同地认定了济南珍珠泉酒店。到了酒店，我们才知道，如有神助的我们，不小心进入了省人大常委会大院，珍珠泉酒店是原省委招待所。

　　更令我们惊喜的是，向出租车司机咨询得知，我们已进入泉城核心景点所在地。查看导航得知，著名的网红地芙蓉街距我们下榻处二十米。犹如重庆磁器口、成都宽窄巷子可寻的旧时光、老味道，还有非遗传统工艺满街展示的泉城宽厚里就在左前方 100 米。距大明湖 900 米，趵突泉公园、黑虎泉公园 1500 米，千佛山 1900 米。

　　哈哈，我们是一群傻有傻福的人。一不小心直接陷入景点里，免了我们舟车劳顿之苦。

　　晚上我们已在芙蓉街打望。对满街的特色小吃垂涎三尺，蒸、煮、炸的，荤、素、甜、咸的样样好奇，烤猪尾、烤面筋、爆肚、爆肠粉、最得意排骨，五颜六色的甜品等等，琳琅满目。一路走，一路买，一不小心，我们荷包里的大洋已花了几大百，个个喊肚子吃撑了。为了消化胃里过多的食物，大家溜达着去了宽厚里，在人头攒动的巷子里，东张西望，有两人只顾照相居然一不小心迷路了，感谢网络信息时代给我们提供的方便，发送了一个定位把她俩牵引了出来。洗洗睡了，期待明日我们徒步的精彩。

误打误撞逛泉城（二）

　　济南夜晚的一只脚已跨进冬的门槛，在热闹的芙蓉街、宽厚里再也挤不进另一只脚了。一群群结伴而至慷慨的游客付钱把商家刺激得很兴奋，一声高过一声的吆喝掺杂了过多的表演成分。走过路过的情侣们乐得一串串、一碗碗举着各种小吃站在街头互相喂，看巷子里的商家、小二卖力演出的实景剧。一家臭豆腐店前排起长龙，一处杂耍围着厚厚的三层人。

　　我们是过客，仅到此一游。

　　今天阳光明媚，是出游的好天气。姐妹们以最快的速度打扮，收拾行李，下楼吃早餐，然后出发。

　　出了珍珠泉酒店，我们打开手机导航，穿过一条陈旧而古朴的小巷。至十字路口处，我们看见对面好像是一个公园，有飞檐翘角的亭阁，绿树茵茵，便好奇问路人："那是什么地儿？"

　　"大明湖呀！"

　　呀！导航显示还有六百米，怎么我们就到了景区？

　　原来，大明湖景区东西南北有若干进入口，我们导航是正大门。嘿嘿，误打误撞，我们走了个捷径。

　　大明湖景区对所有来泉城旅游的客人免费开放，大明湖畔，浓密垂柳靠水依依，一座座拱形桥、一字桥、廊桥，横卧碧波之上，把湖面的小岛连接起来，游船在湖面不停穿梭。在暖暖的阳光照耀下，湖光倒影，云蒸霞蔚，翠鸟鸣叫，花香漫飞，令人有些迷糊，仿佛走进的是江南某个皇家园林。好一幅景色宜人又绝美的画面。徜徉其中感觉春天还在身边，我们张开双臂、迎接阳光、清风，舒适而欢愉。

　　让我惊喜的还有，湖心岛上建有一个小小的老舍纪念馆。老舍是中国文坛著名的文学大家，其著的《茶馆》《骆驼祥子》《四世同堂》影响了几代人。老舍祖居北京，满族正黄旗人，在20世纪30年代，为传学济世到济南齐鲁大学任教，居四年。这四年是他人生十分重要的时期，也是他文学创作的丰盛期。老舍先生不管是在过去还是现在都是我十分敬仰的人。济南人记住了他，我们记住了他。

　　从老舍纪念馆出发，沿着大明湖的柳岸走走停停，不知不觉几个小时就溜走了。接下来还有好几处景点要去打卡。虽然都不远，但要用双腿走到，大家还是有点累了。在趵突泉我们望着突突上冒的泉水已经没有了出发时的精气神。真的是匆匆一瞥即说再见。

中午时分，大家又累又困，在我的坚持下，我们傻傻地拖着疲惫的身子走了几条街才找到去千佛山的 51 路公交车。

嗨呀，不是我存心故意，误打误撞正赶上千佛山已有 700 年历史的九九重阳山会，今天是最后一天。哈哈，好不热闹，上山祈福，听大戏，点美食，赏民俗。我们真是一群傻有傻福之人呢！

泰安，泰山

想登泰山是我梦寐以求的事。我的朋友、同事、同学中许多人都爬过泰山。问及怎样，他们有的支支吾吾，有的激情述说，有的莞尔一笑。究竟怎么了嘛！没有一个能详细告知，弄得俺心痒脚痒，浑身不舒坦。

这次山东旅行，泰山就是目的地之一。

在千佛山、宽厚里、芙蓉巷里偶遇若干老少山东人笑我们痴傻：你们重庆那么多山，高大峻美、风光无限，干吗要去登泰山？

登泰山的前一夜突遇华北大幅降温，听说山上可能只有 1–2 摄氏度，风大有危险，我们中有的姐妹犹豫了，建议马上转道聊城。

但我心执着，同行的晓琼身患重感冒也坚定地支持：既然来到泰山脚下，病痛再厉害也要爬一次泰山，此生无憾。

知音啊，痴情总在风雨里。也许是我心诚，也许是我们一行人品爆棚，今天阳光灿烂，风和日丽。哈哈哈……

匆匆吃过早餐，打车前往泰山天外村。由于昨天徒步游太累，大家希望乘车上山。ok！

我们先是乘坐景区观光车，盘旋而上至中亭。本来鼓足勇气准备登山，走了一二百米，有下山者侧过，问之前面山路可险？还有多久能上山顶？曰：你们这样的速度再有二三个小时也难登顶。吓得大家赶紧后撤，转坐索道上山。

登山与看景，拾阶与悟道只能选其一。也许会错过一些东西，可谁能鱼和熊掌兼得呢？

缆车悬空，脚下是秋霜后多彩的山，坚硬的磐石，肥肥瘦瘦的植物，迎风的松树，叫不出名的高大树木。远眺，泰安城尽收眼底，有一种俯川卧疆之气势。

难怪它被称之为五岳之首，引历朝皇帝前来朝圣。山尖的玉皇顶在阳光照耀下熠熠生辉，帝王之尊只可仰视。难怪人们希望泰山老母指道，出马仙行。

一位女出租司机告诉我们，泰山不同于其他的山，它们崇尚东方为大，紫气东来，气通帝座，大我疆山。

我信。

到山东走亲戚（一）

这里是山东聊城东昌区朱老庄辛十里村，是聊城打造的乡村旅游示范村，也是山东省级文明村。这里地势平坦，土地肥沃，村落集中，村道干净整洁，家家户户都有一个小院，小院里种有蔬菜、鲜花和果树。正是秋耕麦种时，家家户户的女人都非常忙，男人外出打工，女人照顾家、照顾子孙，还要打理土地庄稼。

没有高坡，没有飞行器可乘，我无法从高处俯瞰这片土地。只得背着背包穿梭在田字格的村子里，骑电瓶车的，开小三轮车的，或在门边坐着晒太阳的村里人，用警惕的眼睛盯着我这个不速之客，我望着他们笑笑，他们也友善地笑笑，淳朴友好。

我们昨天从泰山下来，坐了三个多小时的大巴，到聊城朱老庄辛十村走亲戚来啦。

院子里好漂亮的花紫色刀豆。

倚门迎客的月季。

洒满阳光的喜庆院落。

昨晚朝香的儿子和侄儿在长途汽车站接到我们后直奔辛十村，入住在充满花香、果香和玉米棒子味，还有淡淡农药味的院子里。

见我们到来，朝香从厨房里奔出来，热情地拉着大家的手说："欢迎你们！农村条件差，不晓得习惯不？"

为接待我们，她专门从两里外的餐厅叫了餐，满满一大桌，让我们好感动。

为了陪我们玩，天不见亮，朝香就去地里施肥，拔蒜苗膜。她回家时大家刚洗漱完，吃罢鸡蛋炒饭。

朝香推出一辆电瓶车，还准备了一辆三轮车，她要带我们走村串巷见熟人，还要带我们去看她家的一大片地，去苹果园和梨园。

好嘞！专业驾驶员出生的敏，试着开动了三轮车，小小

的车斗里放上几张小凳。出发啦！

第一次在这样平坦的村里游动，第一次坐这种特别的交通工具，第一次到村里这家或那家亲热地串门，热情好客的乡邻任我们采摘他们的东西。我们都很兴奋，什么都感觉稀罕，从地下到土上、树上，地瓜、花生、玉米、柿子、红枣无一幸免被我们掳获。一路上大家还兴奋地唱着：好嗨哟，感觉人生到达了巅峰。

田间地头也是我乐此不疲疯玩的地方。

朝香帮我们推车。

热情好客的亲邻，拿出自家水果让我们吃。

挖了好大一个地瓜。

摘秋葵。

村道上晒的玉米，一地玉米，一季收获，一次进账。

专业司机驾三轮，不小心还撞了别人的三轮车。

朝香家的农业机械化。

红枣，甜脆。

进村的我们被允许采我们南方人的最爱——辣椒。

蒜苗，农人希望收获。

在晒玉米坝上疯玩的我。

进梨园，梨花已逝，果实来。

拍抖音短视频的我们。

要翻天了，爬上树摘大枣。

从田间地头掠回来的战利品，准备进锅。

到山东走亲戚（二）

也许有人会奇怪，我是一个重庆人，哪儿来的那么多亲戚在山东啊，还之一、之二地叙说。

是的，我们前天去了鲁北聊城看亲戚，今天又到鲁东牟平来看另一个亲戚，明天还将去烟台，还有一个亲戚等着呢！

如果说，聊城三堂姐是因为生活所迫远嫁他乡，牟平的杨伦妹妹则是因情所动，被牟平一个帅小伙小张，从福建一铅笔工厂带回山东。他们在福建打工结缘，在福

建生活了几年并育有一子。异地打工的他们，始终觉得自己是城市里的一叶浮萍。虽说不管在哪儿生活，夫妻在一起就是一个家，可他们还是希望回到有父母、有亲人在的地方，那里有祖辈耕耘的天和地，有深深扎下的根。所以在2007年，小夫妻收拾简单的家当回到了牟平。

重庆的姑娘，给人印象泼辣，干练，可骨子里也柔情似水，十分传统、重情。就这样杨伦姑娘随着丈夫来到山东安家落户。把老爷爷传下来有三百年历史的老房子打扫干净，开始了新的生活。

十年了，他们小家里几乎没有像样的家具，但新添了一小儿子，还有在他们村的后山上有了一坡的苹果树和樱桃树。

十年了，二十多亩果园就是他们的整个世界。他们小两口，付出了所有精力和财力，情洒荒山，让荒坡变成金银坡，累累硕果，那是他们寄予无限美好生活的财富源泉。

家乡人即亲人。

杨伦是小平老家表叔婆的女儿。平时里，住隔壁邻居，互相走动得十分频繁，老老少少大小事情互相照顾着，近邻就成了亲人。

得知我们要到山东旅行，杨伦妹妹力邀我们到牟平来玩。还将丰收在望的苹果园通过视频发来，诱着我们的脚步，诱着我们的心。

十六日下午，我们一行从济南乘动车到达烟台牟平区。杨伦从果园直接开着一辆长安面包车来接大家，车上还有她的小儿子。

被山东半岛上充足阳光晒得黝黑的杨伦，高高瘦瘦，显得精明干练。她三下五除二就帮我们把几个行礼箱塞进汽车尾箱里。

打火，开车。

她不到三岁的小儿子很乖，看我们上车，不吵不闹侧了身子，自己坐在车子后排打瞌睡。

杨伦告诉我们，现在是摘苹果的季节，很忙。小儿子是早晨五点钟就跟着起床去了果园。知道我们要来，

他没午睡就跟着来接我们了。她果园里的工人还没下班，现在是她妈妈在山上守着，接了我们她还要上山去。

好心疼这个幼子，好心疼这对起早贪黑的母子。好感动！如此打扰，让我们好歉意。

更让我有内疚感的是，作为旅行，我们在意的是自己内心的欢愉，随便地吃喝玩乐。

杨伦告诉我们她家就在海边，我们欢呼着要看海、吃海鲜。为了让我们吃到真正野生鱼虾，她提前与出海捕捞的姐夫预约了海鲜，并转道去姐家挑选打捞上来的鱼虾。见海鲜就兴奋的我们顾不得是来走亲戚的身份，高高兴兴地从大大小小一大堆鱼虾里，挑出最好的蟹、虾、鱼、鱿鱼、八脚鱼等五六种，共有十几斤。眼大肚子小的我们，尽管喜欢吃，在主人热情地招呼下，晚上餐桌上还是剩了很多。除了海鲜，我还去地里摘菜采果。这些瓜瓜果果，怎么也没想到会因一群重庆大妈遭此一劫。被劫的有枸杞、石榴、丝瓜、辣椒，还有大白菜、茄子、南瓜……就不在此一一赘述。

好喜欢他的小儿子。小小人儿十分懂事，见我们不认生，到他家给我们让座。我们洗手洗菜，他帮忙开水关水，递东西，活脱脱一个小大人。他妈妈告诉我，他们在地里干活时，儿子从来都是自己玩耍，不纠缠他们，真的很乖。

瞧瞧，多让人喜欢的笑脸。

这就是他们家。有着三百年历史的老屋。

一桌鱼虾，味正鲜美。

听说我们想吃饺子。表叔婆邀来隔邻姥姥给我们做鱿鱼韭菜馅饺子。

这哪里是吃饺子。我们吃在口里，感受的是杨伦家深厚的情谊，是无法用言语表达的幸福和谢意。

如果说让我们玩好、吃好是他们家给我们的质朴而真诚的情，那么让我们进入果园一睹果园之壮观景象则是呈现给我们的一首歌一首诗。从昨天晚上到今天，我都一直沉浸在这弥漫着果香和希望的歌里、诗里。

初进果园我便被红彤彤的果实吸引住了。这哪里是苹果呀，分明是扎根土地的艺术品，大的、小的、红的或红黄相嵌的一个个圆球球，仿佛是踩着鼓点舞蹈的仙子，那么可爱而有灵气。

"吃吧，吃吧，随便吃。"这么可爱的艺术品，怎么能忍心入口？

闻闻果的清香，带一个回去虔诚敬天敬地，感恩苍天赐予丰收的景色。枝下雕塑般的果，抚摸着我们的眼，心也为之跳动。我心欢愉，真心喜爱。

半坡苹果园寄予了小张、杨伦夫妻一年 365 天的牵挂，辛苦。

为了顾客的喜欢，为了能卖个好价钱，他们会给每个刚结出的果套袋，要不停转果（让苹果均匀地受光）、施肥、打虫，要浇水、防台风。山上有个工具房，有时候他们就和衣睡在那里。

杨伦说如果一支树枝挡了阳光，果上便会有一道浅浅的痕，这样再好的果，在挑剔的顾客面前也卖不出好价钱了，因此必须经常将果子旋转受光。

正站在梯上转果的杨伦，我喊她，她忙里偷闲地笑笑，朝我们挥手。我问杨伦的妈妈，女儿种了这么多苹果，很高兴吧？她却说，高兴啥哟，摸早贪黑地做，太辛苦了，还赚不了多少钱。

她是心疼女儿，从老家来帮忙的。

她摘了几个果子让大家吃，脆而甜。

在交谈中，杨伦告诉我，今年的苹果多，价格很低，还不知道今年除了成本能剩多少。就像今年 6 月份的樱桃，被雨水泡后全部开口了，卖不出去，只得大筐大筐倒掉。那倒掉的红红的樱桃，就像红红的眼泪。

学维低下头去捡掉在亮光纸上的苹果，一声声惋惜。

杨伦希望能通过网络和朋友帮她卖果。她说想卖一部分，至少能把请工人和投入的钱卖出来，然后选一些优果贮藏一部分。

小张在城里上班。值了夜班，家都没回，就去果园里干活了。中午时分，他拉着满满一车苹果回来。

苹果收回来了，愿上帝保佑，他们的辛勤劳动没有白费，希望他们能收获满满，幸福满满。

游张裕卡斯特庄园

房子是按法式建筑而造
酒按中国传统手法而酿
117 年张裕解百纳历史
张弼士先生第一个开启
工业化生产葡萄酒纪元
风雨中扬帆呈上乘佳酿
获世界参展金银奖无数
赢不了欧洲葡萄酒庄园
情人伴侣手中水晶酒杯
血红、玫瑰红、浅淡黄
酿出来的口感像极绅士
和优雅女士镂空的裙摆
无奈的葡萄传奇的龙珠
引来一位叫卡斯特的名人
驮着 1200 只橡木桶东行
灌满东方琼浆芳香扑鼻
在地下幽暗的窖里存藏

挤满窗的秋色半屋酒红
择一桌坐在夕阳下等待
看侍者启瓶取杯倒酒
干红、冰酒殷殷流出
似秋千晃荡四座醇香
东西方纠缠不清的认知
张裕解百纳
你
仍然是遗世独立
傲娇天下
是独具东方神韵的
中国名门闺秀

走近烟台

《冰心文集》里记录了一句父亲讲给冰心的话：大连港在日本人手里，威海在英国人手里，青岛被德国人占据，唯有烟台不冻港在中国人手里。在北洋水师任练营营官和海军学校校长的父亲教导下，冰心从小就有一腔爱国情怀。

冰心跟随父亲在烟台海军军营里，度过了难以忘怀的童年。尽管她生在福建，但她坦言山东烟台是她灵魂的故乡。

在烟台游历的几日里，我们在学维干女儿萌萌的带领下去了张裕卡斯特酒庄、莱山渔人码头，去丽景九号喝下午茶吃海鲜，还登上烟台山参观冰心纪念馆、民国旗袍博物馆等等。

虽是走马观花游烟台，但我也被烟台的过去与现在深深吸引。

甲午海战的惨烈令国人难忘，渤海和黄海岸边几个重要的港口被他国强占，唯有烟台还在国家手里。在这里，无论是清朝还是民国都培养了一大批中国海军。

烟台是中国乃至亚洲第一葡萄酒城。工业化生产葡萄酒已有 117 年历史。

现在，烟台是我国首批开放的十四个沿海开放城市之一，是一带一路国家战略重点建设的港口城，也是美丽的海滨旅游城市。

萌萌说带姨妈们来这些地方走走看看，想让我们感受这是一座有深厚历史文化的城市，是能激发爱国热忱的城市，也是能给大家带来美好与自信的城市。

此次来山东走亲戚，得亲朋好友热情接待，在此致以真诚谢意。祝各位亲朋好友事业顺利，家庭幸福美满，身体健康！谢谢啦！

还 愿

这是我第三次到山西了。

有人问山西哪里好呢？你一而再，再而三的去！

当然，我舟车劳顿去山西，既费时间、金钱，又麻烦朋友。但就算这样，我还是觉得自己应该去。昨天我们乘坐海航，在空中飞行近两小时到达太原机场。

哈哈，这里天朗气清，惠风和畅。从渝都酷热难耐的三十八度高温来到仅有二十八度的太原，适宜的气候顿时让人觉得全身舒爽，这个算不算是我来山西的原因之一呢？

取行李，出机场，小王他们已经等我们多时。时至中午，在征求大家意见后，车子在高速路上一路向北至忻州，他的同学已为我们联系了极具地方特色的农家餐厅"天外天酒楼"，我们惬意地饕餮土菜丸子、大骨炖洋芋、蒸南瓜、猪脸肉、高粱窝窝头，加之在大同凤临阁吃到的精致烧麦、开胃凉粉、汽锅鸡、烤红薯、羊肉串等数不清的美食，处处体现了山西浓郁的地域风情。热情好客的山西朋友让我们又一次饱尝山西美食，算不算应该到山西的第二个理由呢？

走进山西犹如置身于历史文化长河里，一千年前这里曾是辽金帝都的大同，沿至清朝年间各个时代的帝王府、木塔、庙宇建筑彼彼皆有。气势恢宏的代王府是朱元璋第十三儿子朱桂的王府，置身其中好像进入北京故宫，只可惜六百多年了，破败不堪，只能由现在的政府在原址基础上出资翻修对游客开放，唯有九龙壁完好无损地展示在世人面前。六百多年的历史文化遗产，极其珍贵地保存了下来。还有已经有800多年历史的上华严寺和下华严寺，有1600多年历史的云冈石窟，以及雁门关、悬空寺等等，它们具有珍贵的历史价值和独特的艺术魅力。一座城市因为有了它们而丰盈了自己的文化底蕴。了解历史文化，品味禅意人生，接受厚厚的艺术熏陶，这也算是到山西的一种理由吧！

其实最重要的是想追寻一些精神。想探究一下永川人在外打拼事业的不凡经历。20世纪80年代一群不甘一辈子守着一亩三分地的汉子来山西挖煤，凭着吃苦耐劳的努力，在山西承包煤矿、买煤矿而发家，如今老一辈回去了，他们的第二代又在此安营扎寨。与上一代不同的是这一代人有文化、有思想，他们没有躺在父辈的财富里安享其成，而是不断开拓进取，且在能源革命转型中有了新的突破，他们说，通过自己的努力，会让这一方人记住他们是城市发展中重要的贡献者。

最后是我告诉山西贺总，如果我家新添一个小孙女，我一定再来山西五台山……今天来践行我的诺言。

印象云冈

心起动念游云冈石窟。

上次来山西，因时间关系，走马观花似的游览了我国著名的四大石窟之一，今日再至大同游览此地，对它有了进一步了解……

山西大同曾为辽金之都。帝王将相亲睐之地，注定是风水宝地，有向善、普泽百姓的故事留存。在大同西郊 17 公里处的云冈石窟，北魏文成帝时期，著名僧人昙曜倡导于武周山山谷北面石壁开凿窟龛塑佛像，时经 60 年，动用 3 千工匠，完成云冈石窟修建。

云冈石窟遗址长约一公里，有大小 5 万余尊佛像。它不但传播着静心无欲、放下杂念，心行向善、普度众生的佛教思想，更让人惊叹于它的恢宏气势，灵动飘逸的雕刻技术，以及栩栩如生的人物造型，柔和的色彩搭配。参观行走其中，感动的是 1600 年前废佛兴佛中，僧人在清心寡欲中坚持佛教信仰，为传播佛教思想所作的努力。云冈石窟不愧为中国文化艺术瑰宝。

和田，昆仑山麓下一块罕世宝藏

说真的，若干天在一眼望不见底的茫茫戈壁滩上行进，让人有些疲惫不堪。从喀什到库尔勒有 600 来公里，走的大多是刚做好的变速公路。还好沿途有莎车、叶城、224 团等县城或兵团的存在，可以歇歇脚，否则，我们的环游南疆计划真会就此搁浅了。

黄雾笼罩着一望无际的天空大地。一路的沙尘暴、龙卷风，幸好未兴起大的风暴，或离我们远远的，算是运气好吧。中午时分，在叶城下道经当地朋友带着吃了顿很纯粹的维餐，又马不停蹄出发，傍晚时分平安到达和田市，入住宏瑞宾馆。

南疆的气候环境条件远比北疆恶劣，县城之间动辄就是一二百公里的距离，沿途几乎看不见人烟。这些县城所在的地方，皆是昆仑雪水融化流下来，有植物生长，形成很少的绿洲带，有绿洲的地方就有人类生存。赞叹人类的生命力！

在这荒无人烟的地区，想起出发前我曾豪情地告诉友人此次旅行是一脚跨天空，一脚踩大地，我天真地想用脚去丈量它的长度，现在看来是痴人做梦。一路上多是望戈壁滩而兴叹，蜷缩在车里无聊地看车轮与路的纠缠。

和田地处新疆西南，西接喀什，东至库尔勒，北与阿克苏、巴音郭勒盟相接，南与西藏接壤，翻过昆仑山就是印度和巴基斯坦拼命相争的克什米尔地区。它的生命存在于世界第二大沙漠塔克拉玛干大沙漠南端的绿洲上。而这片绿洲并不肥沃，在偌大的山与沙漠之间它狭长、瘦小，靠吸取昆仑山雪水和一点点地下的盐碱水生长着的耐旱的草木。绿洲上的人、畜、树、草、飞鸟在与恶劣的地理气候博弈过程中顽强地生存着。

这座城市在中国丝绸之路上，是非常重要的驿站式存在，已有上千年历史。

飞舞的沙粒中不时有被风蚀、沙埋的城垣断壁在诉说着过去。我仿佛看见东汉时期张骞带领随从在荒凉的戈壁滩上艰难跋涉去完成与西城大月国结盟的任务，又仿佛看见西汉时的班超身披战袍迎战匈奴固守边疆三十年可歌可泣之壮举。

在和田，有很多四川人，他们曾作为军人固守祖国疆土，后来把家安置在这里。遂宁老乡谢大哥得知我们到来，与妻子一道热情接待我们。

谢大哥 17 岁入疆当兵，转业留在和田，已经四十三年。他用他的青春和一生，参与和田的建设，见证和田民族大团结与经济社会发展。他作为一个工程技术专家型领导，带领一帮工人，用六年时间在和田南边建成了一座亚洲第二高坝乌鲁瓦提大水库，是保障和田市生活生产的重要水源，谢大哥很自豪。

由谢大哥亲自指挥建成的具有灌溉、防洪、发电、生态保护及旅游等多种功能的新疆著名水利工程乌鲁瓦提水库，让新疆南部和田地区的民众告别防洪之忧，从根本上解决了和田河流域的春旱和土地开发用水难题，保障了农业灌溉用水。

乌鲁瓦提水库位于昆仑山南麓海拔 1900 米的喀拉喀什河上游山口处、和田县朗如乡境内。随着山路曲折上升，夹在四周干燥剥蚀、毛发不生的群山中，一片"绿水"呈现眼前，微风轻拂水面，荒山环绕四周，138 米的坝高，当年被冠为中国第一高坝，可见建设者的艰辛。

来到和田有几个地方是必去之处。首先是非常有名的夜市，天南海北客人必去感受和田繁华的地方。夜市在市区南湖公园旁边，一辆防暴车停在公园门口，三个警察荷枪实弹立于广场警戒着，时刻为民众安全提供保障。进入夜市也要过安检。这次南疆游，身份证是最强力的通行证。县与县检查，游客下车过安检，已经形成常态。

夜市人声鼎沸，生意红火。各种特色小吃，供游客选择。能歌善舞的维吾尔族男女跳起欢快的舞蹈，让 270 米长的夜市篷里更加热闹。西瓜焖羊肉、大锅麻辣烫、漂洋过海来的海鲜和烤鸡蛋、鸭蛋、鹅蛋，还有巨大的鸵鸟蛋，可惜我们当晚吃得太饱，只能望美食兴叹。据说，烤鸵鸟蛋是这里最有名的美食，布满网状炉灶上放进足足有半斤重的鸵鸟蛋，不停地翻烤，蛋要烤熟时，破壳，要加入很多的佐料，可好吃呢！我们眨巴着眼睛，只能看别人津津有味地吃。

第二个必去之处是看千年核桃树。第二天一大早，谢大哥的兄弟来接我们游览。穿过长长的杨树公路，笔直，壮美。在葡萄长廊穿行、葫芦走廊逗留，又来一段时装秀。一千三百八十年的核桃树已成精！薄皮核桃还很好吃，麻雀也跟我们抢食。

第三个地要去的是无花果王公园。一株有五百年树龄的无花果树，其树冠宽宽铺开，直径 25 米，有半个篮球场那么大，实在罕见。谢哥昨晚已打过招呼，维吾尔族小伙子已端了一盘果子让我们品尝。五百年的果树上结的无花果，明码标价，十元一个。我们毫不客气，抢着吃。果肉细软，果心蜜汁呈黄色，晶莹透亮，像蜂蜜，甜得腻人。这辈子可能就吃这么一回货真价实的无花果。感觉幸运的自己，拉着维族帅哥照相留念。

第四站，我们去了享誉中外的和田玉交易市场。排队又过安检进入。哇塞，这里像一个菜市场。地上、桌上都摆满了玉石。未加工的玉石论斤卖、论个卖、论堆卖的都有，也有专卖店。去之前，谢总就打过招呼：只看，不买勿动，怕引起纠纷。我们一行是有素质的游客，听话，守规矩。在诱人的玉石面前，硬是成功地战胜了自己好奇心和据为己有的欲望，一分钱也没花。啦啦啦，啦啦啦！我们为自己点赞。

和田玉看起来柔润软滑，分山料和籽料。籽料是从玉龙喀什河床里淘的玉石。据说好的玉石可卖数百上千万，有传世升值的价值。等我哪天买张彩票，中了奖，一定要再来和田抱块玉石回去。这次算是来开眼界，看稀奇。

第五站，哎呀，又要说到吃。来到和田，不吃羊肉烤包子算是白来了。烤得金黄的包子，谁也先别动，我拍个照，发出去，勾引一下那些准备跟我们来又不来的姐妹们。包子烤得脆香脆香的，就是有点大哟，周哥说可以与重庆的陶然居包子相媲美。我觉得更实在，更有嚼劲，更有回味。又来一盘火埋馕，让我们这群吃货，吃个够。

和田美食标配：一串烤羊肉、一碗开味凉粉、一个烤包子、一碗茶。火埋馕是特别加的。

谢谢啊，谢大哥及谢兄弟。你们到重庆来玩，我请你们吃兄弟包子。

和田生于绿洲，存在于戈壁与沙漠，顽强立于祖国边陲。那些已经消失在沙漠里的城墙和文明，如希库尔干城堡、安得悦古城、圆沙古城等等，曾经的繁华皆落尽，古城遗址悲怆地叙述着一段历史。和田正如沙漠中的一块翡翠，以它罕世美丽存于此，存在于中华大地上。祝愿和田世代昌盛，人民祥和平安。

葵花朵朵向太阳

蜂喜欢花，它用生命追逐花的粉，最后用生命献上花的蜜。

蜂用脚踩着花蕊，将粉带到另一朵花蕊上。蜂的辛勤传递，滋生了果实的孕育。

蜂是蜂，花是花，蜂恋花，结下了果。

花的给予，蜂的护送，收获了蜜糖，成就了硕果。

在博湖县博斯腾湖边一块富饶的土地上演绎着这种唯美的故事。

25日上午，我们从库尔勒市区出发前往博斯腾湖景区。

途遇一片金灿灿的葵花地。

"师傅停车，停车。"大家惊喜地叫道。

在自助旅游的途中，这种情况是经常有的。

开车的师傅也不容易，一边要高度集中注意力开车，一边随时准备应付一群兴奋的游客提出来的各种要求。有时候我们一惊一乍的呼叫，弄得司机师傅的心"干纠纠的"。

呵呵！

这是一片壮观的朝阳图画。

太阳升起，所有的向日葵，迎着阳光微笑。

我们一群人，遇见此景，顿生激动，萌态十足地蹦跶到花丛中。

凝视一朵花，犹如一见钟情的男女，热烈地恋着，久久不能离开的双目，含着笑，含着情。

轻捧一朵花，小心呵护，怕花瓣坠落。花蕊美丽的裙子有了残缺，便不完美。

深吸一口，花朵没有太浓烈的香气，却有生生的清新味。那是花盘里一颗颗嫩嫩葵花子里放出来的。

葵花朵朵艳丽开放，葵花朵朵向着太阳。一如操场上军训的孩子，尽管高低胖瘦不一，但它们很自律地站立，听着教官的口令，朝着一个方向和目标努力成熟。

我们一群人是它们中的不和谐的外来者。可我们喜欢它们呀！一如蜜蜂喜欢花粉。

但愿在花中嬉戏的我们，没有打搅它们追逐阳光的日程。我们荡漾在花海中，手舞足蹈，尽情与花儿恋着。

路边一辆车也停下了。开始我觉得是同向的游客也被吸引而驻足。接着看见两男子从车后备厢里抬出凉篷支架。

他们要干吗？难道要在此安营扎寨看花？

好奇心驱使我上前看个究竟。他们把遮阴篷抬到一块空地，费劲地支撑开。

你们这是想做什么啊？需要帮忙吗？

正当我上前问话时，我们的人也围过来，帮助他们迅速支好了篷。

原来这俩男子是博斯腾湖乡的干部，一个是党委副书记姓黄，一个是网络办主任。他们是下乡来助农的。

黄书记向我介绍，博湖县有3800多平方公里的土地，博斯腾湖乡就有3230平方公里，占全县三分之二的地盘。

这个乡太大，大得令张咋舌。它有我们重庆两三个区县那么大，可人口呢，仅有 232 户 776 人。这里以农业生产为主，主产的西红柿、辣椒、棉花、蜂蜜产量大得惊人，其西红柿酱产量占全国比例很大，甚至出口西欧，真是地大物博人口稀。

今天他俩是来帮助蜂农做些力所能及的事的。天气太热，他们帮王大爷搭了一个出售蜂蜜的篷在路边供游人选购。

作为普通公民，我们也愿意有人关注关心。老百姓有困难时，更企望有党员干部替老百姓分忧解难。我必须为这样干部务实下沉的行为点赞。

蜂农是十分辛苦的，他们驮着蜂箱，辗转各处，风餐露宿。他们也追逐着美丽的花儿。

可他们很少去看花儿的妩媚动人，蜂儿的妖娆飞舞。他们在乎的是花开的季节、他们的希望。

王大爷搬出来的葵花蜂蜜即产即售，纯净透亮，是货真价实的原产地土货，诱得我们一行好几个上前购买。

农村、农业、农产是国家重要的产业基础。我国现阶段仍是农业大国，农业不稳，则国之不刚。

进农村、结对子、搞帮扶、促发展是对每个乡镇干部的基本要求，也是我党对实事求是方针政策的具体落实。

我们这个社会需要的是有务实精神的干部、真心为民的干部。有了他们，相信人民会更加安居乐业，中国社会经济发展道路会越走越宽阔。

沙漠上红柳树的守护人

世界上，有的人存在是为自己活着，有的人存在是为别人而活着。为己和为他活着，活出了两种境界。

在评判一个人的价值时，能够让人们滋生出感动之情并由此产生奋进力量的，绝对是那些有奉献牺牲精神和利他精神的人。

游南疆，必须穿越一段沙漠。它就是中国第一大沙漠——塔克拉玛干沙漠，面积达 33 万平方公里。

为了更全面感知沙漠，我们选择了民丰县至轮台，1995年全面贯穿通车的第一条沙漠路。导航显示，这条路全长653公里，中途400公里的塔中沙漠上建有一驿站，其余路上，没有人烟，几乎都是绵延起伏的沙丘。路上要是内急，也只能找一处沙窝或红柳林稍密的地方解决。

塔克拉玛干，是走进去出不来的意思。此沙漠是世界第一大流动沙漠，由于长年干旱无雨，风沙大，气候十分恶劣，人们又称它为"死亡之海"。

走这条路，意味着艰辛、困难、危险，加之从前这条路上出过几次大事故，所以路上车子限速60码。照此计算，我们将在沙漠里行走12个小时。

从民丰出来，绿洲和沙漠是渐次过渡的。

当绿洲的尾巴渐渐消失，呈现在我们眼前的是褐色沙丘。被风吹皱了的起伏沙地看似温软细腻。当我们欣喜地奔向它时，会感到沙粒直往嘴里、耳朵里钻。

太阳在天上烤着，脚下沙子很烫，空气热烘烘的，让人嗓子发干，呼吸也不太顺畅。

过了一段寸草不生的沙漠，公路两旁的绿树多起来。

开车的丁师傅介绍，中石油公司为保护公路，避免其被流沙淹没，花巨资沿公路两边50米宽的沙漠上栽种了耐旱植物红柳。

红柳虽耐旱，无水也不能活。他们便沿公路打了108地下水口井，每天定时对红柳树抽水浇灌。

在荒无人烟的沙漠上，谁来管护水井，确保红柳成活呢？据说原是招了些青壮年来做工，但他们不甘寂寞，纷纷逃走，现在能留守的都是些上了年纪的夫妇，故108口井亦称"夫妻井"。

经要求，丁师傅将车开进一个红顶蓝墙的抽水站点，我们去拜望一对一年到头皆无外人打扰的夫妇。

这是一对六十多岁的夫妻。男人见有人来，老远就热情打招呼。我想，一定是久居无与人交流，他们很渴望有人到访。

怀着好奇心，进他们的房子里，一张床占了大半房屋，他老伴正在简陋狭窄的桌子上煮面块，旁边放了半盆凉拌洋芋丝，她见我瞅她，高兴地端起来让我尝。我用手拈了一根吃，只有盐味没有油腥。

经与他们交流，知他们来自陕西农村，到沙漠上已经三年了。一天二十四小时值守，他俩负责井口前后四公里的红柳养护，每天记录红柳生长情况，有无虫害，还要考核成活率。

问他们：辛苦吗？

答：辛苦，每天工12小时。

问：有子女和朋友来看望吗？

答：没有。只有我们两口子互相照顾。

问：每月能拿多少工资？

答：一个2500元，两人有5000元。

问：吃饭怎么解决？

答：每周有专人从200公里外的民丰县按标准送食物过来。

听着他们因久不与外人交流而变得语迟的答话，看见被晒得黑红的俩老人，大家不免有些心疼。

我从车上拿了一筒月饼给他，腾会姐又将车上的干果塞在老人家手里：马上就是中秋节了，请收下我们这些游人的一点心意，你们辛苦了！老人眼眶红了，噙满了泪水。也许是想到了远方的亲人，觉得自己身处沙漠中孤独寂寞。

我们之所以送月饼给他们，不是我们多么崇高，而是他们孤独坚守，用自己的生命保护着沙漠上脆弱的生命，保护着这条穿越沙漠的路，令我们无比感动。

正是有了像他们这样的108对夫妻的恪尽职守，他们心甘情愿的付出，才能让我们看见沙漠不是险境而是风景，让我们能顺利平安地穿越"死亡之海"。

天山明珠

——博斯腾湖

你是天使
用茂密的芦苇编织煽情的翅膀
飞向戈壁

你如江南温婉的女子
安静地隐修于天山脚下
让燥热的土地
瞬间化成瑶池

你是上帝抛来的一颗明珠
落于烟火人间
这里的山水有了清欢
土地有了生机

登临你的肩上
有若浩渺的大海
海鸥盘旋，凌空鸣叫
我将自己的灵魂在此
放生

蓝天白云
博斯腾湖
你的存在本身就是
一个神奇

2019 年 8 月 25 日游中国第二大淡水湖——新疆博斯腾湖

新疆过生日

——2019年8月18日在南疆库车县遇永川来苏老乡，设宴欢迎我们时，得知我们过生日，便特别订鲜花蛋糕庆祝，此时表达谢意。

美食美酒蛋糕鲜花
西行西域库车下榻
千里至此有缘相聚
他乡他地不改乡情
浓浓乡音思念老家
淳朴问候道出牵挂
生日蜡烛火苗跳动
声声祝福把我融化
内心铭记此刻幸福
凝结友谊珍惜当下
意难忘
道声兄弟姐妹保重
期待回乡真情报答

一条用情怀和生命筑成的路——新疆独库公路

我很小的时候，通过看电影、看杂志知道占据中国六分之一版图的新疆有美丽的大草原、茫茫戈壁、丰富的石油宝藏；有昆仑山、天山、阿尔泰山；有火焰山、坎儿井、葡萄沟；有上帝后花园喀纳斯湖、人间最宁静的天堂禾木村；有为民族友好赴疆和亲的解忧公主演绎的最动人的凄美故事；有大胡子王震带领的三五九旅垦荒南泥湾的英雄壮举；有能歌善舞的维吾尔族、哈萨克族、蒙古族等多民族兄弟姐妹；有新疆手抓饭、馕饼、鲜甜的水果、牛羊肉……新疆是令我神往的地方。此生能到新疆，用脚丈量戈壁，用身体抚摸沙漠，用舌尖留住馨香的味道，亲身感受它的辽阔、美丽、富饶，是人生大幸。

　　走过了那么多山水，从没有一个地方令我如此眷恋。今天，我已经第三次进疆啦！

　　此次进疆，是受到好多朋友的影响。他们不断地利用微信图片吸引我，用情真意切的文字告诉我，去南疆领略西域风情、穿越独库公路有多美；感受一路上呈现的四季风光有多神奇；九曲十八弯的落日有多动人。

　　我有些坐不住了，光从图片文字上看，很不过瘾，便立马邀约几位姐妹飞赴新疆，与独库公路来一次亲密的约会。

　　经在新疆生活了三十多年的晓琼建议，要游转南疆，且不走重复路，得从北疆进，南疆出。那么第一道风景便是穿越天山独库公路。

游独子山大峡谷

昨晚到新疆，晓琼夫妇热情接待了大家。酒足饭饱后，我们入驻新疆维吾尔自治区税务宾馆，一夜无梦。

今天开启南疆环线游。北京时间9点，两辆别克七座商务车载着我们从乌鲁木齐市出发。北上再往西，沿乌伊高速行驶200公里，到达克拉玛依市下辖的独山子区已是中午一点。经晓琼的亲戚介绍，找到一家特色餐厅，大快朵颐地吃了非常美味的芦花鸡、包尔萨克牛肉、橄榄油焗时蔬。个个吃得快撑死了都不放下筷子，还不停地说："安逸，安逸。"

吃嘛！反正马上就要去独子山大峡谷游览，吃饱了再走路，既饱了口福又免去长肥之忧。独子山行政区，人口很少。20世纪50年代，我国在克拉玛依发现石油后，在一片荒芜的戈壁滩上选择了一地作为原油的冶炼基地，独山子由此热闹起来，它建成了中石油最大的炼油厂。目前，中国从哈萨克斯坦引进的原油也输送到这里冶炼再输往西安，运至全国各地。

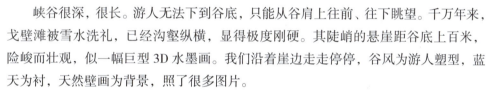

独山子大峡谷距独山子区三十二公里，沿独库高速开了半个多小时后，在茫茫戈壁上看见一两幢孤零零的房子和一些停放的车辆，峡谷景区到了。

司机江师傅告诉我，远处积雪的山就是天山，峡谷就是天山上的雪水融化冲刷戈壁滩平原形成的。

峡谷很深，很长。游人无法下到谷底，只能从谷肩上往前、往下眺望。千万年来，戈壁滩被雪水洗礼，已经沟壑纵横，显得极度刚硬。其陡峭的悬崖距谷底上百米，险峻而壮观，似一幅巨型3D水墨画。我们沿着崖边走走停停，谷风为游人塑型，蓝天为衬，天然壁画为背景，照了很多图片。

我不敢说到独山子峡谷旅游很好，因为它是近两年才开放的景区，好多旅游设施和硬件都在建设中。许多人工冒险项目，如在两个峡谷之间搭建软木云梯、玻璃桥、空中飞人等，是需要有极大勇气的人才敢尝试的，我们这帮在陆地上跳得欢的姑婆们，只有望其兴叹的份。我们不近距离与它互动，不免有些兴趣索然。加之烈日当空，四周没一株小草树木遮阴。仿佛我们就是篝火上被烧烤的羊肉串，咕咕地冒出油汗，不到半小时，多数人便逃离开去。

剩下我们两三个不怕晒的选了若干地点发抖音。放眼望去，蔚为壮观的峡谷向远方延伸，又深又长，它昭告人们这里曾经沧海桑田，这条缝是上帝之手匠心独具的裁剪，我们惊叹它鬼斧神工之杰作。

游库车苏巴什佛寺遗址

龟兹
汉唐时西域大国
立于南疆绿洲
水草肥美
物产富饶安乐自足
胡风乐舞掀起王朝盛世

如今
西行三千里
似乎是追寻心中圣洁的云与月
随唐玄奘师徒西行取经
驻足苏巴什佛寺
听他面对众僧弘法讲经

故国、故人、故事
已远
曾经的辉煌
而今荒芜凄凉
滔滔不绝的子母河边
女儿国的万种风情
留不住唐玄奘的佛心

仿佛听到寺里木鱼声不绝于耳
空灵
悠长

又仿佛看见丝绸之路上
毛驴驮着东方文明
清脆的铜铃音

在戈壁上叮叮当当

昔日梵音高唱、商贾云集之
壮观景象
晃动于眼前叹成过往
如缕缕光芒

我想
残垣断壁下永存着
佛的光芒和不朽的情殇

中国新疆，中国喀什

此刻已是子夜。

如果现在我在重庆，尽管炎热，可能还是睡着了的。而现在，喀什城里恰是夜生活高潮的开始，街道上汽车川流不息，美食街人头攒动，各种民族特色食物端在盘子里，大家边吃边聊，印象喀什的歌舞表演还在继续。因为明天计划去和田市，未等演出结束，我便回到宾馆。这两天在喀什游览的各种场景象放电影似的浮在眼前，睡不着，索性躺在床上，把来喀什看到的及心中的感受梳理记录下来。也许此生只来这一次，喀什烙在我心里，让人久久地恋着、品着。

到南疆去，到喀什去的念头已有好几年了，皆因种种因素未能成行。有人说，不到新疆就不知道什么叫地域辽阔，不到新疆就不能体会民族团结融合的力量，不到喀什就不能算真正来过新疆。

来喀什是为寻找一种情结。一千多年前的喀什是中国通往欧亚大陆丝绸之路的必经之地，商贾云集重镇，其现在仍然是中国连接欧亚的重要口岸。这是一个在中国最西部毗邻他国最多的城市；一个在沙漠边

活跃跳动的城市；一个极具异域风情的城市。它离祖国的心脏那么遥远，民族习俗各具特色，信仰不尽相同，它是以怎样优美或激荡的音符在弹奏？

八月十九日早上，我们从阿克苏启程，沿吐喀高速，行进500公里，历时四个半小时，下午三点到达喀什。四个半小时，我们都是在广袤的戈壁滩上穿过，偶尔见有几株沙棘草，也是萎靡不振的样子。很快大家从兴奋变得疲倦，昏昏沉沉睡一会儿，迷迷糊糊醒一下，中途在西克尔斯七彩山高速公路服务区休息了一会。

好多人对于前往喀什，都心存余悸。路途遥远不说，太阳白花花地照着，干燥的空气加上满眼都是干瘪瘪的山，寸草不生的戈壁。实在让人兴致不高。但我个人觉得，外出旅行，心境很重要。车外不是没有美景，只是人缺少了发现美的心情，眼中只剩下千篇一律枯燥的东西。

高速路笔直向前伸，如一条巨龙横卧于戈壁滩，居住着能歌善舞维吾尔族人民，特别的西亚建筑，华丽的民族服饰，走在山间，它们的存在告诉人们：前方就是喀什，中国最西端的地方，想想不是一种很美的感觉吗？戈壁滩的沉默与孤独本身就是一种苍凉悲壮的美。西克尔斯绵延不断的褶皱山、断层岩，就像维吾尔族姑娘们身上的条纹花裙，飘逸而美丽。当同车的她抱怨屁股都坐疼了，累得不行的时候，我的心情却很轻快。

我们无法走完喀什下辖12万平方公里土地，只能在市区转转。

喀什初印象：清真寺广场、香妃墓园、喀什古城、新城夜景。

阿克苏至喀什沿途风光。

到达喀什，吃的第一顿饭是最著名的骑士大观园维餐。

如果说这一路上我们看见的是单调枯瘦干燥的喀什，那么进入骑士大观园餐厅你会有另一种认识，它是最具代表性的喀什建筑，极具西亚风情，偌大的空间十

分大气，装修富丽堂皇，每一根柱子、一扇窗户、一扇门都是精心雕刻的艺术品，华丽的水晶灯散发柔和的光，客人静静地吃饭，小声说话。仿佛来到的是西亚某个国家的宴会厅，又仿佛她是一位有品位、十分讲究的雍容华贵的贵妇人。此刻感受到的喀什不愧为繁华的世界级商贾集聚地。

玫瑰花红茶，手抓羊肉饭，饱饱地犒劳一下舟车劳顿的自己，然后抓紧时间去打卡喀什极具民族特色的街景。

来到古城，在泥墙下留个影，在维吾尔族人家门口的长椅上坐下，被真正的维族人笑话，我们包着头巾也非维吾尔族人，装的（"维吾尔"也是一个完整的维语词汇，他们认为把维吾尔族叫做维族是对他们的不尊敬）。

街上琳琅满目的挂毯、手工小物件、来自山谷和戈壁滩上的石头，展现的全是喀什最美的工艺和风土景色。画面上一树一山一河流，一人一畜一房屋，栩栩如生，让人恨不得马上把它们全都收藏。

褐色泥墙小巷，从墙角向上长或从房子阳台、窗台上垂下的绿色植物，给人静美的视觉冲击。

闻着藤蔓的馨香穿小巷，迷宫似的小巷让我们陶醉。

走过长长的老街，似穿越一条厚重的文明长河。

饮食文化在一个小小的广场得以体现。最令我们挪不动脚步的是牛羊肉摊。买了几公斤牛蹄、牛筋吃，才心满意足地离开。

这里天气变化无常，刚刚还在街上悠闲游逛，天空突然变脸，下起冰雹。胡豆那么大的冰粒密集地打在车窗上噼啪炸响。一行的姐妹兴奋得直叫，她说这辈子第一看见冰雹，激动得打开视频直播，让重庆的儿孙看看。

晚上吃饭的维餐厅，进门右边的书架上是一排排翻译成维文的共产党党章、习近平讲话集。

落座，点餐。

维吾尔艺人一边喝红茶，一边弹起旋律优美的冬不拉，就餐轻松愉快。

第二天，又去古城，观看开城仪式。

古城、古琴、古诗，城墙上的鼓声、号声在蓝蓝的天空上鸣响。冬不拉旋律叩墙折返，引出来自天南海北的游客，跟着一位维吾尔族老人扭动身姿，忘我地欢跳。

作为一名观者，我深深感触到，无论何种民族，不管何种信仰，只要互相尊重，便可融合成团结的大家庭。

热身舞动的裙摆收起，开门仪式正式开始。仪式中介绍了古城概况及曾在此留下英名的班超、张骞历史人物。阿凡提骑着毛驴来引客，城门洞开，游人入城。

因我们昨天下午已进古城游览，里面高台古城又没对外开放，便转道去香妃园参观。香妃是乾隆爱妃，由其兄送进大清皇宫，她身体自然散发出一种沙棘草的奇异香味，深得乾隆宠爱。因水土不服，年纪轻轻就在京城香消玉殒。传说她思念亲人，化蝶归故里。

在香妃园游览，穿行在玫瑰花园中。看到香妃陵，便想到印度的泰姬陵。年代相同，建筑相似。两个妃子，不同国度，不同的情殇，留给后人同样凄美的故事。感叹！

香妃画室里香妃画像留下的是永远美丽的微笑。香妃园展示的香料、乐器、手工服饰供游人选购。香妃广场，再现了一段历史，彰显了一段汉维和亲的繁荣、团结、安乐、祥和。

一天的时光，很快又过去。

我们去了艾提尕尔清真寺、吾斯博依手工一条街。

这是中亚地区最大的国际贸易市场，有上万种货物在此交易，好的次的，国际国内的，林林总总令人目不暇接，看得我们眼花缭乱。在稀奇物品前，大家终于没能捂住自己口袋。钱花了，欢喜了！

街上悠闲聊天的老人、专心手工的艺人，无不流露闲适轻松的气息。偶遇维族人传统的婚庆活动，幸运观礼。壁挂画，挂在树上，可摸摸，饱眼福。

据说鹿最有灵气，俺也牵了一对巴基斯坦产的铜鹿回家。

游览完景点再说吃。给我们开车的丁师傅说，喀什的巴依老爷最喜欢肥美的女人，我们也通过吃，把自己养得白白胖胖的，预备着获得巴依老爷的宠爱！

这里的牛羊肉、手抓饭、烤包子、过油肉拌面、面肺子、米肠子、自制酸奶，一一被我们吃个够。

完了，大家惊呼，长胖了！

你吃过烤天鹅蛋吗？没吃到喀什来。

你尝一尝，实在不合我们的口味。

平安有他们。我们心安地玩，致礼！

一座千年的古城，倾诉着过去，畅想着未来。

喀什，我心中纤结浓浓感情的土地。中国最边缘孩子的模样。

中国新疆，中国喀什！

夏日，吃杏，忆童年

通化市辉南县龙湾国家级生态保护区，长白山景区第一门户，东北兄弟军鉴的
家乡，是我们此行目的地之一。这里山清水秀，民风淳朴。

从抚民镇驱车20分钟到达湖边，原本是来寻找垂钓之趣的，哪知高山之处的湖
泊清冷深邃，南方垂钓者难免有些迟疑：怕鱼儿听不到他呼唤的声音，怕鱼儿吃不
惯南方配置的美食，怕钓不到鱼让大家空欢喜地等一场。在水边仔细考察研究后，
我们决定放弃展示垂钓绝技的想法。

见男士们从水边上来，几个坐在石头上怡然吃着瓜果的女士们，指着湖岸边李
树杏树上的果要他们摘。

因岸边土质疏松而陡峭，几经尝试，摘果均不成功。

我们中的一个姐姐说，摘果任务交给你们，我们坐等吃杏哟。

军鉴兄弟转身朝屯子里跑去，一会儿跑出来喊大家：快点来，这边有杏树。

我忙着欣赏风景，找地拍照，他们一窝蜂地嚷嚷着朝坎
上的杏树奔去。等我拍完照过去，只见满地都是从树上掉下
来的杏。他们就像顽童一样在地上欢喜拣宝。

路边几株杏树高大笔直，树上缀满了一串串金黄色的果
子，散发着诱人的香甜。树太高，过路人是没办法伸手摘果的。

我们这群馋猫子，便想出办法摇树。开始一个人去摇，
杏树岿然不动。然后是两个人喊着号子：一、二，使劲。

哗啦，哗啦，果子从树上像雨点似的掉下来。尽管掉地
上的杏已被甩得裂口，我们仍然欢叫着捡果，不亦乐乎。有
的人迫不及待拿着没洗的杏连皮带籽直往嘴里送，看那表情，
一定是酸死人啦。

此情此景，心生感触，我们就像回到小时候，下田摸泥鳅、

捞鱼虾、掏鸟窝，是那般快乐，童真有趣！
李子熟，杏儿黄，秧苗田间随风摇；
玉米地，青纱帐，绿海一片旌旗荡。
夏季的东北，真美！

夜宿长白

话说人品爆棚的我们，从长白山看过美丽神秘的天池后，一路小跑着从 1442 步天梯上滑下来，再见中国长白山，再见朝鲜白头山、将军峰。

在长白山巅，我记住了在山脚下人海如潮，排队等车近一小时，仍秩序井然的情景。记住了为亲眼目睹那一块碧蓝的钻石水体，换乘了两次景区环保车，在长白山绿色的海洋里穿行了八十多公里的旅程！沿途的植被、高大的树木静静地矗立着，千年、万年随着火山石的冷却仍顽强地扎根在这里，形成天然氧吧，给我们送上了上万负氧离子的空气，静静地等待着欢迎大家的到来。记住了随路登峰，然后拥挤着就为一睹天池芳容的人，中外游客气喘吁吁、相互鼓励搀扶着，伸着老长的脖子，仰望山巅湛蓝天空里慢慢游动的白云的样子。记住了为亲眼看天池那一两个小时，我们在游客休息站买一块豆腐大葱饼，顶着正午火辣的阳光登山的勇气。还记住了登临山巅看见天池那一刻，我们激动地在中朝界碑前拍照留影，然后呆呆地看山涧里那块平如镜面的蓝色湖水，像一块洁净无瑕、纤尘不染的蓝宝石般静静地搁置在天地间，美得把我的魂都勾没了。

长白山天池是亿万年前火山喷发后形成的高山湖泊，水的最深处可达370 米，贮蓄着松花江、鸭绿江等河流的源水。长白山天池由中朝两国共同

拥有。站在池西坡上与我们山体相连的是朝鲜的白头山、将军峰，还有那星光日月里的传说。

游览完天池，我们从高山花园里淌过，又进入阳光斜射落下斑驳影子的原始森林，窥视鬼斧神工雕刻的锦绣峡谷。

傍晚，在抚南县吃过本地特色餐后，直奔鸭绿江边长白县城。

长春电影

今天继续参观长春电影制片厂。走进长影陈列室，一个个熟悉的面孔，演泽着精彩的角色，历史的、喜剧的、悲伤的、刚烈的……每个人物，都以艺术的形式再现了铭刻于心的故事。我们看见中国电影从开始走向辉煌，再被当今各类综艺和外国大片所淹没。

我这代人是在这些艺术家所出演的诸如《刘三姐》《阿斯玛》《白毛女》《王进喜》《吉鸿昌》《人到中年》《开国大典》等一大批优秀影片感染中成长的，它让我们充满爱国热忱，分明的阶级友爱。我们在一首首主题歌曲中寻找到了人生真谛，获得了美的享受与艺术熏陶。他们再现着历史中喜怒哀乐的故事，我们是历史故事中的经历者，喜爱与亲近油然而生。

长春电影旧址博物馆共有三层，分年代将长影成立以来所拍的数百部影片以简约的形式再次呈现在观众面前。它是一部鲜活的中国文化、政治、风土人情史，非常珍贵。一段段历史鼓舞着人、感染着人，让我感到艺术与艺术家们从事的伟大事业是国家的需要、人民的需要、推动社会进步的需要，每一部片子都洗礼着人的灵魂。《吉鸿昌》片尾的四句话久久回荡在我耳边："恨不抗日死，留着今日羞。国破尚如此，我何惜此头。"那视死如归的气概，是何等的荡气回肠，让观者肃然起敬。

如今红火而辉煌的长影厂正经历着社会各种思潮与科技进步带来的阵痛。但好的文化艺术将永远留在观众心中。

致敬长影厂，致敬真正的艺术家们！

走近长白

早上六点半起床，王总接我到抚民镇上的早餐店吃了一块土豆摊饼、猪肉煎饼、玉米窝窝头、凉拌豆腐和大大一碗小米粥，然后我们准备向长白山进发。

抚民镇距长白山西坡景区有 180 公里。这个季节的东北哟，满目翠绿，原野上野花开放，高大的玉米林，形成天然青纱帐，还有那一眼望不尽的东北水稻田里，被绿色整体覆盖，一切预示着丰收的景象，我似乎早已闻到了稻穗散发的清香。欣喜之余，对长白山、对即将揭开面纱的天池更加神往。

两小时的车程，很快就到了。

下车，购票。

候车区人头攒动，热闹非凡，一小时过去了，我们还在排队。趁等车之际，先给圈友们发个预告，你们等着我发出一波波美丽的照片吧！哈哈，我们把等待，当成热身运动，因为上山有 1442 梯步在等待我们去光临。

景区环保车来啦！

圆梦长白

昨日从吉林顺利返渝。六天的时间带给我的感动、惊喜、愉悦至今晨还在回味。现在把它梳理一遍，想把最珍贵的情与景贮藏在心间，在以后的日子里一点一点幸福地享受。

感动是某件事或某个人以他的力量、人格的闪光触击到你的内心，让你自觉不自觉地赞美、想同等地付出，给予回报。

这次去长春，是我心心念念 8 年的愿望。8 年前随单位去辽宁学习，借道准备去长白山，不曾想上天不许我们违规溜号：飞机已经在长白山盘旋，却因天气原因折返沈阳。一晃就是 8 年。今年 5 月份有朋友相邀去长白山，我欣然应答。

7月25日下午到达长春龙嘉机场，已经有一个高高瘦瘦非常文静的女子携其子来接我们了，她就是王总的妻子小宋。

他们是上午6点从河北廊坊出发赶到天津再飞长春，上午11点到的，之后娘俩一直在机场等着接我们，直到下午近三点。天啦，刚到长春他们就给我铺垫感动的因子，让我的情绪里一直蕴含着感动。

机场到长春市一小时车程，小宋告诉我们，王总本来要一块来接我们的，只因昨天接到一个西藏朋友的电话，要去西双版纳。他们当天买机票飞往云南，晚上接待西藏客人至深夜，一切安排妥当，马不停蹄会再赶回东北。

小宋和他哥陪我们参观了中国一汽和长春电影制片厂。

第二天中午，我们终于见到疲惫不堪的王总了。

这时才知道，他为了接待我们，两天从北到南，再从南到北往返上万里，48小时仅在飞机上打了个盹儿。他说有朋友到他家乡来，他必须亲自陪同，苦点累点没啥。哎呀，这东北汉子也太实在了吧，其实他完全可以安排老家的人给我们带带路就行的。不凑巧的时间，南北两拨客人，都要照顾，实在让我们心生歉疚，歉疚之余是满满的感动。

接下来的几天全是王总既当司机又作导游，还把我们食宿安排得妥帖舒适。

对于吃，各地食材和味道都有很大差异。沿海的甜，西南的麻辣，东北的卤咸，西北孜然烤串都给人留下深刻的印象。

来到王总家乡，通化辉南县抚民镇，此地属长白山自然保护区边缘，物产丰富而环保，还有天然深水湖泊。我们第一吃到有远古活化石之称的喇钻虾，还品尝了小鸡炖蘑菇、冷水小鱼麻口子。最让我们兴奋的是鱼，东龙湾深水鲤鱼，金黄油亮，七八斤重的鲤鱼。

说到吃鱼，我们几个都非常喜欢。特别是我先生，在看见鲤鱼的刹那，似乎全身细胞都欢愉起来，早已垂涎三尺。把鱼剖开，内腹呈粉红色，十分干净，稍加清洗肉质粉红白嫩，完全可以生吃。厨师熬上十几种配料混合的汁，再将鱼放进去慢慢炖，香气袅袅扑鼻而来，太美味啦！

大家都知道，东北人豪爽。我们有幸结识了王总，他倾尽时间来陪我们，为让我们吃到野生鱼，带着我们颠簸在机耕道上，在大片大片的玉米地和幽深的森林里穿梭；让我们深入村子屯里，了解当地的风土人情，感受淳朴热情人心；在镇上赶场，到村里摇杏，一切无不让人惊喜欢悦。

此行收获多多，此行感动多多，此行圆了我们登长白天池之梦。观祖国锦绣河山，我们由衷热爱这片土地。此行在鸭绿江边观中朝两国的发展，大家升腾起的自豪感，此生难忘。

真诚感谢东北兄弟，我们邀你到重庆，在美丽的大西南等你。

宝贝，我们带你去看冰雪

对于北方人来说，冬天下雪，河湖封冻，树上披雪，公园溜冰是季节的序章，见怪不惊。

可对于南方人，既渴望北国冰封的壮美，又难舍江南的绿意。生长在长江边的人，

处在不北也不南的尴尬地带，每到冬季心情便痒痒的，这里的人不能尽情于皑皑白雪，但离雪花绽放也不远他们在距离与气温之间交织、徘徊。江南的气温总的来说是温润的，平地和城市极少下雪，有时候北风劲吹，超过海拔千米的山上会下雪。

每逢有雪天，我们都带着激动、惊喜去迎接它。

上周永川箕山上下雪，城里人高兴得奔走相告，携家带口往山上窜，窄窄的上山公路上停满了赏雪车辆。微信圈里因雪事炸翻了，晒图的、发视频的、文字的、声音的，热闹非凡，乐不可支。

哎呀呀，不就是雪飞长江边，冷霜落草丛，至于那么激动吗？

可我家里还真有激动的人呢！

早在半年前，亲家母就与我们商量，家里俩孙子，一个快5岁，一个3岁，从来未见过雪，对雪的概念仅停留在电视机动画片里，如果冬天下雪，我们一定带他们去高山上看看。

这不，趁着下雪天，儿媳妇赶紧搜寻赏雪之地，让孩子们亲自去体验冬雪意境做足功课。为错开周日赏雪高峰，我们选择周一出行。

周一，从昨晚就兴奋不已的俩宝贝，早早就起床了，两个跑到我房间来催奶奶快点。一切收拾好，向武隆仙女山出发！

当我们真正进入雪域线后，不要说孩子们，车

上的大人全都惊呼起来。远山是白，近处的杉树是白，一惯盎然挺拔舒展的松树枝被厚厚的雪压得垂下身体，仿佛一只只静待着的南极企鹅，憨态可掬地向我们问好，路边的灌木每根枝条都裹着洁白无瑕的雾凇，或锦团、或浓密，像朵朵巨大盛开的雪莲、白玫瑰、梨花、白梅、白菊……一场白色主调视觉盛宴拉开序幕。

说真的，生活几十年了，冬天我没去过北方，也从来没有见过这样壮观的皑皑白雪，如此洁白美丽的世界，如诗，如梦，如幻。

路边有三三辆辆的车停着，晶莹剔透的枝条间有人在拍照。我们也迫不及待地跳下车，俩宝贝顾不得旁人抓起雪来便抛撒，三岁小孙女故着夸张地叫道："我的妈呀！"逗得我们也像他们一样哈哈大笑。

武隆仙女山是国家森林公园，海拔在2000米以的森林草原每年冬天都有积雪。从重庆出发，天空作美，难得的冬日暖阳一路伴行，车外沐浴在阳光下的山峦，河流，冬季休眠的田野——闪过，车内俩宝贝一会儿打闹，一会儿唱歌朗诵，不知不觉180公里的高速，加上二十来公里的上山路径，被甩在身后。

到达仙女山镇已过中午12点，我们在此停车小憩，找到一家豆花饭馆，匆匆吃过，继续前往预订的拙雅酒店。

仙女山镇距目的地还有二十来公里。不过远处雪白的山峰已清晰可见。哥哥天宝说："哇塞！就要看到雪了，我好激动哟。"月亮妹妹说："我也有点激动。"

是啊，可爱的宝贝，大自然很神奇，我们不但要从书本上学到知识，还要抓住机会到大自然去，亲自去体验感受，在心底种下一颗种子，热爱地球，热爱科学，向往美好。

吃"冰糕"

上乘之食莫过天然环保。雪乃季节序章中天赐人类，尤其是这离工厂、城市污染的大森林里白白的雪，十分洁净，在太阳光线下熠熠发亮的雾凇更诱人。我突发奇想要折支冰棍，让孩子们吃吃这纯天然的"冰糕"。他们十分好奇"冰糕"的味道，但又怕吃，拿在手里一会儿就成水了。

在平常，外公外婆、姨婆和妈妈是不允许俩孩子乱吃东西的，怕吃坏肚子。吃山上的"冰糕"他们也不太赞成，说是看着干净，其实拂尘细菌还是有的。

可我还是想让孩子们感知这里的雪与他们在夏季吃的雪糕有什么差别，于是我便故意带着他俩走在后面，然后当着他俩假装不经意地用手指拈一小撮挂在树庄上的雪花放进嘴里吧哒吧哒地吃，似乎很香甜的样子，他俩见状，也如法炮制。抓一把雪放进口里，冷得直哈气。我们还在小木屋的房檐上发现了许多长长的冰柱，每个人都摘取一根，当成冰棒吃得津津有味。天保说："奶奶，冰棍与从前吃得不一样，没有味道。"

哈哈，对了。这就是大自然给我们的味道。

堆雪人

在来仙女山的路上，俩孩子心心念念地要堆雪人。他们的妈妈告诉他们的堆雪人是一件非常棒的事。所以我们刚入驻小木屋，孩子们就立马跑进雪地里去了。可怎么堆雪人呀？于是大人小孩齐动手，刨雪，堆雪，塑型，足足花了大半个小时才把雪人堆起来。好了，再把雪人装扮漂亮一点吧，在外公带领下我们找到两根树枝作手，妈妈取出一颗红纽扣让天保给雪人安上鼻子，还系上一条红围巾，天保主动把自己的帽子给雪人戴上，啊！漂亮的雪

人堆好了，俩个孩子围着雪人跳啊，蹦啊！别提有多高兴了。让他们跟雪人在一起拍照，留个纪念吧！

滑雪

仙女山上的温度很低，到达 –11℃，人在室外说话呼出的热气都可能立马成冰，但这仍然挡不住孩子们扑进大雪地的激动心情。好在天气不错，我们就尽可能地满足他们的要求，只要他们快乐尽兴就好。

到达目的地当天下午，我们去大草原游客中心的超市买了两个滑雪船，将兴致勃勃的俩人带到一块不大的草地去，草地上铺满雪，松软的雪下已结有厚厚的冰，人在上面走也是一蹦一滑的，幸好较为平缓，很适合坐雪船滑雪。俩孩子由最初的害怕，到试滑几次过后，把雪船拉到更高的坡度上，飞速下滑，那胆怯的啊啊声，已变成刺激的尖叫。

天色渐暗，意犹未尽的俩人，极不情愿地跟我们离开。嘴里仍不停地说："太好玩了！明天还要滑雪。"

其实，孩子对危险的认知度很差，但接受力很强，在确保安全的情况下，鼓励与肯定他们，是我们的责任。

此次仙女山冰雪之旅，我们还乘坐了小火车穿越茫茫林海，在雪原上散步，还有惊无险地遇上一次小事故。这次旅行我想应该给他们留下了奇妙而美好的印象。无论是对冬雪的认知，还是驻扎在心灵的勇敢与快乐，他们将受益一生。

孩子不可生而知之，孩子的心灵纯粹干净，就像这雪，洁白无瑕，未受污染。但愿你们永远保持一颗探索自然的好奇心，一颗快乐无邪的童心。愿你们在爱的呵护下，茁壮成长。

宅家篇

我的宅家日记

叮铃铃，清晨一阵电话铃声响起。

我拿起手机见是陌生号码，若是在往常，不熟悉的来电我大多是拒接的。

这几天新冠病毒肺炎传染处于爆发期，响应政府和专家号召，不出门，不添乱，保护自己，全家平安。宅在家里的我们，日子过得实在有些单调乏味，电话响纷扰，也增趣与外界联通，便马上接听了。

"你好，我是昌州社区的工作人员，请问你在家里？"

"不，在外地。"

"在哪里？"问话有些紧张语气。

"在广州。"

"哦，什么时候去的？身体可安好？别忙，我填一下表哈！"

我如实做了回答。心中有暖暖的感觉：当疫情来临，党和政府极为关心普通老百姓生命安危；同时也感动基层公职人员放弃休假认真履职。一个社区有多少户？进进出出的流动人员，去向哪里？身体状况如何？他们要做到底数清、心中明，可想工作量有多大。

向坚守在岗位的工作人员致敬！

逃过劫难的人们，会永远记住他们。

我们都在祈望这场新冠病毒疫情尽快过去，恢复人民安居乐业、国运昌盛的景象。在这场灾难面前，我们不能不深刻反省人类为什么会受到如此伤害。

我们总是那么自信人类的智商和改变自然的能力，认为我们是地球的主宰者，可以为所欲为地按照自己的想法去挑战自然界秩序，可以任意斩断生物链，尽量索取挥霍资源。

曾经听说有的人将鲜活的猴子放在餐桌上，用锤子敲破头骨，在一片欢呼声中吃猴脑花；还有人将一只只蝙蝠做

成福寿汤享用。人类戴着漂亮的面具，却干着十分龌龊的勾当。过度地追逐醉梦人生，贪婪的舌尖狂吻着病毒，吃不该吃的，用不能用的。我相信如此残忍的喜好，会遭报应。人类不满足的欲望、贪婪终究会自掘坟墓。

醒醒吧，愿你我相安。

2020 年 1 月 27 日

爱即宽容
——献给特别时期三八节的你

庚子年起始，一场突如其来的新冠病毒袭击人类，所有的人都特别难过。受病毒折磨的人难受，医护人员戴上口罩和护目镜，硬生生把原本光滑的脸压出一道道带血的辙，身上里三层外三层"战时铠甲"里，隐匿了不可言状的痛苦。所有人恐惧病毒的传染而禁足在家，只能透过玻璃窗看邻家人影晃动，看沉默萧索的天空；只能在心中臆想春天野花随风荡漾；只能通过网络与朋友交流，交流最多的是你安我好，保重自己，刷屏最多的是疫情信息，心情似坐上了空中翻滚的列车，瞬间直冲云霄，瞬间俯冲谷底，在劲速中右冲左撞，不知何时能结束，何时是终点。被疫情大网罩住，大家的心情紧张难受，我们经历了令人终生难忘又令人惊悚的鼠年开头的三个月。

好在所有人骨子里都有坚忍，好在有中国政府这根脊梁支撑，好在有那么多逆行的天使，好在华夏民族有龙的精神，中华文化有大道至爱的传承。三月我们迎来了春，迎来了战胜疫情的曙光。

战疫胜利的曙光在前，在百味交集的情绪里，"三八"国际劳动妇女节走来了。我们能以怎样的方式庆祝自己的节呢？

节日前三天，单位妇委会负责人就在群里发出通知，鉴于疫情未完全结束，不组织"三八"节活动，大家自行在家"隔离"一天。好吧，近段时间过隔离日子已有经验，那就在"三八"节这天隔离点温度和宽度，以纪念这个特别的节日吧。

"三八"妇女节是世界妇女为抵制性别歧视，争取工作、休息权利、争取解放的节日。这个节日的确定，是妇女自强、自信、自立地参与改变世界并取得非凡成绩，获得社会尊重，创造历史的证明。"三八节"于女性来说是一个值得骄傲备受鼓舞，对女性褒奖的节日。不知何时，不甘男权受到挑战，妄想女人一直作为男人身上一根肋骨，成为附属品的男人将"三八"变成谩骂女人的代名词，"死三八""烂三八""三八婆""唯小人与女子难养"等等侮辱性的叫声，时不时从一些人的粗口中爆出。由此可见，妇女们在争取男女平等，争取自由、仁爱的路仍然漫长。

幸好随着时代的进步，无数女人的非凡才能展示于各个阶层，各个领域，她们用自己的宽容大度，自己的出类拔萃让世界刮目相看。纵观世界，有英国铁娘子撒切尔夫人、中国铁娘子吴仪、护理学奠基人南丁格尔、把毕生精力奉献给妇产科学被称为"万婴之母"的林巧稚、中国首位上天的刘洋，女性中，发现青蒿素的屠呦呦成了科技高枝上的金凤凰，我最喜欢的"世纪老人"冰心，她那清新优雅的作品感染了一代又一代人；还有今年瘟疫发生冒着生命危险勇敢地冲向疫区的李兰娟院士……她们成就了美好的世界，她们演绎的每一段故事，都是刻印在历史纪念碑上不朽存在，读她们事迹令人动容。

不用女人自诩，女人用行动告诉天下，家事、国事、天下事，事事能作为，能与男人们共同擎起一片天空。

在家里，进厨房烧一手好菜，煮一锅香甜的米饭；打扫客厅居室干净整洁，房间里再插上一束鲜花，温馨又明亮；上厅堂，一杯清茶待客待友，落落大方；无条件地为大人小孩繁忙，用包容的心宠溺着家人。原来，被先生称之为"女神"的人是这般模样。在单位，与男人们一样，用绣花的技艺，打磨一颗颗螺丝钉；用护犊的精神专注民生、创业、扶贫；专注生产，写计划，实施营运。苦干巧干，一个个任务保质保量完成。

原来我们是这般模样的女人。

今年的"三八"节，我要把自己当成真正的女神。

从厨房里走出来，为自己泡一杯红茶，眼睛装满浪漫，接受恒大小兰、建行婷婷的祝福，把如火馅、如桃粉的玫瑰置放于桌上，加上一本书，美美地陶醉在温柔的春风里，痴痴迷迷享受"隔离"。

不宽的院坝里，再放一曲婉转音乐，没有放下刚刚淘菜煮饭挽起的袖子，已随旋律翩翩起舞。

被疫情封杀了的年，没有好好过，找几件过年新买的衣服，像模像样地把时装步走起。佳肴配美酒，酌酒诗性起，琅琅声声里，有云端上的梦想，田埂上的牧笛，有乾坤、有家事、有情忧、有爱恨，更有生活压不垮的情怀、任何境况下简单的快乐。

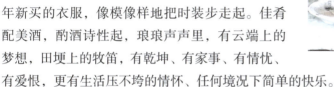

110 年妇女们走过的追求平等、解放的路，让我们学会了独立、自信、自尊、自强，让我们懂得了爱，爱即宽容。

2020 年 3 月 8 日

感动无数的瞬间

我躯体里的血鲜红，从主动脉到每一根毛细血管循环着，生命在循环中存在。思想的缰绳拉不住狂奔的情感，任肉体处于酸甜苦辣，震颤的心狂跳，将眼睛里的光置于长江三峡，两岸每一座城市展演着真情故事，让我的泪如开闸的江水顺脸颊泻下。

1 月 28 日，我与先生从广州回渝，此刻神州大地因新冠病毒蔓延而笼罩在恐惧不安之中。

回到家里，我们开始闭门自我隔离。其间社区两次排查电话，语音切切，要我们好好保重自己。单位小王两次电话说，14 天隔离满了还需延长一周，可恶的躲猫猫病毒亡我之心不死。驻片民警来电，通过大数据查到我们乘坐回渝航班有疑似病例，通知哪儿也不能去。不到一小时，两位穿警服戴口罩的警察在小区保安陪同下来到我家门口，量体温，还好 36.5 度，正常。

待他们一走，我有些紧张，问先生："我们会不会被传染？是不是处于无症状潜伏期？"

"不知道，但愿那个疑似病人仅仅只是疑似。"先生答。

我双手合十心里祈祷，愿上苍保佑平安无恙！

我们同疑似病人同乘一架飞机的消息很快被族群知道，大家纷纷打电话询问、安慰。特别是老母亲，更是后悔说不该让我们回家过年，弄得人心惶惶。她每天要打若干电话，看我们是不是咳嗽、发烧了，督促我们每天要吃好的东西，增强免疫力，眷眷慈母心，紧系儿安全。

宅家的日子。姐姐姐夫每天帮我们采购食品，做可口饭菜；小区物业多次上门屋里屋外消毒，物业管家小谭多次与我联系，问："需要代买东西吗？有任何困难咱们都帮你解决。"一天下午 6 点左右，家里突然停电，已回家的电工唐师傅，骑着电瓶车很快到来，门口消毒换鞋，进屋检查，一会儿房顶，一会儿趴在地下，反复查看，没有一点怨言。

我们一再婉拒，老家的小陈还是坚持送来两只鸡，花菜、莲白、萝卜、葱子、蒜苗，够吃两星期。弟媳妇从网上订 40 斤鲫鱼，让我们养在池子里，随时可以吃新鲜鱼；好姐妹学维点了豆花，满满一大盆送给我们；小白、小罗送来水、玉米……

先生他们公司在疫情中遇到困难，政府有关部门、银行、税务主动服务。公司员工没有一个退缩，家里办公、为疫区筹措物资，物流无休冒险送货，捐献给重医二院 200 箱进口水果，慰问一战医务人员。

天降灾难，人间有情。虽然居家几天安然无恙，但心充满着感激。我们是普通人，普通人之间惺惺相惜，互相照顾，真情安慰，朴实感人。我好像被两张网罩住，一张如黑暗迷雾，一张温暖似春。但愿人间雾霾尽散，迎来阳光，迎来春天。

2020 年初春，所有中国人身陷疫情困境，在艰难悲伤中，在感恩感动中，在团结互助齐心抗击病毒中度过。

几十天的时间，在人类历史长河中只是一瞬，可这几十天中国人向人类展示出来的悲壮、担当与果敢令世界瞩目。

二十几天里，我们时时刻刻关心着全国疫情发展，从新闻、微信里阅读防疫文章和抗疫中发生的各类事件。

中国政府一次次力挽狂澜的决定，专家一次次解读病因，一批批驰援湖北的天使，街巷一个个疲惫的身影，一辆辆运往疫区的物资，一个个冲锋在前倒下的壮士……史无前例防疫抗疫全国行动所展示的勇敢无惧的力量，无不让人动容。我为负重前行而倒下的勇士悲鸣，向打赢这场疫战付出辛劳的基层干群致谢。像真的获得新生，重见光明一样，我禁不住在单位工作群里发声：等解除隔离，我也要去当志愿者。

是的，受他人恩惠，当施德图报。

当前疫情已在慢慢消除。小区开始解封，道路解禁，工厂复工。战胜病毒指日可待，人们从心里发出欢呼。我也已经重新整理心情，把泪水收住，让蠢蠢欲动的躯体程蓄满满的能量，在目前病毒未得到完全控制的情况下，到需要我的地方做志愿者，我以我爱献国家，我以我情助百姓。

不仅仅是当下，是此生。天地为证以善良、仁爱帮助天下需要帮助的人。

愿天下人安！

2020 年 2 月 23 日

205

今日雨水

今日雨水，庚子年第二个节气。东风解冻，散而为雨，草木萌动，春耕景象起。虽是迎春季，人们并未有大好的心情。

大早醒来，第一件事看新闻，查看疫情播报。一组数字仍让人揪心。

在己亥年，我们也遇到很多事，困难的、忧伤的、愁煞的，一个个不开心的结子，希望能在庚子年的钟声敲响时，随新年鞭炮封存于历史或通通消失。哪知，庚子年起始出现了让我们刻骨铭心始料未及的瘟疫。

疫情已蔓延30余个省市，殃及数万亿众生。百城空巷，小区封锁，万户紧闭，亲情不相往来，困于居室。

荆楚遭劫难，三万二千天使，别父母夫妻及幼子，削掉一头青丝，浩然领命，着勇士盔甲，驰援赴鄂。耄耋杖国坐镇医院；青壮医护穿梭病区；吃泡面、困椅凳，睡地板，只为呻吟远去。

烛光燃烧，其情烁烁，李兰娟、钟南山、张定宇……没有煽情的豪言，只有忧国的眼泪、坚强的身影。困而不倒，蹒跚奔跑，与病毒交战，争抢时间，挽回生命。

烛光跳动，缓缓蜡尽。徐辉、林正斌、蒋金波、李文亮、宋英杰……以命护命，鲜活的生命定格在庚子二月，黎民沉痛，春在哭泣。来不及走过春的灵魂，雨水低声轻唱你们的墓志铭。

今日雨水。瘟疫未灭，报平安的烽烟未有升起。口罩仍是街村主要风景。保安把住大门，志愿者坚守路口，温度枪一扣，回家，不出门。

宅家的人，网身不网心。以中国式幽默，用语言或行为艺术缓释憋坏了的心情。有戏谑蹲坑守电视者，有调侃研究美食快成大厨者，有老幼同乐杂耍的，还有人感悟现实，时

不时蹦出一句有哲学语言，做抒怀诗人和文艺家的。无论是接地气还是高雅的生活的方式，皆体现了特殊时期生命的乐观、顽强。中国人乐观豁达的品质，一定能战胜瘟疫，山川相遇，国应无恙。

今日雨水。大地回暖，希望江河不再哭泣，希望工厂恢复生机，闲田有人耕耘。人们走进春天，喜见百花争艳。

2020 年 2 月 19 日

月亮周围有金边

正月十五早晨，我醒了，先生醒了。

我们都醒了。

他忧心忡忡地对我说："年，就这样过完了吧。"

"嗯，今天元宵节了，春节就算过完了。"

我起床洗漱完毕，下楼。在厨房的冰箱里翻出一包不知放了多久的盒装小汤圆。往锅里掺水烧开，打了两个鸡蛋，连同汤圆放进去。荷包蛋熟了，汤圆却化成糊糊。

心情怎么也不舒展，就像被锅里的糊糊黏着一样。

先生没吃，我也没吃！他拿起手机走到阳台上不停地打电话。

做鲜货贸易的公司，从国外采购的货物源源不断进来，国内市场上运输减少，买卖流通几乎停滞，没有人买，货物卖不出，其压力可想而知。

因疫情未灭，春节后，公司的人都在家里上班，公司运转全靠手机交流，好多棘手的问题急需解决。

在这非常时期，我坚决不让先生出门。若是照往常，他们早就忙开了，说不定他现在已飞赴泰国工厂工作了。

不能外出，他决定召开视频会议，永川、成都、曼谷、泰国东部庄坦布里省 5 个地方的人齐聚在视频里，讨论工作问题，解决问题，安排当前急需要做的事情。还好大家情绪饱满，信心比困难足。

视频会议从上午 10 点开到下午 1 点半。三个半小时，紧张又紧凑，把当前的事情梳理一遍，压抑多天的情绪也舒缓一下。姐夫、姐姐弄的饭菜吃起来也可口了许多。

从 2008 年起，十二年。每到年初岁尾都是先生他们最忙的季节。我没有统计，好像也只有今年他呆在家里时间最长，从初一到十五，我俩过了完整的年。

以前，先生出差时间多，家里人少不免有些冷清寂寞。家再大再豪华，如果没

有家人也像宾馆。有时候我跟着他一起出去，感觉他在哪里，家就在哪里，这就是亲情的缘故吧。

可今年过春节，看见他像只困兽，不安地在家里走动，电话不离手，一会儿他打出去，一会儿别人打进来，叽里呱啦一通后坐在沙发里发愣，表情严肃得我也跟着情绪很压抑。

有时候我在想，与其这样的相守，还不如往年分开相牵挂痛快。有时候又想，要是没有今年春节突然的疫情发生，每个祥和安泰的春节都可以自由自在的相守在一起，再把亲人们召唤，或吆喝几个朋友小聚，该是多么惬意的事。

昨天还收到亲家发来的一段小孙女爬在窗前，望着外面天空唱歌的视频，左左的不太准的声音，稚嫩的声音，深情的声音，向往外面，渴望出去追风的心情被她表现得一览无余，十几天了，在家闷坏了吧？突然心疼起他们，也心疼自己足不出户的困境，我是个多愁善感的人。

每天，先生第一个电话打给市场，问：今天市场有没有人？今天货卖出去了吗？只要有人买降价也卖。又各处询问：产品质量怎么样？货在路上顺利否？还有多久到达？进关怎么样了？批发、零售、超市……

每天零零碎碎听他的电话内容，好消息，坏消息，听得我头皮都发麻，心情紧张。不敢往坏处想，不愿想。

金果源公司与全国许多企业一样，在这个时期遇到前所未有的困难，他们咬紧牙关在挺，公司同仁们全力以赴，在坚守岗位共克时难，相信一定会挺过来的。我在心中像给武汉加油一样，给金果源加油，愿你传递品质，传递新鲜，传递简单执着的诚信和源源不断的爱，加油！公司让成百上千员工做好自己的事，扛起责任与担当，不给国家添乱。

元宵节，十五月亮圆，但今年厚厚浓雾，淅淅沥沥小雨，为蒙难的武汉哭泣，未见月圆。

今年元宵十五月亮，明年十六圆，我期待，期待月亮周围有金边。

2020 年 2 月 10 日

迎春日记

凝视着岁月的时间，就在全民抗击新型冠状病毒中来到了二月。

2 月 4 日，今日立春。一年的起点，轮回的开始。

大自然万物有序，由春至夏，由夏续秋再到冬。四季更替，有的生命随秋风冬雪终结，更有生命迎着春阳成长。

经过一冬的蛰伏，春天来了，草的种子开始发芽。翠绿的嫩叶舔着梦的晨露伸开了身，迎风开放的桃花、山茶花、海棠花，红的、黄的、白的花儿陆续装扮春的景象。

春天来了，我不想与你失约。几个闺密早早约定，待冰雪消融的时候，一定不能忘了要乘着动车，邀上驴友驾着汽车，在春光里四处游荡。

今年的迎春与往年特别不一样，有些寂寞忧伤。因新型冠状病毒的侵略，我们不能携老牵幼去公园漫游踏青，放风筝；不能邀三五好友聚会品茶谈心；不能去公众较多的集市商城选购换季的新衣裳。只能呆在家里将病毒物理隔防。

今春街上少了脱下厚衣的青少年嬉戏，少了洋溢时尚气息，俏皮而坦露小蛮腰的姑娘。

有些空旷的街，肃然而立。那清瘦的面庞静待春风拂栏，静待繁花嫩叶满枝头的盛景到来。

春天是给人梦想的季节。

宅家的中老年人，盼望新型冠状病毒早日被消灭。可以拿起花剑，去河边、公园打太极，腰扎红绸扭秧歌，放响音乐尽情地跳广场舞。

上班族，带着戒备和忧心走出家门。他们渴望轻松摘下防疫口罩，去工厂、单位开始新一年工作，从心里卯足了劲，追求事业的乐趣，与同事来一场业绩大比拼。

疫情仍在。莘莘学子等待着学校开门，他们早已收拾了假期散漫的情绪，整理好读书笔记，时刻准备踏进校门。期盼校园里关不住的春色，那里有他们拼搏向上朗朗读书的情结，让人不愿落下一段美好人生，一路芳华不负的生命轨迹。

今天迎春，心中有渴望，也有悲壮。

新型冠状病毒目前还没有得到遏制，各地各级政府对疫情仍实施高压防控措施；基层干部走村串巷严把疫情蔓延关；志愿者冒着危险坚守车站、商场。越是人员集中地越是靠前，劝告、宣传非常时期的防疫手段，人们自觉遵守，但还有些惊恐不安。

各个收治病人的定点医院，医护人员殚精竭虑，与病毒展开肉搏战。忘却了儿女情长，放下孝顺父母眷眷之心和与亲人爱人深情地对望。草长莺飞，听鸟儿婉转鸣唱，赏万紫花开，品茗茶点，时令的一切美好都远远置放。

面对那些受病毒侵袭还在经受病痛折磨的病人，他们只有一个愿望，消灭病毒，竭尽全力保护生命，让悲伤终结。他们用实际行动在证明，大灾大难面前，他们是负责任、有担当的斗士，是春寒料峭中一枝鲜艳的红梅，他们用舍己忘我的人格精神迎接春天。

春来了，所有的生命经受风霜雪雨考验后，一定会有一场盛大热烈的开放，愿生命无畏，奔向光芒。

一个春的声音：祝愿生命平安健康！

2020 年 2 月 4 日

又见菜花黄

每到三月，我们家乡都会呈现一种壮观景象，那就是满山遍野油菜花盛开，把原野涂抹得金黄、金黄，顺坡往上，顺沟往下，逶迤伸向远一方。

早已解决了温饱，不愁柴米油盐酱醋茶的人们，会把心思多多地放进多彩的世界，随着每一个季节变换去寻找令人心旷神怡的事和物，一次次追逐，一次次感触，从物质到精神一次次飞跃，把品性，修养送往更高的层次。

为满足广大市民的心愿，本来是当地农民种植的最普通的产油的农作物，便由旅游部门和地方政府引导，按照地形，把油菜撒播成太极图、心形，还有虎和狮子形状，再将田埂铺上石板路，油菜田变成了人们踏青赏花的乐园。

三月，这里除了桃花李花争相斗艳，最惹人喜爱的就是油菜花了。每年举办"油菜花节"，花田里沐浴阳光赏花的人，扶老携幼。人群涌动着，人山人海。

那些背照相机的摄影爱好者们，为拍出一朵晶莹剔透的黄花儿的精彩或捕捉蜜蜂采花粉的瞬间，能专注躬身好长时间一动也不动，好像一头等待猎物的熊。

被关了一个冬天的孩子们终于可以到野外撒欢奔跑了，他们的脑袋忽高忽低地晃动在金黄金黄的菜花里，稚嫩的笑声、喊声也晃荡在菜花里，好似婉转欢叫的百灵。

风从菜花儿头顶吹过，风姿绰约的花朵低头抚摸大地倾情于山，弯腰含笑倾情于游人。浓郁的香味吸引着白色的、黑色的、带有花斑的蝴蝶，翩翩蝴蝶扇动着多情的翅膀，与花儿相拥相依。

211

可惜，今年三月，同样的油菜田里却没有欢悦、闹腾，只有安静。我们生活的环境，灾难突然降临，新型冠状病毒袭来，人们躲避、抗战，英雄的人们向危险地区逆行。2020年1月到3月，整个春天，我们都在防控新型冠状病毒的路上奔跑。目前疫情没结束，为阻止病毒传播，大多数人还不能出门，临时出门依然必须把口罩戴起。展示乡村美丽的"油菜花节"也停办了。

三月，油菜花如期开放，还是那么壮观，那么灿烂，游人却不能如约而至。

禁不住如梦春色，禁不住对油菜花的爱恋，我来了一次潜行。做好防护措施，偷偷溜出小区，就在我们家的旁边，在开满鲜亮鲜亮的菜花地里，寻找去年邀友踏青，畅游花海的甜蜜记忆。油菜花依然美丽，我的心境却不同往日。阵阵花香萦绕，一簇簇一串串油菜花漂亮地盛开着，那是生命的礼赞。可我仿佛看见油菜花后面，被疫情肆虐下的国之忧伤，黎明百姓的企盼。停留在花前柳下静思，我多么希望那些受病痛折磨的生命早日康复，希望仍然战斗在疫情一线的医护人员脱下厚重的防护衣，让他们也来赏花，呼吸大自然的新鲜空气。

面对世间悲剧，面对无常人生，我想用满山遍野金黄而娇艳悦目的花朵抒怀——写歌写诗，赞美为赢得抗疫胜利的勇士"苟利国家生死以，岂因祸福避趋之"之精神；感恩使命必达的天使，抗击病毒路上愿与你们同行，愿以真情击战鼓，捧一

束春天的花抚慰勇敢、悲壮、哀伤的心灵。油菜花开，春已满人间。愿我安你好，祖国山河无恙。

2020 年 3 月 4 日

访　村

走过秋风扫落叶，冰雪压枯枝的季节，天气回暖，青草嫩芽慢慢地抬起头。

有人说轮回是温柔的开始，她慢慢地让我们经受夏日烈焰炙烤，秋之萧瑟寂寞，冬天凛冽刺骨。每个春天、夏天、秋天、冬天我都想与你温柔相待，不想遭受如坐过山车一样惊恐刺激地生活。特别希望在春天的和风细雨中劳动学习，修身繁衍，在温度刚好的环境中迎来白天与黑夜更替，多好！

其实无所谓哪一个季节可爱，也没有什么季节恶劣。

大自然的自我革命与自我修复，让顽强的生命力如期而至，我们才知晓生命在每个季节的美。

当然大自然在自我修复成长中并没有想象的那么顺利，天灾人祸是一堵挡四季风景的墙。

想了解在当前横行肆虐的新型冠状病毒快速蔓延的非常时期，与新型冠状病毒作抗争，我区农村采取了些啥样的方式来自我保护。我决定出去一探究竟，便戴上口罩，穿了件有帽子、表面光滑得让病毒落在身上都会摔跟头的衣服，脚穿深筒皮靴，全副武装地驱车到了家附近的八角寿村"十里荷香"。

"十里荷香"是永川区在南大街办事处八角寺村倾力打造的集农业开发、旅游观光、生态食品研发加工体的农业生态园区，占地 3200 亩，荷花园 2000 亩，栽有不同季节的上百种瓜果蔬菜。不同季节的菊花、荷花、郁金香满山遍野开放，令人赏心悦目，蔚为壮观。每临春天人们喜欢成群结队邀约着去踏青赏花、游船、采摘果蔬。

今天站在空旷无人的停车场远望，曾经游人如织的景象不见了，一块因疫情停业告顾客书的广告牌放在移动铁门前。门卫室紧闭，偶尔从旁边院子里传来狗叫声。我从关闭的游人通道旁边的小道上绕到几块菜地边，不远处有几间农舍，农舍前的菜地里，一老大爷独自佝偻着在自留地里扯草，地里种着蒜苗，蒜苗长得很好，长长的苗叶把整块地都封了，因为不让人出村子卖菜，蒜苗已经长老了，再不卖出去就更老了。远处还有一农妇抡起锄挖土，可能是要栽什么菜吧。疫情下，一生都在土地上劳碌惯了的人，怎么能闲得住呢？他们都自顾着手里的活，很少抬头，偌大的菜地里不会有病毒骚扰吧。我很快从田埂回到停车场。

停车场入口处的公路上，村里设了临时检查点。通往村里的路上放了几个三角锥体，还有几个戴红袖笼的村干部和自愿者也站在路中间。从此路经过的车辆不多，大多是本村的熟车、熟人。值守的几个自愿者也还履职认真，每辆车都要检查，不是本村人绝不放行。

一年轻人开车过来，自愿者上前询问，回答父母是本村人，他们回家。

回家可以，车只能放在停车库。因为去他家方向的路上放置了很大很长的树桩。整个村除了主要公路外，其他岔道全用树干、泥堆石块封了。

又一车辆过来，盘问后放行。

我问为什么他可以进村？

他们答小车进去接人，就在主公路边，其亲戚眼睛被弄伤了，需要尽快送医院。

这也是他们不用石头、泥土封主公路的原因，为了方便救急。他们宁愿牺牲自己的休息时间，也会给村里开辟一条生命通道。

正在这时远处又开来一辆车，下来几个戴口罩的人，他们来到设卡点，一边询问，一边做记录，还让村干部签字。原来，是镇上干部来巡回检查，收集防控情况。

八角寺村有从武汉回来的二三十人，全部都在家里自觉隔离，村里会给被隔离户提供必要的生活帮助。目前村里没有疫情，一切平安。

在疫情高发期，我写这篇日记，是想真实反映农村防疫现状；记录在人命关天的时刻，按照科学的防疫要求，基层组织是否在落实严防死守的手段和力度上有缩水情况；想证实政府在非常时期的号召力度、公信力度。试想，如果基层防线崩溃，群众缺乏自我防范保护意识，后果不堪设想。

今天在这个悲伤的春天里，让我看见了坚毅、勇敢和温暖。

让我看见面对看不见的病毒，群众发动起来了，大家变被动为主动，各种防控措施不走过场，不留死角。在这场没有硝烟的战争里，我们赢在了团结、守规、负责任。同时，我也看到了现在的各行各业生产停滞，经济发展遭受重创，令人十分痛心。

希望疫情早日过去，让"十里荷香"笑迎四方客，重现往日热闹繁忙景象。他们在园区工作也便有收入了。

2020 年 2 月 13 日

小白的婚礼

1月30日，小白家举行了一场特殊的婚礼。就在他们自家的客厅里，没有宾客，没有热烈喧闹。经过简单布置的家温馨雅致，家中只有老白夫妻和小白夫妻。老白夫妻因接儿媳妇进家门露出喜悦的笑容；没有穿婚礼服，一身日常素打扮的小白夫妻比平常多了些紧张和激动。

客厅正墙上挂着一块厚德载物的额匾，匾下贴一个大红的双喜字，老白夫妻坐在沙发上，小夫妻按照传统礼仪跪拜在父母膝前，接受长辈祝福，为二老奉上孝心茶，礼毕。

老少四人起身相拥在一起。小白的婚礼场景是老白通过微信圈发出来的。虽然缺少观礼的宾朋，但仍感受到他们一家子在特殊情况下对生活的热爱，感受到他们在非常时期，一家人紧紧相依的情感。

我想他们看重的不是表象热闹的外壳，幸福的婚姻不是做给别人看，他们清楚自己的内心需要什么，人生旅途很长，不必在乎中途行进的形式，两心相悦的爱情，和睦友善的亲情，简朴而庄重的婚礼，够他们珍惜、回忆一辈子。

小白的结婚典礼已经过去十余天了。我至今仍为未能参加小白婚礼，见证小夫妻的幸福时刻耿耿于怀。我只在1日30日，他们举行婚礼的当天，打电话表示了祝贺。

小白是我先生的工作助手，五年前大学毕业来到金果源公司时还奶气十足，白白净净的，个儿不高但很壮实。

也许是在文理学院当教授的父亲培养得好，小白待人彬彬有礼，说话温和，做事踏实。先生和我都喜欢他，把他当成自己的孩子关心疼爱。也是机缘巧合，在我孙女出生100天答谢宴上，我儿子的干妈小宋老师牵线搭桥，促成了小白与小孙的这段美好姻缘。

还记得在 2019 年 9 月 16 日上午，我的微信滴滴叫，打开看是老白给我发来的一个 888.88 元的大红包，留言写到：

沾了师姐师兄的喜气，不参加艾昕娃娃喜酒就碰不到宋老师，就没有宋老师这个大媒人！就没有我们今天的喜事哦！

虽没看见老白喜形于色的样子，但仍从发来的微信中窥探到他内心满满的幸福，巴不得让全世界的人都知道他们老白家迎娶了乖巧的儿媳，他儿子结婚啦！对于儿子，父母千辛万苦终不悔，一程一程护送，读书、就业、结婚。如今长大成人的孩子有自己喜欢的爱人，有自己的家了。

哈哈，好快！在我们眼中小白还是稚气未脱的孩子，现在已领证结婚了，确实是值得祝贺的大喜事。

他们的婚礼定在 2020 年 1 月 30 日。红包领了，喜糖也收到，我们满怀祝福的喜悦，等待着喝喜酒。

不承想一场始料未及的新型冠状病毒打乱了他们迈向婚姻殿堂的步伐。结婚典礼时间定了，酒店订了，亲朋好友的邀请函发了。还有婚纱、婚酒、礼程……一切准备就绪。

可就在大年三十那天，他们家召开了一次严肃慎重的会议。在大难面前要体现大爱。为了保障宾客安全，为阻隔新型冠状病毒的传播，以负责任的态度对待家人和社会，他们取消了婚礼活动。

随即他们草拟了感谢词，发至所有亲朋。

新型冠状病毒的肆虐，并未阻碍他们心中的爱，阻碍他们要成为相亲相爱一家人的决心，他们只是用另一种形式，完成人生的一件大事。

在疫情未得到控制的非常时期，我们虽没有亲临现场观礼，但大家都在真诚地祝福小白小孙新婚幸福、百年好合。

恭喜，恭喜。祝福老白家添人添福，早添孙子，让生活的热望，在生生不息中传递。

为艰时刻有道义，

牺牲小我护国家。

深情期许百家安，

终会迎来百花香！

2020 年 1 月 30 日

冬　日

今日立冬。立冬主藏。藏什么呢？

捂身藏暖。藏易受寒的四肢，支撑易脆弱的身体，还有随春生、夏长、秋硕的情绪；藏从高峰到低谷，再颠来倒去的物事心境。

一张张笑脸，一行行泪滴。走过的路，历时的事。统统从今日开始，分门别类收藏。愿永世不开启。

一条路，从陌生到熟悉，反复踩踏，量着距离。看着你的背影消失，我在路的尽头俯身贴地听彼此的心跳。

驻足伫立，远眺那山、那高墙、那雾霾隐蔽了的一切。用力跨过眼前的沟沟坎坎，无论是羊肠小道还是宽阔大道，弯曲陡峭或平坦的路是用来抵达目的地的。

路上，从身边擦过来来往往的车辆。豪华贵气的、粗糙简陋的，小汽车、大货车、三轮车、摩托车，不知他们从哪里来，又将到哪里去，他们肯定是有目的地的，或舒适、或艰难，终将到达。

在这条路上徘徊的我，遇到路上行走的人，有蹒跚行走的老人、蹦蹦跳跳的小孩、匆匆而行的男子和妇女，他们看我，我也看他，他们不知我为何反复徘徊在这里，我也不知他们为何从此路经过。陌生的气息，喘出各自的生活罢了。

路边远远近近有好些农舍，偶听讲话声，无非是鸡生鹅鸭，雨天晴天，家长里短。那声音里冒出的是烟火，土里的青菜，锅里的饭香，还有老年人咳咳呵呵的岁月。

他们用好奇的眼光打量我，一个没有带雨伞，又不躲雨，仅在雨中慢慢走路的女人。一个陌生人路过，不管他们的事，我从哪里来，又要到哪里去，我不说，他们也不问。

在路上走久了内急，借问去处，一老妇指着坎下，向左再向右然后往里边进去，十分详细告知。

出来后道谢，再继续走。我是往前还是往回？好希望那个老太太再详细地给我指路，我走累了，或许她留我下来，吃一顿粗茶淡饭。

当然我会付饭钱，毕竟是陌生的相遇，于我还多了一层感动，感恩。因为在路上他们是帮助我，给我加持力量的人。

今日冬至，我用心珍藏这个冬天给我指路，给我关心，给我阳光的你们。

2020 年 11 月 7 日

唯爱能御寒

今日小雪，一年二十四节气中第二十个节气，入冬第二个节气。小雪至，天气骤然急剧降温，天气会越来越冷，因惦记着每个爱我和我爱着的亲人、友人，特嘱咐大家记得添衣保暖哦。愿在小雪守闲日，笑看冷风入门帘，一句问候轻叩心，暖暖融化鬓上霜。

昨日，一友从北方发来图片，大地被纷纷扬扬雪花覆盖，一片银装素裹，洁白无瑕。让我这个一直居住南方的人好生羡慕，恨不得马上买张机票飞往那雪白的世界，领略北方冬季纯粹静美的风光，亲自去茫茫雪山中感受渺小与孤独，欣赏雪花坠落指尖的通透，追逐冰凌上折返的阳光；还想去看雾凇，看松花湖边渔民撬开厚厚的冰层打鱼，品火炉上温热的格瓦斯。

这些都是我在每年的冬季想了无数遍的美事。想终归是想，从没成行，因我怕冷。

北方的冷，冷得柔软，在冰天雪地穿成熊一样的人回到室内便如春天了。而南方的冷，冷得生硬，屋里屋外都冷得很，蜷缩着脖子，不住地往手心手背哈气，成了冬天南方一道特别的风景。风一吹来，像尖刀在身上乱划，让人无处躲藏。

　　记得小时候，在那物质极度匮乏的年代，一双胶鞋一个冬，干湿都得穿，不知啥时，脚上长出红包冻疮，一会儿生疼一会儿奇痒，用手抓抠特别难受，皮破流黄水脓血，况且脚上不止一个。

　　冬天是特别难熬的季节。那时我们还小，因为冻疮溃烂疼痛得哭，爸爸会生炉火给我们取暖，妈妈会用山上的草药熬水给我们洗，然后将一只只小脚揣在她怀里。爸爸妈妈的爱减轻了我们的疼痛，在冬天我们全家最幸福的时候就是围在火炉边泡脚听故事。

　　无论北方还是南方，冬天来了，就有冬天的故事。一位定居北方的友人告诉我，他不喜欢北方的冬天，入冬早已落光叶子的树灰突突的，风呜呜地刮，一派萧飒景象令人心情特别压抑，没完没了的雪堆得厚厚的，出行极不方便。他很思念南方，南方的绿树，镜子样的水塘，不结冰的路，还有亲情都让他想念，但他仍然没有回到南方来，他说他老婆是北方人，儿子也在北方长大，妻儿已经融合在北方的大地上，血液贴进柔软的白雪，赋予了内心的热，室内屋外巨大的温差，成了他们性格里豪

放宽容的尺度，在寒冬彻骨中他感受到家人的爱，这爱是包容和迁就，是关心和舍得，为爱他成为合格的北方女婿。

世间纵有风雨，有爱能御寒霜。

2020 年 11 月 22 日

愿你三冬温暖不惧寒

人的成长随一年四季变化，经春夏秋冬的洗礼断然不会回到从前。草木一荣一枯，周而复始，还是那个根，于腐朽中重生，却有了新生命的意义。人初来世，从呀呀学语，蹒跚学步，经一年长一岁，有春风得意，也有夏阳酷暑中电闪雷鸣，秋风萧瑟掠过枝叶繁茂也会红衰翠减，秋菊傲骨，傲娇一时，终将在冰封中香消失韵。

人不会永远存在于幸运中，不然怎么会有古人无事则深忧，有事则不惧，生于忧患，死于安乐，祸患常积于忽微，而智勇多困于所溺之论呢？必是人生沉浮结录。

可想一个从来享受锦衣玉食之人，遭遇被抛在荒郊野外，此刻他最希望的是什么呢？保持衣冠楚楚的形象？孤芳自赏的心里？挑肥拣瘦的美食？还是骑士挥剑的自救？不，不，不，什么都没有了，黑暗中那束光的渴望来自寒冷与饥渴。在保持警惕心下，他会一点点褪下骄傲的面具。阿弥陀佛！

阴冷灰暗的环境中，一个带有体温的苹果，经一只年轻的手递过来，吃吧。声音里有同情、探究、安慰。

望着那个苹果，他不知道该不该接过来，饥肠咕咕的胃告诉他，接着！他吞了吞口水，伸出手接那只苹果，竟感到那红色的苹果皮像跳动的火苗，在内心燃烧，眼角泪光蒙蒙。

那只苹果是他有生以来吃到的最好吃的苹果，是他从未感到的美味佳肴。从那时刻起，不再消极，不再等待，他希望披荆斩棘，在荒野求生，尽管前路艰辛，他坚信自己一定能重生。

人的一生没有平坦路，把坎坷当成学校，答卷有很多种，路遇援手，从中获得感动，获得力量，跨越灾难。学会在感恩中，在别人需要帮助时，及时施以援助，把内心的温暖与爱星火传递，让坎坷不再坎坷，痛不再痛，坚定朝圣，不再惧严寒。

2020 年 11 月 26 日

一日阳光一夜月

一日阳光一夜月，太阳与月亮昼夜交替，时间晃动着光影已是昨日，再也回不去。许多年以后只在记忆里寻找那时的欢乐、悲伤与平淡的烟雨。只留在旧时光里残存的那地、那景把情绪倾泻，我们的幸福与苦难纠结成一丝丝忘念，一缕缕白发，一叠叠沉默的心事。

你总说阳光的味道很好，在那漆黑的陋室里，好希望每天每时每秒都能向着阳光奔跑，把命运交给努力。

是的，春天阳光沐浴万物复苏，努力吧，一粒种子或一株幼苗，会魔变成姹紫嫣红的花朵，也会在温暖的阳光中铺展一地参天大树的根系，然后不容置疑地生长。

可是，炎炎夏日呢？你还渴望着追逐那能把人窒息的火团吗？多少人会退避三舍，多少人会舍弃迎着太阳奔跑的初心，早已去空调房里安然乘凉去了。

如果你执意坚守，也许秋阳下金灿灿的硕果会是上苍赐予你的奖赏，是你一生逐光的奖章。而我站在你身边，只看见舍身求义中的悲凉。

一碗人影绰绰的粥，一个浸于温水中的馒头，是不是攀爬上山的梯子？是不是今天乃是明日跨越沟壑的绳索？明日复明日，明日何其多！

月光从窗外移过，那清清的静，静静的冷光，俯视着尘世。凡人脱离不了红尘，维系红尘的七情六欲，把世间砸得千疮百孔，无止尽的欲，无厘头的虚荣，无谓的爱恋，牵强的情绊，哪一个是我们真正需要的？当命运的风暴袭来，我们要怎样的妥协才能成全努力，求得心安？有吃有喝，有车有房，有钱有势就是幸福吗？非也。清空物欲，破空而来的健康、快乐、仁爱、亲情才是幸福。携静心修行，于山间婉转歌喉，移动莲步，转瞬间，踏空西去，不留痕迹，归于尘埃，是为幸事。

时光之物，有无轮回，为后人捕捉。茫茫宇宙，深邃时空，在沧海桑田里举烛者也仅是一过客，一尘埃。

2020 年 12 月 4 日

冬至鸟语

雾锁远山近黛墨
芳草不见叶飞落
初阳悬于虚空里
追春步履冬至起

冬至，鼠年最后一个节气。
冬至，冬藏之气寒极数九起。
冬至，太阳至南半球折返北半球阳气渐强。

冬至，雪花孕育梨花，以圣洁白迎接春天。

冬至，万物之灵积蓄着力量待时而发。

冬至，我心向阳，于悲鸣感恩有你。

我知道这是于地球人来说有众多艰辛、深重灾难的 2020 年最后一个节气。从鼠年之春季开始，历经夏秋冬，地球各大洲瘟疫横行，非洲蝗虫铺天盖地，澳洲山火肆虐，亚洲、南美洲洪水泛滥，还有一些人为的战火不断，一个个生命消失在天灾人祸中。

一只鸟儿，盘旋在空中，俯瞰大地，喊喊喳喳，为遍体鳞伤的地球呜咽。

什么时候能冲破雾霾，还我山清水秀丽日花田。

什么时候能消除魑魅魍魉，还我其乐融融幸福家园。

什么时候能把哭声换成笑声，把天灾人祸的躁音调成一曲春花秋月婉转人间。

地狱、人间、天堂。

鸟儿飞走又飞来，划过的影留下最纯情声音。

冬至，寒冷过去，离春天不远，祝福人间，祝福所有生灵岁月日日康安！

今日，藏冬寒气仍逼人，愿一盘饺子，一碗滋补羊肉汤，把你的身体温热，把人间浓浓的亲情友情爱情滋补得花好月圆。

今日，愿旧的日历扯去，历经于每个人身上的痛苦、不幸、灾难都翻篇。在所有人的记忆里只储存快乐、笑声。只愿仍是这个地球，仍是这片山水，只是我们在看风景中有了山含情，风含笑的心情。

今日，在这个冬天昼最短，夜很长的时间里，一抹阳光穿透黑暗，我愿在新的轮回中站在春天里等你，迎接你面若桃花的灿烂。

2020 年 12 月 21 日

我还是我

经过一年半的整理、修改，《徜徉的流光》终于可以交由出版社了。有人问我为什么要将日常这些乱七八糟的事儿写出来？还要将它集结成书？

我一刻未想就回答，把我日常生活状态留下来等老了走不动时自己慢慢回味。

阅读自己是一件很有趣的事，到那时，再孤独也不觉孤独了。为我曾经活得简单、热烈而开心，为我这一生装满美好而幸福地离开这个世界，真值得呢。

我生活的时代，是一个快速变迁，飞速发展的时代，时逢国运昌盛，黎民平安，那井喷式的互联网信息革命，许多高科技产品进入日常生活，让我们倍感生活的快捷舒适。此刻的我，更希望把小家小我，在这个时代呈现的状态记录下来，并留给未来。

快乐是我人生的本质，忧愁仅是生活给我的附加，我想把他们都记录下来，留给我的子孙，让他们从我们这一代身上看到生活的艰辛和生活的幸福。

我愿意用我的视角，加上我手中的笔，把我们这个时代我身边的一些细小的生活情节记录下来。等我的子孙长大以后，让他们给我这个老祖宗及她身边的那群人评判，让他们知道，我们是努力过，并快乐生活的一个群体，是遇到很多困难都打不垮，仍然幸福的一个群体。

我喜欢无事的时候，邀约三五好友品茶读书；我喜欢与家人在一起欢聚，喜欢参加一些社团有益的活动；我喜欢享受雨天的孤独，夏天傍晚一个人的散步；我喜欢有时间就四处转转周游列国，了解各地风土人情，并在路上体悟人生。我更喜欢在不着调的奇思异想中把散落于生活中的文字——用诗歌、散文、小说等等形式记录下来，记录时代，记录喜、怒、哀、乐，记录不变的美景，更有亲情、友情。

这些文字集结成书，得到了许多人的关心帮助。特别是我的大学老师戴伟教授，不仅为书写序，还在文章立意、文字措辞等方面提出了宝贵的建议和意见。还有潼南谢华、周智名师工作室团队，他们多次开会研讨文章结构、修改文句表达。特别是李劲老师，对我日常随笔及文章，及时收集、整理、留存……当然还有我身边文友鼓励、指导等等。这里还要感谢我的夫君艾中华及他所带领的金果源实业公司团队，在人力物力上为出此集子大开方便之门，令我好生喜欢和感动。在此，我对大家的帮助表示深深的谢意。

由于自己的自然、自由的性格，写作过程中不太擅于长袖飘袂，更多的是直舒胸意，简单说事。这简单的笔触幸福，仅仅是我抒我胸，我写我情，因而溢出的文字就缺少跌宕韵律之美，甚至在表述中还有不准确之地方，敬请大家原谅，此文是为后记。

再次感谢大家！